悄吟文丛

古耜 主编

风情

习习

著

中国言实出版社

图书在版编目（CIP）数据

风情 / 习习著 . 北京：中国言实出版社，
2017.7

（悄吟文丛 / 古耜主编）

ISBN 978-7-5171-2396-5

Ⅰ . ①风… Ⅱ . ①习… Ⅲ . ①散文集—中国—当代

Ⅳ . ① I267

中国版本图书馆 CIP 数据核字（2017）第 143412 号

出 版 人：王昕朋
总 监 制：朱艳华
责任编辑：崔文婷
出版统筹：史会美
封面设计：张凯琳
责任印制：佟贵兆

出版发行　**中国言实出版社**

地　址：北京市朝阳区北苑路 180 号加利大厦 5 号楼 105 室
邮　编：100101
编辑部：北京市海淀区北太平庄路甲 1 号
邮　编：100088
电　话：64924853（总编室）　64924716（发行部）
网　址：www.zgyscbs.cn
E-mail：zgyscbs@263.net

经　销　新华书店
印　刷　北京温林源印刷有限公司
版　次　2017 年 8 月第 1 版　　2017 年 8 月第 1 次印刷
规　格　787 毫米 × 1092 毫米　　1/32　9.75 印张
字　数　200 千字
定　价　59.00 元　　ISBN 978-7-5171-2396-5

东风吹水绿参差

古 耜

以"五四"新文化运动为起点的中国现代散文，已经走过近百年的风雨历程。时至今日，隔着历史与岁月的烟尘，我们该怎样描述和评价现代散文的行进轨迹与艺术成就？也许还可以换一种问法：如果现代散文仍然可以新中国成立为时间界标，划作"现代"和"当代"两个阶段，那么，它在哪个阶段成就更高，影响更大？

在散文的"现代"阶段，屹立着伟大而不朽的鲁迅，仅仅因为先生的存在，我们便很难说当代散文在整体上已经超越了现代散文。但是，如果我们把观察的视野缩小或收窄，单就现代散文中的女性写作立论，那么，断定"当代"阶段的女性散文，是异军突起，后来居上，便算不上狂妄。这里有两方面的依据坚实而有力：

第一，新中国成立后的六十多年间，尤其是进入新时期以来，大陆文坛先后出现了若干位笔下纵横多个文学门类，但均擅长散文写作，且不断有这方面名篇佳作问世的女作家，如杨绛、宗璞、张洁、铁凝、王安忆、张抗抗、迟子建等。她们散文作品所达到的艺术水准，并不逊色于现代女性散文的佼佼者。况且冰心、丁玲等著名现代女作家在步入当代之后，依旧有足以传世的散文发表，这亦有效地增添了当代女性散文创作的高度和重量。

第二，借助时代变革和历史前行的巨大动力，从新时期到新世纪，女性散文写作呈现出繁花迷眼、生机勃勃的宏观态势：几代女作家从不同的主体条件出发，捧出各具特色、各见优长的散文作品，立体周遍地烛照历史与现实，生活与生命；才华横溢的青年女作家不断涌现，其创意盎然的作品，显示了强劲的生命力与可持续性；女作家的性别意识空前觉醒，也空前成熟，其散文主旨既强调女性的自尊与自强，也呼唤两性的和谐与互补；不同手法、不同风格的女性散文各美其美，魏紫姚黄，各擅胜场……于是，在如今的社会和文学生活中，女性散文构成了一道绚丽多彩而又舒展自由的艺术风景线。这显然是孕育并成长于重压和动荡年代，因而不得不执着于妇女解放和民族生存的"现代"女性散文所无法比拟与想象的。

在二十一世纪历史和时间的刻度上，女性散文创作取得了丰硕成果和扎实进步，但也同整个中国文学一样，面临着前所未有的挑战与考验：与后工业社会结伴而来的后现代主义思潮斑驳杂芜，利弊互见。它带给女性散文的，可能是观念的去蔽，题材的拓展，也可能是理想的放逐，审美的矮化，而更多的可能，则是创作的困惑、迷惘，顾此失彼或无所适从……惟其如此，面对五光十色的后现代语境，女性散文家要实现有价值的创作，就必须头脑清醒，坐标明确，进而辩证取舍，扬弃前行。也正是在这一意义上，有一批女作家值得关注——她们出生于二十世纪六七十年代之交，进入新世纪后开始展露才华，并逐渐成为女性散文创作的中坚力量。对于她们来说，现代和后现代主义自然不是陌生或无益之物，但青春韶华所经历的激情澎湃的现实主义和人文主义大潮，早已先入为主，成为一种挥之不去的精神底色。这决定了她们的散文创作，尽管一向以开放和"拿来"的姿态，努力借鉴和吸取多方面的文学滋养，但其锁定的重心和主旨，却始终是对人的生存关切和心灵呵护，可谓鼎新却不弃守正。显然，这是一条积极健康、勃发向上的艺术路径。正是沿着这一路向，习习、王芸、苏沧桑、安然、杨海蒂、张鸿、沙爽、项丽敏、高安侠、刘梅花等十位女作家，不约而同地走到了一起，她们以彼此呼应而又各自不同的创作实绩，展示了当下女性散文的应有之意和应然之道。

习习来自西北名城兰州。她的散文写城市历史，也写家庭命运；写生活感知，也写生命体验；近期的一些篇章还流露出让思想伴情韵以行的特征。而无论写什么，作家都坚持以善良悲悯的情怀和舒缓沉静的笔调，去发掘和体味人间的真诚、亮丽和温暖，同时烛照生活的暗角和打量人性的幽微。因此，习习的散文是收敛的，又是充实的；是含蓄的，又是执着的；是朴素本色的，又是包含着大美至情的。

足迹涉及湖北和南昌的王芸，左手写小说，右手写散文。在她的散文世界里，有对荆楚大地历史褶皱的独特转还，也有对女作家张爱玲文学和生命历程的细致盘点，当然更多的还是对此生此在，世间万象的传神勾勒与灵动描摹。而在所有这些书写中，最堪称流光溢彩、卓尔不群的，是作家以思想为引领，在语言丛林里所进行的探索和实验，它赋予作品一种颖异超拔的陌生化效果，令人咀嚼再三，余味绵绵。

或许是西子湖畔钟灵毓秀，苏沧桑拥有很高的艺术天赋和丰沛的创作才情。从她笔下流出的散文轻盈而敏锐，秀丽而坚实，温婉而凝重，每见"复调"的魅力。尤其难能可贵的是，她的散文远离女性写作常见的庸常与琐碎，而代之以立足时代高度的对自然和精神生态的双重透析与深入剖解，传递出思想的风采。若干近作更是以生花妙笔，热情讲述普通人亦爱亦痛的梦想与追求，极具现实感和启示性。

在井冈山下成长起来的安然，一向把文学写作视为精神居所和尘世天堂。从这样的生命坐标出发，她喜欢让心灵穿行于入世和出世之间，既入乎其内，捕捉蓬勃生机；又出乎其外，领略无限高致，从而走近人生的艺术化和审美化。她的散文善于将独特的思辨融入美妙的场景，虚实相间，形神互补，时而禅意淡淡，时而书香悠悠，由此构成一个灵动、丰腴、安宁、隽永的艺术世界，为身处喧嚣扰攘的现代人送上一份清凉与滋养。

供职京城的杨海蒂，创作涉及小说、报告文学、影视文学等多种样式，其中散文是她的最爱和主打，因而也更见其精神与才情。海蒂的散文题材开阔，门类多样，而每种题材和门类的作品，都具有自己的特色：她写人物，善于捕捉典型细节，寥寥几笔，能使对象呼之欲出；她写风物，每见开阔大气，但泼墨之余又不失精致；至于她的知性和议论文字，不仅目光别致，而且妙趣横生。所有这些，托举出一个立体多面的杨海蒂。

驻足羊城的张鸿，既是文学编辑，又是散文作家。其整体创作风格可谓亦秀亦豪。之所以言秀，是鉴于作家的一枝纤笔，足以激活一批风华绝代而又特立独行的异国女性，尽显她们的绰约风姿与奇异柔情；而之所以说豪，则是因为作家的笔墨一旦回到现实，便总喜欢指向远方，于是，边防战士的壮举、边疆老人的传奇，以及奇异山水，绝地风情，纷至沓来。这种集柔润和刚健于一身的写作，庶几接近伍尔夫所说的文学上的"雌雄互补"？

穿行于辽宁和天津之间的沙爽，先写诗歌后写散文，这使得其散文含有明显的诗性。如意象的提炼，想象的飞腾，修辞的奇异，以及象征、隐喻的使用等，这样的散文自有一种空灵跉踔之美。当然，诗性的散文依旧是散文，在沙爽笔下，流动的思绪，含蓄的针砭，委婉的嘲讽，以及经过变形处理的经验叙事，毕竟是布局谋篇的常规手段，它们赋予沙爽的散文深度和张力，使其别有一种意趣与风韵。

项丽敏的散文写作同她长期以来的临湖而居密不可分——黄山脚下恬静灵秀的太平湖，给了她美的陶冶与享受，同时也培育了她对大自然的敬畏与热爱，进而驱使她以平等谦逊的态度和安详温润的文字，去描绘那湖光山色，春野花开，去倾听那人声犬吠，万物生息。所有这些，看似只是美景的摄取，但它出现于物欲拥塞的消费时代，则不啻一片繁茂葳蕤的精神绿洲，令人心驰神往。当然，丽敏也知道，文学需要丰富，需要拓展，人与自然的关系只是文学的无数话题之一，为此，她开始写光阴里的器物，山乡间的美食，还有读书心得，读碟感悟……这预示着丽敏的散文正由单纯走向丰富。

高安侠是延安和石油的女儿。她的散文明显植根于这片土地和这个行业，但却不曾滞留或局限于对表层事物和琐细现象的简单描摹；而是坚持以知识女性的睿智目光，回眸生命历程，审视个人经验，打量周边生活，品味历史风景，就中探寻普遍的人性奥秘和人生价值，努力拓展作品的认知空间。同时，作家文心活跃，笔墨恣肆，时而柔情似水，时而气势如虹，更为其散文世界平添一番神采。

偏居乌鞘岭下天祝小城的刘梅花，是一位灵秀而坚韧的女子。她人生的道路并不顺遂，但文学却给了她极大的眷顾。短短数年间，她凭着天赋和勤奋，发表和出版了大量散文作品，成为广有影响的女作家。梅花写西域历史、乡土记忆和个人经历，均能独辟蹊径、别具只眼，让老话题生出新意味。晚近一个时期，她将生命体悟、草木形态、中药知识，以及吸收了方言和古语的表达融为一体，形成一种承载了"草木禅心"的新颖叙事，从而充分显示了其从容不迫的艺术创新能力。

总之，十位女性散文家在关爱人生的大背景、大向度之下，以各具性灵、各展斑斓的创作，连接起一幅摇曳多姿、美不胜收的艺术长卷。现在，这幅长卷在中国言实出版社的鼎力支持下，冠以"悄吟文丛"的标识，同广大读者见面了。此时此刻，作为文丛的主编，我除了向十位女作家表示由衷祝贺，向出版社的领导和同志们表示诚挚感谢之外，还想请大家共赏宋人张栻的诗句："便觉眼前生意满，东风吹水绿参差。"——这是我选编"悄吟文丛"的总体感受，或者说是我对当下女性散文创作的一种形象描绘。

（作者系著名文学评论家、作家）

目 录

月色幽微

1

薄云之上，月光白亮。月光衬出云影——一个黑色巨兽的嶙峋骨架倒挂天际。不敢看第二眼，但我一定看了，由来如此。那时我还很小，行走时总捏着父亲的一根手指。我暗自吞咽恐惧。我与父亲，彼此的孤立在我尚未出世时便已决定。那个黑色骨架倾覆于我头顶，无边无际压榨我。胆战没有通过手指传递给父亲。另一次与天空有关的恐惧源于一场暴雨，依旧是我和父亲，我们好像刚刚从电影院出来，从电影转入尘世，总很恍惚，况且外面大雨滂沱很像电影里的喧哗。忽然，一个闪着蓝光的球体发出一声巨响，在不远处炸裂。那个蓝色球体是从天上箭一般砸落地上的，刺眼的强光中，我仰面看着父亲，父亲一脸惊惧，我紧捏着他的手指，我们无法彼此安慰。

原始的祭祀大都带着取悦，被取悦的神灵好像分门别类掌管着人类的生死攸关。每每看那些古老的祭祀仪式，既觉得神圣肃穆，又心生畏惧。科学能解释很多秘密，但不能根除人类的终极惶恐，人太渺小了。上小学时，我迷恋一本名叫《我们爱科学》的杂志，并非我对知识的渴求，而是想寻求解脱、安慰和说服。终于，我在铅字中搜寻到了那个事物，那个从天而降闪着蓝光的球叫雷球，它变幻于无形，甚而能挤进窗户的细小缝隙。它只是个知识，人类能认知它却不能掌控它。但凡在雷电交加的雨夜，我一边默默辨听窗外，一边从父亲的鼾声中分析他是否在佯装熟睡，我似乎想定，虽然是成人，但他有着和我同样分量的忧惧。但事情并非如此，往往是我一人独自在夜色中承受。大雨覆盖一切，世界犹如荒原，邃逝的闪电，如呈现于夜空的神秘卜纹，忽然间，它又如细蛇头尾相衔，蜷缩成一个能量巨大的带电的圆球。天地间所有缝隙供它出入，有时，它轰然炸毁选中的目标，诡异的是，那事物仿佛从未来过世上不留任何形迹。无人知晓真正的电闪雷鸣在我心里，直到那轰轰烈烈的叫作雷的巨兽渐渐远去，我方在身心交瘁中安睡。

语文课堂上学习《火烧云》，排列齐整的云，被美丽的语言修饰，夕阳中，把教室映照得温暖瑰丽。但黄昏终将褪去，当暮色四合，月亮悄无声息藏身云后，亮白的月光下，云影是否又会变幻出另一种景象？脑海中，倒挂天际的巨兽骨架再次浮现。

是不是每个人都有他个体的无法克服的精神忧惧？夜空

仿佛一个意象，几十年中，无数次进入我的梦境，在梦中，我孤立天涯，不知为何，总要禁不住抬头看天，星星真又排列成一个图像，一个字母，一个汉字，甚而一个头像，不敢再看，但还是看了。然后梦魇。

最近的一次是在乡下，我和一位同事正爬一个土坡，空中有飞机的声音，像小时候，我们抬头找飞机，我终于在云团中找到飞机，小小的飞机时隐时现，可同事怎么都看不到，我说你使劲儿看使劲儿看，就在我使劲儿指给他的时候，突然觉得目光被深深吸进云里。云正在安静诡谲地蠕动，我顿时害怕，收回视线，但又看了一眼。那晚，天空又开始倾轧我，正如我的担忧，夜空再一次在梦中出现，但我知道是在做梦，我在梦中强烈要求自己不要看天，我果真没有抬头。——为数很少的成功厮杀，就像卡斯塔尼达笔下梦境中令人难以置信如约而至的"斥候"，偶尔我会同这个讲述了《寂静的知识》的人类学家一样，控制梦境并险胜"斥候"。

至今我不能与任何人达成共识：你曾长时间盯过太阳吗？太阳在你的凝视之下会是什么样子？

——太阳是活的，它会变成一个绿盘子，像心脏一样跳动，一凸一凹，一凸一凹。

我讲述这些时，已不自禁进入了一种氛围，这氛围很像我在南方冬季时的感觉，心底不由自主地打寒战。世界充满玄机，我不知这样的述说是否泄露天机？我在想，泄露天机会不会让我更加沉疴难愈?

我抵御这种幽微阴性的东西,因为知道总是要被牵惹。如果是植物,我不喜欢阴湿,我喜欢长在干燥的高原上,尽可能地接近太阳。最好像葵花,干干爽爽,一早敞开身心,望穿阳光。

于是,与人的交往,我几乎倾向两个极端,一面愿意接近那种性情粗粝光亮甚而有些颠顶的人;而另一面,在内部,在精神层面,我倾向追随那种身上有着幽微气质能够对事物精雕细刻的人。

暗藏的气息,是否决定了与他人种种异样的呼应?

2

一次漫长的空中飞行,目的地是太平洋彼岸的美洲。起飞时,将要深夜,落地时还是将要深夜,空间的飞越奇妙地躲过了白昼,从一个黑夜直达另一个黑夜。黑色吞噬了所有的看见,没有月光没有星星,飞机仿佛在洞穿另一个世界。在异国的夜色中,我们如释重负、终于落地。这时,青子悄无声息走到我跟前,悄悄说,她一直未能合眼。不知为何,第一眼看见青子,就觉得她身上有猫的气息。实际上,十几个小时中,我也没怎么安睡,我的邻座,一位自称为演员的女华裔强占了我的耳朵,她没有节制地给我讲她的故事。昏昧的灯光下,她表情夸张,脸上的皮肤也不很真实。她没有完了的絮叨，严重干扰了我的第一次长途飞行。到了住处，倦意浓重，一觉天明。早饭时，青子又悄无声息走到我跟前，还是那句悄悄话，她一直未能合眼。青子穿一双平底绣花布鞋，走路若舞台上青衣的窸窣水步。近十人的团队，大家大都第一次见面，青子好像很亲近我。

这一日，我们去了好几个安静的小镇，阳光明净，街边小店被鲜花点缀。青子和我走在一起，她也很愉悦，我偷拍了好几张她。路上，她问我正读什么书，我说卡佛的短篇，她要我讲一篇，我讲了《家门口就有这么多的水》。那是一篇色调幽暗的小说，小说里的氛围我一直难忘。她安静地听。青子也写作，她说她很少读外国作品。第二日早饭，怎么也等不到她。去看她时，她说她病了，不能和大家出行。又是一天行走，很疲惫。那天深夜，熟睡中，被床头的电话惊醒，懵懂里听出是青子，还是那种悄悄的说话声，她问我为何看着病床上的她面露笑意，问我何以给她讲卡佛的那篇小说。我被彻底惊醒，想骂人，但听见她在电话那头嘤嘤地哭了。那一刻，我想到了早餐时平底盘子里那颗刚敲出来的生鸡蛋，我不敢晃，怕它破了。青子哭得像孩子，弱而痛楚，我竭力安慰她，告诉她没半点儿伤害她的意思。

四周静寂，夜色稠黑，我感觉突然被曝于一团灼光之下，心生重重的不安。

太平洋畔，灰色的大洋和灰色的天空混沌相接，巨大单纯的事物，它们都浩渺而虚空。海浪轰鸣，海风寒凉，我心里盛满更大的虚空。一个之前和我毫无瓜葛的人，她将羸弱的触须伸向了我，我不强大，惧怕被缠络。想躲离的是我，可她刻意和我拉开距离，用刀子一样的目光，时刻搜刮我。我若中蛊一般，到底谁身上带毒？是谁在蛊惑谁伤害谁？

那天很晚才躺到床上，一直睡不安稳，果然，电话又响了，如悬疑片一样，我惊惶地等着铃声固执地响完。将到拂晓时，青子来敲门，她走到我床前，完全是白日里的装束，暗红的丝巾还紧紧缠在脖子上。她一动不动盯着我，悄悄说，你夜里去做事了？我发现我收拾床铺的手在颤抖。忽然，她转身出屋。她还穿着那双绣花鞋，迅疾跑远悄无声息。之后，她拉着行李箱在异国的大街上乱窜。怕她走失，我拼命追赶。等我终于佯装亲密地挽上她的胳膊，她环顾四周，悄悄地说，你看，戏正在上演，到处是布景和演员，你是他们中的一个。

我不想再讲下去了，于我而言，这件事给我的幽黑影响已远远大于事情本身。在一个陌生的国度，我和青子，都已虚弱不堪。我所认为的事件的惊悸，更多来自于笼罩其上的惶悚氛围，这氛围如同月光浸淫下光怪陆离的夜色世界。

月光，这种可以笼罩世间万物的阴性之最，它的明光，是以孤寂寒凉的方式散射。十几天以后的一个黄昏，当我踏上回乡之路，几乎要号啕大哭，我被青子凌厉的病弱侵袭，我已没有一点儿多余的力量去抵抗。我昏睡几天，日日梦魇。我记起，在国外，在她身边我也流过一次眼泪，是在医院，医生使用了镇定药，她依旧目光灼灼。而就在她看似睡意要来时，地动了，我惊恐地跑出病房，但见医生们安之若素。到这个地震频发的国度，我应该提早学会"地震"这个单词。我用双手努力做着大地晃动的姿势，没人懂得我的意思。我哭了，这诡谲的无常如此繁复，眼泪跌落的那一刻，我发现躺在病床上的青子，毫不怜惜忿忿地盯着我。

我无数次分析青子所以崩乱的原因，是时空错乱多日不眠压垮了她，还是蛰伏于她心底的幽微之物被什么唤醒？一座巨桥的垮塌，罪魁很可能源于一瞬间它与外部世界无形的声脉共鸣，这声脉暗哑但宏大。我不知，在青子的生命背景里，潜藏着怎样的积贫积弱。如同覆盖于我头顶的诡异夜空或从天而降的雷球。我想，凝结于精神的幽暗之物，于他人而言有时或渺若游蚁，但在某一刻，它们可能若强光探照下事物陡生的阴影，它们幽暗而茁壮、张牙舞爪、横行无忌。

青子为什么选中了我，是我们气息相通？是气息相通的我们注定要相互牵绊？

我时常打开小镇上偷拍的她，她身后鲜花葳蕤，那一刻，一切多么平和安详。

3

月圆之夜骑扫把的飞行女巫、西方神话里幽魅的司夜女神、神坛上的女祭司、洞悉塔罗牌的女灵人，女人身心似乎天生密码。

黑夜以它万劫不复的黑色吞噬世界，而高悬天际的月亮，像黑夜昭示的某种隐喻。但月亮是阴性的，科学的解释是它反射了与它始终遥遥相距的太阳的光芒。那么，是黑色改变了阳光的颜色和温度？我想，一定也有共通的感性，为何古代中国神话里，孤居月亮的也是一个女人？在我儿时的想象里，无月之夜，孤单的嫦娥一定迷路了；月亮细成月牙时，是嫦娥的幸福之日，她在月牙形的吊床上悠闲安睡；而当月亮圆了，嫦娥无处遁形，只好孤独地俯视人间。渐渐地圆是嫦娥渐渐堆积忧伤的过程。如此周而复始，这位东方的司夜女神，带来比月亮更孤单的清冷。月色袭人，月光没有芒，它只用幽微之气笼罩众生。

月色透过大椿树，落下一地碎影，风吹树叶，月影婆娑。儿时，每晚，我要赶在姥姥睡觉前入睡，我怕独自醒着，真的看到那些反复入梦的白衣人。每至深夜，那些人白衣飘飘，从我家屋檐落在小院里，笑语晏晏，仿佛在反复商讨一件要事。情景历历在目。多年后，我家屋子被大雨冲垮，人们清理院落时，在地下发现了偏洞里裹着干净白布的尸体。我不知这样的事情与我的梦境是否关联。我的姥姥，她到了另一个世界，我们还常在梦中见面。有一天，我在睡梦中突然想到她已不在人世，姥姥要进屋，我慌忙关门，要她回到来处，但门框夹住了她的一只胳膊，再一看，竟只是一个空洞的衣袖，明蓝色的绸缎大褂，正是她最后的衣着。

时空交错，很多思虑难被说服。种种幽微缠成谜团，盘根错节于人的内部，潜生暗长，竟至将人倾轧。

仿佛宿命，我又遇到银花。

4

第一次见银花时，她拄着拐杖。

她做过好多年的铁路修理工，这看上去似乎很悖论，我想象不出柔弱的她如何操持那些沉重坚硬的器械，那尖锐刚烈的金属击打声又如何融于她的静声细气。

"我习惯于一个人在铁路边行走，作为一种既定的道路，铁轨像个老者沉默坚忍一丝不苟，而火车像撒欢的孩子。两种不同的事物，各自目的明确，但互为存在，仿佛一个生命体。火车驶过，车窗定格出无数陌生人的面庞，因为速度而久久停留，这种矛盾反而赋予那些面庞最真实最安全的意义。"这是银花最初给我看的她写的一段话。

后来，我已经不奇怪她有这样的哲思。她喜欢阅读、弹琴，偶尔写作。她还有很多新异之处。

她说她惧怕人群，在人群中，好端端的，不是崴了脚，就是摔断了骨头。但奇怪的是她又热衷于不断请大家聚餐。她拄着拐杖，带来各色酒，自酿的米酒、葡萄酒，还有她自己兑制的花卉茶。在饭桌上，她一小口一小口抿着茶水，观察着每个人。虽然更多的时候她在沉默，但她每说一句话都让我吃惊。她说她沿着铁道走时，渴了会摘路边的树叶吃，她说，为什么不呢？鸟儿们都在吃呀。夏天的时候，她说她能和藏在道砟里的蛐蛐儿合唱。当我觉得她率真若孩童时，又隐约感到她内心潜藏的暗沉。有一次，她把座位调到我旁边，悄悄讲给我一件事。她的声调和眼神突然让我想到青子。她说，那时，她时常碰到一个拾荒的老者，那老者细细的一缕白发扎成一条辫子长长拖在身后，冬天的一个清晨，那个老者被火车碾死了，有人把她捡起来，搭在铁道边一个矮墙上，就像一件破旧的衣服，她软软地耷拉着，白色的细辫拖到了地上。她说她们经常相向而过，彼此从不说话，但那个老者的眼光让她觉得安稳。她说，她其实从来都不怕死。

银花果然说到了死，这个话题，仿佛一直是我对她的一个预感，现在，预感呈现，很像异国的那个深夜，电话铃再度尖锐响起。

银花悄悄给我说这些时，一边精心削着苹果皮，长长的果皮，一圈一圈静静落在她面前的桌上，最后严丝合缝落成一个薄薄的圆。她娴熟地玩转着手里的刀子，样子近乎享受，这技艺叫我讶异并感到惶悚。她是在给我表演吗？记得先前每一次聚餐，她都把自己的发辫梳理得一丝不苟，但这次她把头发剪到很短。我问，为什么把好好的长发剪了呢？她说，这样他们就认不出我了。我问谁们，她说他们。

幽微之气漫漶而来，我又被覆裹，它们是那样的形而上，以至叫我难以言说。我选择了逃离。

两年后，初春的一天，银花找到了我的办公室，我很吃惊。她说，因为天气特别亮，就鼓足勇气出了门，出了门，也不知该去哪里，就想来找我。她目光干涩，像是好多时日没有安睡。她说，想和人说说话了，在家常和墙说话，墙靠得住，可以摸它打它，但墙不能回应。有时也会和落在窗台上的鸟儿说话，鸟儿叽叽喳喳，它们的话，她说她能猜出个八九分。

她身后的窗外，新绿点点。但因为面前的她，那清新的明媚似乎一下子退到了远处。我又想到了逃离。

她执意请我去外面坐坐，在一个小餐馆，她打开包，拿出一小瓶白酒，说，今天想喝点儿，我们一起喝吧。这是我第一次见她喝酒。几口酒喝下，她的面色红润了些。

她说，她其实不怕死。

两年前的幽暗话题又续接上了。幽微再次袭来。窗外人流熙攘，但餐馆里弥漫着早春的寒凉。

她说，那个被火车碾死的拾荒老人是她给掩埋了的，老人生前时常与她默不作声相向而过，她慈善的目光让她想到儿时邻院的一位老人。

我想这将是一个遥远的话题。我承认之前对她的抵牾是对她散发出的幽暗气息的坚决抗拒。我知道我身心潜藏幽微，我担心它会一触即发。我向往明亮和干爽，愿意像高原上的葵花，望穿阳光。但那一天，或许是酒的缘故，银花的

表情显出少有的常人般的柔软。也或许是酒的缘故，我多了
几分勇敢。

她说那是她五六岁时的事情，那时，她是全大院最瘦小
的女孩。

我能想象出银花儿时生活的那个工厂大院，我们遍布工
厂的城市，到处都有那样的院落。在那种极具历史特色的四
合大院里，很多人家朝夕相处，彼此难掩隐私，有时，大家
和睦若亲友，非常时刻又会立刻反目为仇。银花说，大院外
的土坡下有个公用茅厕。有一天，她上完茅厕回到家，突然
来了几个警察，正是暑假，很多孩子围了过来，把她当坏人
一样推来搡去。她被警察带到工厂的一间仓库里，原因是女
厕所墙上有人用白粉笔写了反动标语，报案人说大院一个最
瘦小的女孩知道是谁所为。

银花抿着酒，眼神楔入到很远的地方。我第一次听她
如此详细地描述自己的故事。她的目光似乎不像以往那么冰
凉。她说那男警察像房子一样高，恶狠狠地逼视她，几乎要
把她压到地里。那时，她还不怎么认字，压根儿也没见谁在
墙上写了什么。天黑了，警察在地上划出一个圆，不准她走
出半步。仓库地上的积土很厚，警察用指甲划出的圆很小，
她稍一动就要踩到线上。一个昏黄的小灯泡照着她，外面
漆黑，蛾子叮叮咚咚撞着玻璃。身旁堆积到屋顶的杂物，怪
兽一样。她不敢张望，也不敢喊叫，不知是睡着还是醒着，
就这样站到了半夜。那是一场醒不来的噩梦，银花说。她

想，她没供出任何人。但后来，大院一个比她大好几岁的女孩，只要看见她就跑来啐她，口水、痰、正嚼着的吃的，什么也不说，就这样啐她。这让她很恍惚，不能确定她到底是否向警察随意说了那个女孩的名字。她开始厌弃自己，女孩的唾弃让她屈辱也让她心安。但有几次，那女孩啐她时，邻院一位身后拖着白细辫的老奶奶会叱骂那个女孩，拿拐棍儿戳她。

银花说：那个奶奶，多好啊，我一辈子都记得。她和那位拾荒老人的目光一样叫人安稳。那个女孩，她一直啐我，一直啐到我长大。

现在，银花说，医生的确说她病了。她说她时常看到他们。我问，谁们？她说幻影，不断有旧幻影走了，新幻影又来了，好在现在已经和他们达成了和解。还时常听到那女孩的唾骂，毫不停歇的唾骂，这个她也习惯了。她说，就是怕人怕人群。她说，医生开的药不想喝，但不喝特别煎熬，就想走，离开这个世上，喝了吧，心里那个静呀，像死水潭，一丝波纹都没有，就算口渴，也不想起身给自己倒一杯。

银花的讲述戛然而止，抽丝剥茧的回忆看上去令她十分疲惫。

于我而言，银花的这番话，奇怪地化解了沉积于我心底的一种多年的惶悚，这化解同时波及青子曾经带给我的战栗。仿佛拉开了一张帷布，我终于看到了后台。那幽暗的不为人知的后台，它躲藏在暗处，那里上演着真正的大剧。它让我看到，一个人内部天长日久的厮杀，如何辛劳和壮烈，人世上这别样的挣扎，何其沉痛。

卡夫卡说：我的父亲，我与您的关系如此挽结，这生命替未来孕育着，并决定了前景。我想起青子曾经写的诗："神啊，你的孩子，悲苦的青草，长成了白发。"凝结于精神的暗疾，如大河之下的潜流，如树上痂结的瘤瘿。这些无法穿透和照亮的暗物质，我不能确定能否用渐渐的打量去消解。但我知道，银花能这样述说，仿佛咯血，已是何其勇毅。

是的，我要歌颂月亮，这笼罩众生的阴性之最，它与黑暗对抗，它孤绝坚忍地追随明亮。

远方的青子是否也若银花？

再一年，银花说她开始弹琴了。一天，我听到了她的琴声。春天正浓墨重彩，大西北用漫长的荒芜换回的璀璨锦绣，总是叫人格外心动。那是我听到的最沁人肺腑的琴声，仿佛在艰难穿凿，长长的峻嶒幽咽后，忽然间，银花的琴键下流淌出深长的明净和和缓，那旋律，胜似天籁。

飞雪苍茫

狼锁口

大雪很快白了羊头山。

榆钱儿大的雪片乱忙忙飞起来的时候，外面像在悄悄沸腾。

雪把云芳堵在了三爷家，天早该黑透了，但屋子被雪映得发亮。云芳睡在坑沿上，能看清身边的大兰子把长辫子蛇一样盘在头顶。钻进被子不到一分钟，大兰子就开始老鼠一样咯吱吱磨牙，她的牙可能长得太长了，和她的个子一样。三爷在热炕那头又开始咳痰，咔咔咔，要把腔子里的东西咳出来，他咳着痰也在熟睡，嗓子里扯着风箱。三奶奶的呼噜吹着小哨子，尖尖的声音，风一样乱窜。

云芳睡不着，身子底下一半冷一半热，像炕上烙着的皮焦瓤生的饼，一会儿把自己翻一下。云芳后悔没听大奶奶的话，没赶早儿回去，可谁让大兰子笨手笨脚，一个下午也没帮她打出来半个袼褙呢。

啪嗒、啪嗒，云芳听见三奶奶家杏树上的雪疙瘩往地上落。

雪一定半夜就停了，这样才来得及让太阳新崭崭地挂在树杈上。云芳和大兰子穿得厚嘟嘟地出了屋子，眼睛一下子被雪刺了，她们尖叫着，咯咯咯地笑着跑进雪地里。两人一高一低，脚上穿着小船一样的鸡窝灶，支棱着胳膊，像张开膀子的鸡一样。

这一年，大兰子和云芳都十岁。但大兰子不寻常得很，她的个子已经超过了大个子三爷，一双费布料的大脚板子让三奶奶好生惆怅啊，三奶奶一看见她的脚，立马就要仰头对老天说话："天爷爷呀，不要再让她长了，再长就戳到云彩里头去了啊。"

雪让羊头山暄软了，天一样大的雪被子。大兰子被长腿和大脚搅着，一下一下让雪绊倒。大兰子绊倒一次，云芳也让自己绊倒一次。山崖上的积雪让风吹散，窸窸窣窣亮晶晶地四处飞。

"咯"，云芳觉得浑身疼了一下，又尖锐又短暂，说不清到底疼在哪里。但"咯"的一下，她身上渗出了很多汗。就在"咯"的一下时，一样东西出现在她前面。

那面，大兰子还在走，长辫子在屁股两边甩过去甩过来，好像雪严重挡了她的路。

隔着三四步远，一只狼满身披雪，定定看着云芳。

像一块埋伏在雪里的石头，等云芳走近时，狼才忽地一下从雪里长了出来。云芳也盯着狼。狼的小半截腿戳在雪里，灰突突的像几根枯树枝。云芳和狼，就这样互相盯着，谁都不眨一下眼睛。狼脊背上的雪开始融化，身上散出白丝丝的热气，狼毛洇成湿黑的一缕一缕，但还是像石头一样纹丝不动。

狼看起来大汗淋漓了，眼光凉得却像两把刀子。

雪水一滴滴从狼身上往下跌，地上露出一片枯黄的辣辣草根。

忽然，狼扭头奔下山洼。

云芳跑过去把冻在雪地里的大兰子拉上飞跑起来的时候，云芳觉得自己是烧的，棉袄里全是水。而大兰子像块冰，云芳拖着她，像拖着一个甩着两根大辫子的冰疙瘩。

一到大奶奶家，大兰子就睡过去了，浑身火烫，两天不醒，赶过来的三奶奶在碗里盛了清水，在门口念念有词，等一把筷子直直立在了水里，三奶奶一菜刀忿忿地把筷子砍出了门外，并大声朝外面喊："狼鬼神，你快快走，你想害谁了害谁去，我们没有惹过你，你撒展（放开腿脚）了跑！"

三奶奶说，我可怜的娃，我再也不胡说了。

三奶奶胡说什么了？

三奶奶平日最爱这样骂大兰子，死女子，再不听话，撂到山洼里，给狼吃了。

那天，云芳到家后异常安静，她安安静静地讲和狼的相遇。大奶奶不断合掌，大呼谢天谢地。

大奶奶说，多谢你那个死鬼爹呀，他昨晚进到我梦里来了，脸上着急着，嘴忙乱着，但到底也没听清他说了些啥，早上浑身还像乱针剌了一下一样，"咯"地疼了一身汗。

狼那天到底怎么了，为何端端立着不动？

云芳说，那天，狼锁口了。

什么是狼锁口？

就说狼的嘴上像上了一把铁锁子，死是张不开个口。

你看，一些老故事，传着传着，就成了传奇。

云芳说，狼急得把身上的雪都烧开了，可是，连喊一声都不行。

是地底下的大爷给狼嘴上了锁子？

云芳说，之前，谁都没听说羊头山的狼锁过口。羊头山苦焦，靠天吃饭，狼都是饿狼，人家羊圈里的羊深更半夜间没少被狼叼走过。有一年冬天，一个猎户上山打猎，身子后面老觉得有一股寒气，猎户回头看，没啥，再回头看，还是没啥。刚到山垭口，猎户再一回头，一股膻腥，一个狼已经张大嘴扑到他的脖子跟前了，好在猎户早有防备，反手把钢砂枪伸进狼嘴，一把碎弹，打烂了狼头。猎户抱起狼时，轻轻的只皮包骨头。

后来，云芳和大兰子在羊头山一直很有名。关于云芳，见过她，没见过她的人，都知道她小小的在狼嘴里逃过了一劫；关于大兰子，除了她的个子超过了羊头山所有男女，人们还知道，那次碰到过狼以后，她成了个结巴。

人们讲这些故事时会说，云芳，就是长生家的那个女子；大兰子，就是那个高高——高高——的结巴子女子，长福家的。说话的人说高高高高的时候，声音拖得长长的、长长的，仿佛大兰子高得真的戳进了云彩。

名字不跟着人走呢

大雪过后，羊头山一直会白到开春以后。干干燥燥的雪，和羊头山上又细又白的土面子拌起来，像杂粮炒面。大奶奶说，羊头山上的土是糖土，不脏，还能粘掉衣服上的油点子。云芳问，为什么叫糖土？大奶奶答不上，不说知道也不说不知道。云芳继续缠她，在纸上写出一个字：糖。是白糖的糖字吗？大奶奶不识字，只管做手里的针线。云芳咽口涎水，望望窗外茫茫的雪。

羊头山的冬天着实太长了。树都精瘦精瘦、睡得死死的。满眼睛光秃秃、白晃晃的。

找一个长长的缓坡，从雪上滚下去，爬上来，再滚下去。本来白净的坡，很快灰塌塌的，像一块儿揉脏的大抹布。大兰子太长了，滚起来拖泥带水，总算不成样子地滚下去了，可头绳、手巾、鞋子散落一坡。大家笑，大兰子爬起来也笑，大兰子笑起来也结巴，抽抽搭搭的，她觉得可笑极了，又会抽抽搭搭出眼泪来。

"嘎儿——"嘎啦鸡（一种山鸡）发出受惊的声音，膀子一扑棱踩到大兰子的肩上，雪沫子瘆瘆地钻了大兰子一领窝子。大兰子像一棵高高的瘦树，顶着孔雀蓝翎子的嘎啦鸡直直地站了一会儿，忽然间就软软地倒在了雪里。嘎啦鸡噌地落到地上，"嘎儿——嘎儿——"踩着小碎步藏进了枯草丛。

狼吓过大兰子后，什么都能吓住大兰子，蜘蛛、蜜蜂、蛾子、稍微大一点儿的蚂蚁都能。就连三奶奶家的小土狗黄蛋子，也欺负大兰子的胆小，成天追得大兰子满院子跑。杏树也没大兰子长得快，三奶奶家的围墙很快围不住大兰子了。土狗追得大兰子疯跑，从外面就见大兰子高出院墙的半截身子趔趄着在院子里绕圈子。三爷用拐棍狠劲地磕着地皮，喊："我把你个死狗，我敲死你呢！"土狗乖乖儿地缩回凌厉的样子。三爷朝这边骂时，狗早走另一边了，三爷麻眼儿，看不见，还朝着这边骂，狗已经从那边溜出去串门了。后来，大兰子和云芳做作业用"欺软怕硬"造句时，大兰子写道，"我家的死狗黄蛋子欺软怕硬，欺负我、怕爹。"

大雪覆盖的羊头山，向晚的时候，会奇异地变色，有那么个不长的时间里，羊头山包裹在淡淡的蓝色里。人声、狗声、鸡声都给染得蓝莹莹的。隐隐约约轻轻暖暖的羊头山，像开满了马莲花儿。

三奶奶烙了"破皮袄"（一种烫面饼子），胡麻油的香味散出了院子。炕桌上还摆了碟凉拌绿萝卜丝。三爷闻着香气起来了，筷子一撬，塞到嘴里是抹布，再撬，塞到嘴里还是抹布。三奶奶像没看见，嘴里的萝卜嘎吱嘎吱。一冬的吃食都是三奶奶和大兰子娘儿俩苦出来的，地窖里的洋芋萝卜、院墙边码得齐齐整整的烧炕的柴草、面柜里黄白麻灰的苞谷面白面豆面、一坛子清亮亮的胡麻油，就连窗台下立着的那一小排被雪冻着的葱，和三爷有啥关系？三爷肺疼，只是躺着，只是咯痰。三爷麻眼儿，看不清东西时，只会骂人。

三爷用筷子头蘸摸着"破皮袄"，"狗日下的们！"三爷嚼着"破皮袄"，恨恨地骂。

大奶奶说，三奶奶和三爷没过上几天和气的日子，会不会是大爷给三爷三奶奶结婚时送的礼不吉利呢？墙上挂着一个镶框的镜子，镜面上画着两个大喜鹊，是大爷那年专门托人从城里买的。大奶奶说，喜鹊是尖嘴子，就算是喜鹊不是黑乌鸦，两个尖嘴子遇到一起，也永是吵不完的架。云芳想，麻雀、鸡也都是尖嘴子，在一起果真吵嚷不休，吵着嚷着，嘴便是越磨越尖，脾气越吵越躁，你看那尖嘴子麻雀，叽叽喳喳地飞来飞去，何时清静过？在三奶奶家，云芳忍不住常看镜子上那两个长尾巴喜鹊，它俩站在盛开的红牡丹上，和羊头山上的喜鹊不一样，镜子上的两个喜鹊眼睛弯弯地都在笑。

再看成天蜷在热炕上的三爷，黝黑的脸上，眼睛烂桃一样终日水汪汪苦呛呛的。

三爷叫长福，长福吗？大爷叫长生，哪里就长生了呢？

云芳说，名字不跟着人走呢。

雪片子大得像牡丹花儿

羊头山的雪着实没那么乖巧过，雪飘飘扬扬的时候，天气并不显得特别冷。但给风一搅，雪就发起狂来，带着力气，专往细缝里钻。大爷在山上放羊，棉裤子上紧扎着大奶奶的一条褐布围巾。地上精精的，羊儿们用嘴翻着土块。风雪往羊毛缝缝里钻，羊儿们冷了，身子挨紧身子找吃的。风灌了大爷一领豁，实在冷了，就钻到崖洞里靠在草棵上抽上一会儿旱烟。

> 天上的云彩白着
>
> 没我的羊儿白
>
> 山里的野狐子好看着
>
> 没我的羊儿心疼（漂亮、可爱）
>
> 西北风心狠着
>
> 把地皮子刮破了
>
> 唉吆
>
> 我的羊儿们是恓惶（伤心、可怜）

大爷是羊头山的漫歌高手，云芳说，大爷漫歌时，羊儿们都会抬起头扎着耳朵一动不动。大爷的一句"唉吆——"

声音最沉，意思最复杂。山这边"唉吆——"一声，山那边回一声"唉吆——"，人们听到这一声"唉吆——"，有时候眼睛就湿了。

羊是大爷的命。

大爷的羊圈地上铺着一层厚厚的粪蛋蛋。一层金蛋蛋，看得大爷眼睛发光。大耳朵、孬蹄子、细眼儿、肥沟子……羊儿们回圈，大爷不数数，一个一个点它们的名字。细眼儿最娇气，"咩——咩——"叫起来像月娃子。肥沟子脾气大，鞭梢子还没挨到身上，就把沟子扭来扭去大声叫上好一阵子。大爷暂时最疼孬蹄子，孬蹄子岁数最小。

"咩——咩——"是细眼儿的叫声，怎么直声捣怪的？咩咩咩咩，大耳朵肥沟子孬蹄子们叫唤得乱。

大爷跑出了崖洞。

土匪和早殁的太爷讲的一模一样，羊皮袄，羊皮帽，重重的大毡靴。也正是这个青黄不接的时候。太爷讲过，土匪们抢不上东西，就在地里偷偷埋了土地雷。有一天，几个人一起走，"轰"的一声，地炸了，魂魄都吓散了。再一看，少了大虎子的爸，急着寻不到，抬头见树枝上挂着一只胳膊，大虎子的爸呢？头朝下，木桩子一样，多半个身子栽在地的那一头。

大虎子的爸给炸得太惨了，尸首怎么都凑不齐整，到最后还是缺了一个耳朵一个脚指头。大虎子殓了他爸，好多时日，睡梦里被疼醒，不是梦见一只耳朵烂掉了，就是梦见脚疼得动不了。大虎子心想可能是在替他爸受罪呢，但疼得实在受不住了，请了阴阳，开了棺木，给他爸照着另一只耳朵做了一个黄泥耳朵，照着另一个脚上的小脚趾做了个黄泥脚指头，把泥耳朵和泥指头给他爸安上，才算安生了。

是呀，时间一长，好多事就像传奇一样，云芳说。

大爷抖抖地站在崖洞口。装在土匪马车上的羊儿们望着大爷"咩咩咩"地叫。放下我的羊！大爷喊。土匪们掉过头，踏着大毡靴，"咚咚咚"来到崖洞边。放下我的羊！大爷一边喊，一边往崖洞里退。几个黑影子堵住了洞口，大爷紧贴在了草棵上。"噌——"一个土匪抽出马刀，说，要羊还是要命？大爷只管扯着嗓子喊：放下我的羊！放下我的羊！雪花子钻过人缝缝冰冰地打到大爷的脸上。土匪把刀架到大爷的脖子上，来回蹭，抽出来，架上，抽出来，再架上。大爷倒在了草棵里，嘴里还是喊着"放下我的羊！"土匪朝大爷高高挥起刀，看看大爷的样子，又哈哈笑着放下。

土匪笑得崖都抖呢。

呔，给你留下一个。

一个土匪重重往地上扔下一只羊。是大耳朵，大耳朵绊疼了，"咩——咩——"哭破了嗓子。

人们把大爷抬回家时，大爷冻得不能动了。大爷直瞪着眼睛，嘴里嗫嚅着羊的名字。

"细眼儿、尕蹄子、肥沟子、大耳朵……"大爷喊了一夜他的羊，天刚亮，人就没气了。

有人说，大爷的胆早给吓破了，魂灵子其实早走了。

大耳朵在大爷的丧事上招待了庄子上的人。羊圈空了，剩了一地羊粪蛋蛋。铲起来，像个大坟堆。大奶奶用这些粪蛋蛋足足烧了多半个冬天的炕。

怎么知道大爷是给吓死的呢？

云芳说，大虎子讲的，大虎子的爸让土匪炸死后，大虎子去找土匪算账，没想到转过身他也当了土匪。那天用马刀吓唬大爷的是一个叫"断指子"的土匪，这个土匪先前是个六指子，有一天，硬生生把那根六指子撅断了，所以人们叫他"断指子"。大虎子说，"断指子"把马刀架在大爷的脖子上时，大爷裤裆里的水流了半崖洞呢。

"断指子，你个狗日的，你的后人、后人的后人还是六指子，沟子上撅尾巴，头顶上长犄角……"

怪不得一提到"断指子"，大奶奶就这样咬牙切齿一溜烟儿地诅咒开了。

云芳说，大爷出殡那天，风搅雪呀。雪片子大得像牡丹花儿，大奶奶让风刮倒了，起来了，又刮倒了……

长生——大爷是不是枉叫了这个名字？名字不跟着人走呢。

三爷在坟头恓惶地给大爷烧纸，说，长生我的哥呀，有时候想一下，这世上，其实路短些也好。

天爷爷早给安排下了

风把上房的布门帘一掀一掀。院子里寂悄悄的，麻雀们在光秃秃的杏树上飞上飞下。

三奶奶在厢房的热炕上一个劲儿往上房瞅。大白日的，三爷嗓子里扯着风箱在热炕头睡得香。土狗黄蛋子忙坏了，哼哼唧唧上房厢房来回跑。风把门帘掀开时，三奶奶只能看见大兰子的大脚板子，许久的时间，大兰子的大脚板子一动不动。

这就好，这就好，三奶奶慰藉。

方桌两边高椅上的人，一高一矮。这边，大兰子的大脚稳稳放在地上，那边，尕驼背的腿悬在半空，脚尖子紧张地对扣着。三奶奶叮嘱过大兰子，坐着别动，只要不站起来，你的个子就不显眼，尽量不说话，少说话人家就听不来结巴。大兰子果真坐着不动，但也不敢转脸去瞅，尕驼背脊背上的大疙瘩会扎她的眼睛。这边的尕驼背，紧张得出汗了，脑子里老是想起他妈先前讲的一个故事，这个故事他不喜欢，但听过一遍就死死记住了。说先前呀，有个后生去一家相亲，女儿家长得乖乖巧巧的，就是话少，一直坐着不动，可能是羞怯，后生出门时送都不送一下后生。两家订了婚，娶回姑娘时才发现是个驼背。那相亲时怎么没发现呢？原来女家在墙上挖了个洞，姑娘的驼背刚好藏在那个洞里。

尕驼背没处藏脊背上的疙瘩，他就那样亮晃晃地坐在高椅上，脚空空地悬着。

为什么那时的大方桌和两边的木椅那样高呢？除了大个子三爷和大兰子，坐在高椅上，谁的脚能挨到地上？

大奶奶说，先前有钱人家的桌椅，腿长身子高，那高椅是要人盘腿坐在上面的，如若腿要垂着，脚下得有个脚踏，是讲究个姿势的端正。

那大兰子家是有钱人家吗？云芳问过大奶奶。

大奶奶说，先前羊头山有家姓黑的地主，败了家，用这套桌椅抵了给大兰子爸的工钱。兰子她爸那时可是个仪表堂堂麻利利儿的男人，地主家的女儿看上了他，但家败了，那女儿又不会干活，兰子爸就没娶她。那套桌椅，兰子爸惜爱了一辈子，不过后头他肺疼，坐不住那个高椅子了。

黑家的女儿后来呢？

大奶奶说，后来，哦哦，后来不就成了大虎子的媳妇，就是那个黑菊花。

呀，呀，羊头山上的一家一家，像马莲绳缠起来的疙瘩。

　　　啦啦啦——啦啦啦
　　　蛋蛋沟子罗圈腿
　　　盘盘指头鸡儿嘴
　　　啦啦啦——啦啦啦
　　　大虎子的媳妇脸蛋黑
　　　大虎子的媳妇鼻子拖

啦啦啦

大虎子走路狗瘸腿

大虎子说话驴叫唤

……

这是庄子上娃娃们的巴掌歌，一边互相对拍巴掌一边唱，越唱越快，越拍越快，最后笑成一团。

脸蛋儿黑黑的黑媳妇黑菊花当然能听到娃娃们唱的歌。山洼里的庄子，人声、鸡声、狗身、驴叫唤的声音能走很远很久。黑媳妇不生气，穿着粘了一身饭渣子的斜兜襟衣服，嗑着葵花子，在场上晒太阳，好像娃娃们在唱别人。娃娃们也不用怕土匪大虎子，大虎子离家多少年了，用黑媳妇常说的话："狗日下的大虎子，早死得远远的了。"

羊头山的大兰子高得像白杨树，尕驼背喜欢。尕驼背脊背上背了几十年疙瘩，就喜欢个直溜溜的腰身。都说大兰子的脸像马脸，长得吓人，尕驼背倒是喜欢大兰子的大脸盘子——宽展。都说大兰子结巴，一句话说不囫囵，这有啥，日子过长了，不说啥，谁也知道谁想啥。

日影子都上了房檐了，大兰子的大脚板子还是一动不动。三奶奶心里笑呢，两个寡娃子，都坐着不敢动。三奶奶到院子里，咳嗽两声，自言自语地说，时候不早了呢。尕驼背"噌"地跳下高椅，说，就是就是。大兰子还是一动不动。

说来也怪，死狗黄蛋子见了尕驼背，一声也不叫，围着他，把尾巴都快摇断了。

尕驼背面皮子又白又细，不亏家里是磨面的。尕驼背走起来一跳一跳，靛蓝的宽裤腿一甩一甩。尕驼背虽是个尕背驼，可人多活泛呀。三奶奶和黄蛋子一直望着尕驼背翻过了山梁。

云彩像白棉花一样，一疙瘩一疙瘩堆在羊头山。羊头山的冬天马上就要过了，风就要软了，种子们就要下地了，到时候，麦苗子苞谷苗子绿茵茵的，洋芋花儿白生生的，杏花儿粉嫩嫩的，羊头山好看着。

三奶奶家太缺男人了，从三爷病着起不来炕时，家里就没男人了。人家地里的重活都是男人家干，三奶奶家地里忙乱的就是她们娘儿俩。

这样的好事哪里去找？尕驼背倒插门，成了三奶奶的半个儿子。

羊头山上此后又多了个新闻，长福家的那个高高——高高——的大兰子和山那边王家庄的尕驼背过到了一起。

下地时，尕驼背忙前忙后，不让大兰子干活。头上盘着麻花辫子的大兰子像个将军，稳稳地坐在田埂上。尕驼背忙上一会儿，看一眼他的女将军。

余下的年份，三奶奶家一直穿着尕驼背家送来的靛蓝布做的衣裤。布料是尕驼背家用拆开的面粉袋子染的。厚厚的一摞布，多少年穿不完呢。

大兰子费布料，尕驼背家的布料多。尕驼背个子短，脊背弯成疙瘩，大兰子高高直直，头快挨到了房檐上。那一年，三奶奶家的杏子结得特别繁，一树黄灿灿的大接杏，这当然是好兆头。树梢梢上的杏子最甜，大兰子伸手摘几个，在衣襟上擦净了，给尕驼背吃。大兰子对尕驼背丁点儿的好，尕驼背都感激。土狗黄蛋子再也不敢欺负大兰子了，成天价围着大兰子使劲摇尾巴，尕驼背给大兰子递过来一根热骨头，馋得黄蛋子的口水滴滴答答砸得地响。大兰子啐一口："滚，你——你个欺——欺软怕硬的死——死狗。"黄蛋子果然蜷着身子滚远一些，再蜷着身子滚回来，大兰子啃着骨头，笑得抽抽搭搭。

三奶奶没走眼，尕驼背心善、活泛。

尕驼背一刻不消停，三爷炕头上的尿壶随时倒得干干净净，三爷痰盂里铺了一层压得展展的干麦草。三爷成天睡着，也穿着簇新的靛蓝衣裤。三爷的罐罐茶滚成了牡丹花儿，茶缸子里的冰糖疙瘩从来没有断过。

这个人世呀，就像三奶奶老说的："天爷爷早给安排下了。"

再一个夏天的时候，大兰子一天到晚守着菜园子，一根一根从地里拔葱吃。树荫下的地埂上明晃晃伸着两个脚板子。三奶奶喊："我的兰娃子呀，少吃些，吃多了生下的娃鼻子多。"

大虎子带回来一个尕仙女

大虎子回来了。

就像憋憋的气球突然撒了气，大虎子的脸瘪了，松松垮垮的一脸褶子坠下来两个眼角，脸上多了些哀愁相。人们好像看到了大虎子爸的生前。

大虎子搁下一身包包蛋蛋的行李，拿出带过滤嘴的纸烟给人们一根一根让。但是，人们顾不上这些，人们的眼睛都盯在炕沿上乖乖坐着的那个五六岁的尕仙女身上。

细眉细眼的尕仙女，脸儿白得像羊奶。

黑媳妇盘在头顶的细辫子散开了，她在热炕上盘盘腿的功夫这会儿也使上了。她盘腿坐在大门口，呼天抢地地开始了哭骂。起先，一句一个"大虎子"，谁也听不清她骂的啥，骂着骂着，她又一句一个"黑菊花"。她开始哭诉自己了，刚才还是干打雷不下雨，这一下眼泪珠子真的扑簌簌地下来了，一串接一串，哭声长长的，恓惶得气都上不来了。

——

黑菊花你的命怎这么苦呀

黑菊花你的爸妈死得太早了呀

黑菊花你男人的良心让狗嚼碎了呀

黑菊花你多少年的光阴白熬了呀

你把你爸的坟孤零零地放在山洼里，坟头的丧棒都长成桑树了，年年的清明我给你爸把坟上。土匪媳妇的日子不好过呀，你个不孝不疼人的坏尿（坏人），你没本事给我身上种下一个籽儿，你把身子都放到外头了。杏花儿开得粉扑扑的，我黑菊花菊花照人以前也是个人尖尖上的人，现在让你把我做孽障（可怜）了。黑头发变成了灰头发，光光的面皮子成了洋芋皮。我黑菊花绣花的新衣服也半长柜呢，想要个人呢，就是没个精神。长面花卷子黄发糕，我黑菊花哪一样比人做得差，一根面条捞一碗呀。咣当一声响，那个下雨的晚上我一夜没合眼，以为土匪跳墙进院子了，早上一看是葵花头大着睡下了，我黑菊花守着活寡命苦得赛苦瓜。麻皮子的洋芋我给你存了半地窖，新杏子我给你晒成了杏皮子，活在这个阳世上人要讲良心呢，大虎子你狼一样过着独日子，你吃香的喝辣的，你不亏心死吗？有一晚我梦见大河里划过来一只船，我想你要回来了，我穿得新崭崭地在崖上望到了天黑，人们都笑我，说我黑菊花一个人蹲寡了……

——设若是细细听这黑媳妇的哭诉，还真叫人肝肠寸断呢。可没人顾得上她，就杨树上几个喜鹊"喳——喳——喳——"你呼我应地笑她呢。

人们真的顾不上哭成泪人儿的黑媳妇了，有的干脆跨过她的腿进到她家院子。院子里的娃娃大人实压压的，上房的木格窗也叫人推开了，人们挤着看炕沿上的那个尕仙女。

就单那个花儿一样的尕仙女也就罢了，她怀里还紧紧抱着一个人们从来没有见过的稀罕物——一个古怪的大匣子。

几个和炕沿一般高的娃娃，乱手摸着那个东西。朵仙女腾出一只手，搡了这边的小手，那边的小手又上来了。

"来，莲娃，给人们拉上一段。"大虎子说。

"哎，爹。"朵仙女跳下炕，眼睛笑成了两牙月亮。

朵仙女的一声"爹"，让人们一阵惊叹，炕边挤着的娃娃们"轰"地往后退开一块儿空地。

"爹——"娃娃们学朵仙女的声音。

"这些朵子子们（小娃娃们），我是莲娃的爹，又不是你们的爹。"大虎子笑着说。大虎子一笑，脸上的褶子堆到了嘴两边，活脱脱就是他那个被土匪炸死的爸。

"呜——"变戏法似的，朵仙女拉开了那个匣子，匣子的一半风箱褶子拉开了，越拉越长，长到朵仙女的小胳膊再也拉不出去了。

"琴。"有人喊。

匣子这一边是一排好看的碎台子，黑黑白白的，朵仙女的一只手鸟儿一样在碎台子上跳起来了。呀，音乐响起来了。鸟儿在河面上走步，河水哗啦啦的，狗娃子们满坡打滚，杨树叶在招手，五颜六色的花儿开了一河滩。

朵仙女的小头歪着，下巴紧挨着琴，脚尖在地上打着拍子。琴声风一样吹到每个人的脸上，再风一样穿过大虎子家的院子，蹿遍了整个庄子，蹿到了土苍苍的崖上，一直蹿到了山的那一边。人们的脸上显出了少有的神情。

琴声停了，琴匣子合上了。没有一个人说话，人们还在听呢。

来，莲娃，再拉个火车。大虎子说。

哎，爹。

莲娃，以后叫爸，不要再叫爹。

哎，爸。

羊头山上的人没见过这么惹人怜爱的娃。

"爸——"娃娃们又学着尕仙女的声调，大虎子又笑了。狼一样凶的大虎子变善了，爱吃独食的大虎子带来了一枝尕苗苗。

"呜——哐哧——哐哧——"风箱灌满风，长长地扯开，尕仙女用小手一点点把风往怀里压，琴声越来越轻，火车越走越远了。

人们的心也跟着火车走远了。

很多年后，羊头山的人们都还清楚记得那一天。干焦干焦的羊头山命里缺水呀，尕莲娃的琴声像雨，沙沙沙撒进羊头山的黄土里，像月光，柔柔地拉在山尖尖上，像向晚时裹住羊头山的那种淡淡的蓝。尕莲娃的琴一响，一羊头山的马莲花儿忽地一下全都蓝莹莹地开了。

我家娃叫莲娃，她老家到处开的都是莲花。莲花，莲花你们肯定没见过，是南方的一种开在水里的白生生的花儿。大虎子对大家说。

羊头山上的杏花、梨花、苹果花开在树上，羊头山上的洋芋花、胡麻花、大豆花、葱花、马莲花开在地里。羊头山上的人们确实没见过水里开的白生生的花儿。

后来呢？

后来，人们慢慢地知道了，这些年，大虎子金盆洗手不干土匪了，他坐着火车跑到南方，各处给人们干活，大虎子烧香念佛赎罪过，变成了一个善人。

大虎子领来的是个会拉手风琴的没爹没娘的娃。苦命的尕莲娃，早早死了妈，爸是个教音乐的老师，可怜他在兵荒马乱中也病死了。

黑媳妇黑菊花破涕为笑了。

尕莲娃的爸活着时拉一手好风琴，还作过好多曲子。尕莲娃那天拉的琴曲是他爸教她的，名字叫《黄丝蜜》，尕莲娃说，黄丝蜜是一种很甜很甜的圆圆的小点心。

娃娃们的嘴里淌涎水了。

后来，羊头山的娃娃最爱听尕莲娃拉的《黄丝蜜》，《黄丝蜜》一响，娃娃们一起舔嘴皮子。

那一年的三十晚上，尕莲娃给黑媳妇单独拉了个《黄丝蜜》，然后钻到黑媳妇的怀里，叫了一声和黄丝蜜一样甜的"娘"。黑媳妇说，我的乖娃，叫妈。

妈——

血牡丹：另一种镌刻

1

就像一条不断分岔的路，在叙说的途中，分岔滋生。而我原是要说一块碑，确切地说，要说发生在这块碑上的一个事件。

2

碑最先紧邻一条古老的大河。

在黄河中上游一段，有一处驰名边塞的关隘——金城。因一南一北两大山脉的夹峙，一个逼仄狭长的河谷险居古丝路要道，渐渐地，此处由一个军事关隘繁衍成了一个城池。狭仄的河谷之城，更加上天堑黄河，因其固若金汤，人们称其"金城"。

"金城"便是今日兰州的旧称。我喜欢"金城"二字，是它读起来有隐忍的金石之声，字样看起来坚不可摧。

崇祯十六年（1643年），一场雨倾盆而降，雨水恣肆、河浪滔天，黄土高原上，这个命里缺水的城池，渴迎每一场大雨的样子，都像在喜极而泣。

但有人说，这场罕见的大雨泼洒在秋冬之际，是一个预兆。

还是从这里说起吧。

1908年，芬兰人马达汉姆的马蹄敲响了兰州城里的青石路。一年多前，这位后来在二战中任芬兰三军总司令的"科考者"骑马从中亚进入新疆，穿过了茫茫戈壁和甘肃的河西长廊，陪伴他的仅是几个哥萨克随从和一个任性的翻译。长风浩荡，炙热荒寒寂寞令他憔悴不堪。当哒哒马蹄敲开了兰州城门，扑面而来的尘世气息几乎让他热泪盈眶。正赶上旧历大年，熙攘的人流、喧嚣的社火爆仗、盛大的阅兵典礼，令他的相机镜头目不暇给。作为我对兰州最早的最富民间气息的怀想，马达汉姆在兰州拍摄的诸多照片成了我个人忆识兰州的牢靠凭据。在彼时的兰州人不曾知晓的照片中，那些逼真的人事、情景交融，常叫我有一种时光穿梭的恍惚之感。陕甘总督衙署前一个平常的早晨、坐在高厚的院墙上看社火的有钱人家的女人、正在修建的"天下黄河第一桥"……每一张照片都让我怀想。我还发现，马达汉姆的镜头对兰州女人尤感兴趣。在除夕的阅兵典礼上，马达汉姆再一次看到了大面积的女人，他在日记中写道："一长排达官贵人把他们漂亮的女眷从牢笼里带了出来，屋檐下挤满了花枝招展的盛装妇女……她们透过棉纱相互审视着她们的华丽头饰和衣着。"（《马达汉姆西域考察日记》）马达汉姆把兰州达官贵人家的高墙大宅称为"牢笼"。之前，他还在镜头里定格了坐在院墙上看社火的一排女人，她们身着绚烂的绸缎、珠光宝气、唇红齿白，像探出高墙的一朵朵鲜美的花儿。对中国封建王朝的妇女，马达汉姆的确深怀好奇。几个月前，在新疆阿克苏，他拍摄了阿克苏镇台的两个美丽的妻子，她们专为远道而来的马达汉姆表演射击，绫罗绸缎玉佩琳琅的她们英姿飒爽，"她们向 180 米远的目标射了二三十发子弹，个个中靶"。（《马达汉姆西域考察日记》）不过，她们只能坐在地上射击，因为裤腿中露出的是一双粽子似的裹脚。

说到裹脚的西北女人，我想起清朝李渔《闲情偶寄》里的一段文字："予遍游四方，见足之最小而无累，与最小而得用者，莫过于秦之兰州……兰州女子之足，大者三寸，小者犹不及焉。又能步履如飞，男子有时追之不及。"兰州女子迈着三寸金莲、健步如飞。

说回兰州城。

我对古兰州城池具体样貌的认识，来自晚清一幅民间画师的设色山水画——《金城揽胜图》。图上，兰州城垣方整坚固、黄河紧邻城北汤汤流过，城内寺塔林立、肃王府端庄森严。正是四月光景，城外的南山上，梨花堆雪、杏花如云。

历史上，一次巨大的火灾，发生在《金城揽胜图》中四方城池的东北一角。光绪元年（1875年），左宗棠在东郭城门内建火药局。建造者仿佛洞悉天机，有意让火药局紧邻黄河，并将靠着黄河的北墙和紧接郊区的东墙修建得很薄，而将靠南靠西的围墙修筑得厚实坚挺，这样做，是为了尽可能减少火药库意外爆炸带来的损失。爆炸真的来了，60年后，1935年秋末的一个下午，一声巨响，东关火药库爆炸，尽管瞬间崩裂的北墙东墙极大缓冲了爆炸的威力，但二三华里之内的房屋全被震毁，唯剩一个寺塔岿然不动。大火烧至次日凌晨方熄，满城悲声，死伤600余人。

那个在爆炸中巍然矗立的塔叫白衣寺塔，是明朝肃王为求子所建，在旧时又被称作求子塔，而今它醒目地矗立于兰州市博物馆院内。

明朝朱元璋在改组国家中枢机构的同时，封诸子为王，让他们"控要害，以分制海内"，达到"屏藩王室"的作用。据《皋兰县志》载："明太祖定鼎，以西北辽远，命少子屏藩肃土，赐名二十字：瞻禄贡真弼缙绅识烈忠曦晖跻当远凯谏处恒隆，以示传世久远。"肃王共传九世十二王，历251年，至"识"字而终结。

肃王府从河西走廊建有著名大佛寺的张掖迁址兰州，或许深受河西宗教氛围的影响，藩王们各个好佛道。加上偏远于京都，闲来无事，多个肃王又喜好金石书画。肃王府迁到兰州后的200多年，一代代肃王按照皇帝赋予的"下天子一等"的规格，不断修建美化着兰州，渐渐地把兰州城修建成了《金城揽胜图》中的大致模样。从图上可以清晰看到，肃王府紧邻黄河，院内花木扶疏，假山崔巍，亭台楼阁错落有致。后来，它就是当年马达汉姆到兰州后时常出入的陕甘总督衙署，今天的甘肃省政府所在地。肃王府东北，是王府的后花园，这里更是花木葳蕤，肃王和妃子们在此处休憩游玩，妃子们的笑声姹紫嫣红，让这个苍老干坼的金城显出别样的姿色。后花园北城墙上，有一幢拂云楼，高可擎天，楼下黄河滔滔。楼上立有一碑，上有主持刻制肃本《淳化阁帖》的肃宪王朱绅尧的诗一首，今天，碑身剥泐，许多字迹残损，诗文已很难辨读。碑面除"肃藩翰墨""磐石之宗"两个印章清晰可见外，碑上仅存60余字。碑文原为七律一首，一些专家经过仔细辨认推敲，拟补了这首题为《次司马太恒吴老先生韵兼送之甘州》的七律：

> 边城春柳解婆娑，别殿香风舞彩罗。
> 白简暂违双凤阙，丹衷直上五云阿。
> 平戎漫讶龙堆远，策马频从鸟道过。
> 最是识荆离乱后，不堪回首阻关河。

一首雄气十足的边塞诗，和金城的氛围相投。我最喜"策马频从鸟道过"一句，写出了畏途中的孤绝和胆寒。

我要说的事件便与这个碑有关。

3

崇祯十六年那场下在秋冬之交的瓢泼大雨，果然是个预兆。

这一年，李自成和他的兵马在大明朝的疆土上所向披靡，他几乎在以机械化部队的速度驰骋南北。正月，李自成在襄阳称"新顺王"，十月，攻破潼关，占领陕西全省。李自改长安为"西京"后，命大将贺锦继续向西。

大军朝兰州逼近。

李自成，这个残忍粗鄙的武夫，与甘肃渊源深厚。据说，明朝以前，他的家族就是由甘肃迁徙到陕西米脂。崇祯二年（1629年），李自成背负人命逃至甘肃甘州。同年，他在今天的兰州榆中县，发动兵变。后来，他与张献忠结怨后，分军再次西走甘肃。他与甘肃最后的牵连表现为一个传说，传说他并未蹊跷地死于非命，这个一代枭雄最后无奈地装扮为和尚投靠到兰州榆中青城他的叔父李斌家。榆中青城，濒临黄河，昔日盛产水烟，是丝绸之路一个重要码头。青城而今确有一脉李氏，有关李自成的传说，今天的青城人正在叫它日益枝繁叶茂。

崇祯十六年的肃王是朱识鋐，就是那位在拂云楼上立碑撰文的肃宪王朱绅尧的嫡长子。朱识鋐命运多舛，他于天启元年（1621年）袭封肃王，袭封之时正值明末农民起义前夕。随着起义军日渐壮大、威震西北。那个与甘肃渊源深厚的"流寇"李自成叫肃王朱识鋐整日胆战心惊，他曾上疏朝廷要求增加藩府护卫，同时加固驻府兰州城。但远在塞北的肃王可能难知详情，当时的朝廷已是自顾不暇。

作为一个驰名边关的军事重镇，兰州在明朝及之前，并未有过特别大的战役。守着固若金汤的城池，明朝肃王们并不着意于军事，而是倾心于佛道或金石书画。在白衣寺求子塔满身的悬铃声中，他们祈愿子嗣丰盈，祈愿无穷尽地享受皇家的恩宠，祈愿一代代钟鸣鼎食。酷爱笔墨书法的朱识鋐继承了父亲的事业，其父过世后，他接手刻制《淳化阁帖》，历时 7 年，终于完成了这部法帖，并作跋其上，赞其"新旧不爽毫厘"。这部法帖就是被世人称道的肃本《淳化阁帖》。

大约是 1632 年的一天，肃王府内，年轻气盛的朱识鋐一时兴起，在一张长约 6.57 米的白宣上，笔走蛇龙、一气呵成一篇草书《千字文》。那是汪洋恣肆的墨渍在大幅宣纸上的豪华阵仗，洒脱瑰丽、运筹帷幄，悬腕间没有丝毫的犹疑。而今，在求子塔畔的兰州博物馆，肃王朱识鋐的《千字文》长卷手迹，隔着几百年的时光，仍旧散发着满纸的豪纵气。

但叫肃王胆寒心惊的时刻来了。崇祯十六年冬，贺锦的大军兵临城下，据说因为来势凶猛加上肃王府内发生了哗变，贺锦不费一兵一卒，轻易拿取了这个千年关城。

兰州被攻陷了。

初读这段历史，我在这里没有停留，我有意继续探究之后的明史，看中国中西部内陆如何在李自成铁蹄下继续乱作一团。后来，我的目光好长时间停留在一处，那就是兰州被攻取 1 年后李自成在山西的代州一战。

1644 年（崇祯十七年）1 月，李自成东征北京，在沙涡口造船三千，渡过黄河，攻下汾州、阳城、蒲州、怀庆。3月 13 日，攻克太原，在太原休整 8 天后，克忻州。李氏部队排山倒海似的抵达代州，出乎预料，他遭到了强烈反击。这段熠熠生辉有着金刚钻气质的一小点历史，醒目地镶嵌于孱弱萎靡的统治者的明史中，令我敬畏不已。

双方实力相差实在过于悬殊，总兵周遇吉凭城固守，两方大战 10 余日，周遇吉终因兵少食尽，退守宁武关。在宁武关，他依旧百折不挠悉力拒守，最后火药全部用尽。守门被克后，周遇吉继续在街巷中奔袭，他牺牲时，如同一个巨大的刺猬，遍身插满箭矢。同时，他勇毅的夫人率妇女 20多人爬上屋顶向敌人射击，几乎是以卵击石，她们全部被活活烧死。李自成攻克代州、宁武关，伤亡惨重，前后战死将士 7 万余人，怒不可遏的李自成下令屠城，"遂屠宁武，婴幼不遗"。

明知寡不敌众，誓死以身殉义，这般的惨烈和壮烈在我眼前总是挥之不去。

我明知周遇吉与肃王身份迥异、身世迥异，但我还是要不断往后探望这段发生在异地的历史。为了什么？

4

崇祯十六年，秋冬之交下起一场瓢泼大雨，雨势如鞭，疯狂抽打着兰州。黄河激浪如奔腾的万千战马，即便隔着厚厚的城墙，轰轰烈烈的涛声在肃王府后花园也听得一清二楚。枯叶被卷着狂风的雨水砸落，地上污泥翻涌。几日大雨之后，兰州似乎显出来了从未有过的疲弱，过早地就有了一年中萧瑟荒芜的气象。雨停了，但狂风依旧无休无止，沙尘弥天。从秀美温润的吴地远道而来的肃王们先前就蕃张掖时，就苦于河西走廊长风的浩荡和凛冽，而今到了兰州，他们发现，风势并未减弱，为此，肃王曾上疏京都，继续苦陈兰州自然条件的恶劣。

这一年的冬天提早来临了，春夏草木葳蕤的肃王府后花园每每一到冬天，就显出分外的肃杀来。肃王们依旧有着纤巧的心思，怀念着他们的吴侬软语、小桥流水。就像诸多南国私家园林一样，他们造山弄水，欲把山河尽可能多地搬进自己的家园。黄土高原之上的兰州，山外有山层峦叠嶂，但历代肃王还是不惜重工弄来山石，将它们摆放成嵯峨嶙峋的样子，并将这个"垒石为山，因泉为池，山下洞壑幽远，逶迤数里"的后花园称为凝熙园。实际上，凝熙园高厚的城墙外，黄河滔滔高山矗立，那才是真正的大山大河。

肃王们迷恋于摆放小巧的景观营造宣纸上的大气磅礴，

这种小胸怀，也表现在《明史》中对肃王的若干记载。多是些琐屑小事，比如永乐六年（1408年），肃王府因打死三个卫卒并接受了哈密进贡的马匹，京都责令惩办了一些人；再如肃王"请加岁禄，帝不允"；还有因王位继承问题争论不休等。《明史》对肃王最后的记载仅20余字："子识铉嗣。崇祯十六年冬，李自成破兰州，被执，宗人皆死。"

让肃王朱识铉提心吊胆的事终于发生了。大军逼近城下，农民军潮水般涌入这个看起来气象不凡的王府，几乎像瓮中捉鳖，肃王府里惊叫声哭喊声斥骂声军械撞击声响彻云霄。混乱之中，肃王妃颜氏、赵氏、顾氏，王嫔田氏、杨氏，率宫人200余，由凝熙园奔上北城墙，城墙之下就是滔滔黄河。李渔笔下迈着三寸金莲也能健步如飞的兰州女人们，这一刻带着惊惧绝望，以奔命的样子欲要集体赴死黄河。但追兵们攒得实在太急了，刚刚奔至拂云楼下的王妃彦氏，已别无选择，便一头撞向石碑。鲜血四溅，殷红的血牡丹顷刻绽放在碑上。碑上，先王那句"策马频从鸟道过"原来远没有这般的孤绝。

这几乎是我回望家乡兰州时，所能感受到的最切身的痛楚。200余妃嫔、宫人，昔日肃王府里柔曼和娇媚的她们，莺歌燕语姹紫嫣红的她们，"刎毙、缢毙，自掷毙，顷刻立尽"，各种在第一时间决绝于人世的方式在这里呈现。我想定，这一刻也一定叫起义军大骇，仿佛训练有素，所有丽人以不同的方式同时诀别了人世。既绝望无助又义薄云天。花团锦簇与暴风骤雨，只有柔弱和暴力的比对。一时间，香魂遍地、满目凄凉，肃王府顿失所有的颜色。

大西北特有的刚烈和干爽在这些女性身上显现无遗。古老的金城，因着她们，更增加了激越的玉碎之音。

而肃王的含混和暧昧表现在他最后的结局上。有人说，敌军来临，一位仆人背着他从凝熙园的水道钻出，最后不知所终。还有人说，他在王府被生擒，最后被押至西京被李自成处决。总之，到最后，肃王在兰州，活不见人死不见尸，唯留下一园子他的已然殉命的女人们。

"邦人棺殓诸妃嫔，瘗诸宫人作大冢"。一个掩埋了200余女子的巨大坟冢，赫然矗立在一片狼藉的肃王府中。

想起山西代州一战，会不会在某些地方叫人生发联想？

触碑而死的年轻王妃彦氏，还有其余女子，没有任何史料对她们有过丁点儿记载。对于这样一个叫人心碎的事件，史书中也是寥寥十几字划过。只是后来有人追究到，彦氏，乃兰州本土彦家沟女子，据说，正是孔子最得意的弟子彦回的后人。

我要说的就是发生在碑上的这个事件。

这样的荡气回肠、这样壮烈的200余兰州女子，而今几乎要在时光中湮没。在我们这个古老沧桑但缺乏历史细节的金城，这样耀人眼目绽放于世的血牡丹为何不为人瞩目？我立意这篇文字时，也想和历史做一个对抗，我不想称这些几乎没有自己名姓的女子为烈女或者节妇，我只想将她们作为我故乡的一群侠肝义胆的苦难姊妹。我也再一次由她们寂悄的身后，看出了中国历史中女性们的无足轻重。

但我不能不为她们所动，我必须写一些文字。这是我多年的一个心愿。

5

当然有叫人动情的凿实的后记，虽然离现在也已久远。

230 年之后，清朝同治十二年（1873 年）。

此时，曾经的肃王府已是陕甘总督衙署。入驻总督署的是一位中国历史上的要人——左宗棠。左氏于兰州意义重大。在当时极为闭塞迂腐的兰州，深谋远虑的他先后创办了兰州制造局、甘肃织呢局，并侍凭军事重镇之地位修建了火药局等。短暂的洋务运动中，他主持西北通商，打破了此前"男不晓经商，女不工纺织"的沉寂局面，奠定了兰州成为西北工业中心城市的地位。正是这位封疆大吏，引领古老的金城在全国率先步入近代工业文明的行列。而今，最让兰州人睹物思人的是数棵遗存下来的苍老的左公柳。

总督左宗棠入驻曾经的肃王府，想必也常登临拂云楼远眺。天堑黄河自西向东日夜不息，对岸山巅屹立一座七级白塔。山脚是气势不凡的金城关、玉垒关、王保保城。

文韬武略的左宗棠也一定无数次细观了立于拂云楼下的石碑，想必最让他感慨的不是一代肃王朱申允雄气十足的边塞诗，而是发生在这个碑上的那个惨烈事件。

这一天，细雨打湿了碑身，仿佛隐现的谜底，碑身上的一切和与碑身相关的诸事渐渐浮现。这天，左宗棠起意，要在督署后园建烈妃庙。

据《重修皋兰县志》记载，清同治十二年，陕甘总督左宗棠在督署后园建烈妃庙，并为文记之，曰："一日上北城，过肃王碑，见烈妃所自碎首处，血痕喷洒，团渍缕注。军士告余，天阴雨湿，其痕视常日加明。精诚所至，金石亦开，曷足异也。"

大西北，盛产牡丹，牡丹开放，如火如荼。与南方纤巧秀丽的花朵相比，牡丹的富足大气和质朴艳丽，正如西北的女子。肃王彦妃撞碑喷洒的血渍，恰如一朵盛开的血牡丹。肃王彦妃，用她的血，完成了另一种意义的镌刻。

左宗棠为碧血碑写下一幅著名楹联：

一抔荒土苍梧泪

百尺高楼碧血碑

左宗棠，这位威震西北的封疆大吏，在这一楹联中倾入了他的深情。人们后来随左总督的称呼，将这块碑称为碧血碑。

清光绪元年，曾任乌鲁木齐都统的景廉被朝廷调往京畿赴任，途经兰州，看到碧血碑后，也写了一首《碧血碑》：

　　殉夫兼殉国，生气凛然存。

　　一代红颜节，千秋碧血痕。

　　乾坤留短碣，风雨泣贞魂。

　　凭吊曾悲感，楼头日色昏。

清代进士王烜曾赋有《碧血碑词》一首：

　　拂云楼，矗城北。下有碑，号碧血。碧不风吹
尽，血不雨淋灭。缕缕留殷血，天阴乃赫赫。嗟乎
颜与顾，千秋犹芳烈。

　　苍梧，地名，在湖南境内。典出舜帝南巡死于苍梧，舜
之二女洒泪而成斑竹。碧血，典出《庄子·外物》："苌弘死
于蜀，藏其血，三年而化为碧。"

　　碧血碑如今矗立于兰州市工人文化宫院内，高 2.3 米、
宽 1.3 米。

梨花堆雪

1

小六儿写字时，把手往怀里使劲钻，他写出的字很内向，笔画缩成一团。老师要他注意，他的字儿内向得更厉害。和字儿形成反差的是他右手拇指上那根小树杈，他越是把手往怀里藏，那根小树杈翘得越高，看上去有种狼奔豕突的欢快。"小六儿"是绰号，就因为那根显眼的六指儿。

先天的缺陷总给人带来掩藏不了的殊异，由外向内。小六儿的奇怪之一是，你叫他的姓名时，他会听而不闻，而你叫他"小六儿"，他才抬起头看看你，然后答应你。他装作了然无事，对一个十五岁极度敏感的孩子来说，其中的况味太复杂了。复杂的纠结表现在他对那根小树杈的态度上，起先，他用卫生纸把它缠住，纸很快窸窸窣窣破成一缕缕的，那根树杈因为挂满了小白旗欲盖弥彰。之后，卫生纸变成了纱布，并隐隐透出疼痛的红色来。我赶紧背着他请他母亲来，他母亲说他太想割掉六指儿了，但那不是树杈，怎么说割就能割掉，说撅就能撅折呢。他们家在山洼深处，她说家里没有考虑过给他做手术，村子里头上长犄角屁股后面长尾巴的都有，多根指头算什么呢？他母亲笑着说。

我从未定睛看过他的六指儿，我知道这种孩子身上满是眼睛，即使上课时站在他身后，他也会知道我目光的下落。那根树杈儿，那个无事生非发育不全的丑陋的小东西、老天爷粗心大意的算术作品，它孤单、自卑、伤心。身体先天特殊的学生，几乎年年都有，我记得，有一年，一个孩子，红褐色的胎记像一块儿布幔挂满多半个脸庞，从早到晚他让身体佝偻。还有一年，一个孩子，因为声带发育不全说话囫囵吞枣，他选择了失声。

除了若无其事似的答应"小六儿"这个称呼，更多时候，小六儿紧张蜷缩。像一只竭力把头塞进羽毛的小鸟，他躲避人、喜爱角落。光天化日下的晾晒，对他是刑罚。所以，在课堂上，与他的交流，更多的是目光。当他沉浸在课堂中时，你会看到他的目光安谧澄静，无需用提问做印证，便可知他的聪慧远在很多学生之上。目光和心灵的交融在课堂上会带来春天般的温暖，给他也给我。

我一直相信先天不足背后会隐藏不寻常的优长。我在很多身体孱弱的人身上，看到了内心的丰盈盛大、对这个世界的敏锐善感，有时我想，与那些粗鄙的行尸走肉相比，我更喜欢这种异样的丰盛，但得有疼痛做代价，这也许是公平法则，所谓异秉，与之对应的，大抵有某种缺失。

小六儿成绩优异。他的细腻敏感多思，还体现在他的作文中。在从我打小就沿袭过来的一篇以平庸的《我的学校》为题的考试作文中，小六儿劈头写道："我的学校坐落在梨花沟的肛门上。"

2

我们学校确实位于一条大沟的沟口，这条楔入群山的长长的大沟可以直通外省。梨花河在沟内蜿蜒，年长日久，这条名字美丽的季节河，越来越细弱，中途就消失得没了影踪，到了沟口，校门外不远，梨花河的河沟已经成了城乡接合部密集的居住者倾倒污水垃圾的臭水沟。

"坐落"这个词显然是小六儿有意的美化，山坡上一栋简易的三层小楼，面向操场局促而立。教学住宿合二为一。楼的结构很像父亲先前常用的三角直尺，直尺的一短一长除了互相支撑，构成的直角刚好可以让人站在任何一处就能对整个楼道一览无遗。楼上几乎没有死角，这种缺乏私密的外部空间，叫那些情窦初开懵懂爱恋的男女孩子无处躲藏，常常是在晚自习后的一小段时间，在昏黄灯光的阴影里，他们佯装没事似的目光纠缠一番。这些大都来自大山深处的害羞的农家孩子们，女孩子多是香的，红扑扑的脸蛋和粗壮的麻花辫飘散着雪花膏和洗头膏的香味，而男孩子多是臭烘烘的，头发里散着汗气，脚上是臭球鞋脏袜子。不过，无论怎样，全校师生都知道，三楼过道窗户那里，是小六儿大部分课余时间的私人场所。毕竟像小六儿这样，手上长着小树杈、极度内向、行为又十分怪异的学生在全校没几个。

离群索居的小六儿在那里做什么呢？

要说说春天。

那段我的教学时光中的每一个春天，现在看起来都像梦幻一样，仿佛梦幻的极大原因是校园身后那一片雪浪起伏的花海。

这条长长的山沟，周遭自古生长一种梨树，树上的梨子我们称为冬果梨，它皮薄、肉细、汁液甘甜，与别的地方出产的冬果梨的滋味迥异。梨子，已是现实主义的物质，橙黄的果实已经很好地与周遭的土地吻合，而其年轻时代的梨花，则超凡脱俗、充满理想主义气息，梨花沟也因着这满山满洼的梨花得名。一场壮阔的大雪，可以让干坼悲情的黄土高原完全变成另一番模样：柔软浪漫情意绵绵。与大雪相似的，最是梨花。杏花粉嫩喧嚷、桃花热闹抢眼，而盛开的梨花则有着洁白、冷静的绚烂。梨花一开，一切都变了。

常常在四月的某一天，校园身后的果园一夜间醒了。褐色的枯树杈上繁花绽放，长冬的灰调子上终于撒开了烂漫和明媚。教学楼是最佳观测点。在二楼，你的目光与梨花比肩，视线在花朵中穿行，你与一朵朵花儿相遇；而在三楼，你高过了树，你看到树与树枝叶交通，花儿堆叠，面前是一片浩瀚的花海。美妙覆盖一切，包括你所有的内在。但这样饱满深厚的雪白并不会长久，花瓣儿在树上很快就长不住了，树开始下起大"雪"，"雪"连下几天几夜，之后，树出落成了翠绿。飘零的寥落之感会惹起心头深深的忧伤，我那时常会想到一个词：伤春悲秋。不知为何，后来的时光中，这个词不多见了。我不知是人不易感了，还是自然的春秋离人越来越远了。

梨花叫内心纤细、恬静，叫枯燥的生活变得湿润、充满温情。几乎可以确定的是，小六儿也在三楼的窗户边凝视着这些雪白的梨花。我不知道对一个十五岁的少年而言，这样的景致会唤起他怎样的想法。

"我的学校坐落在梨花沟的肛门上。"小六儿语出惊人，别的学校来轮流阅卷的老师大笑着在办公室朗读了这个开头，然后，这个孤独的开头飞出窗户，飞遍了校园。那时正是暑假将来的七月，果园里满树的冬果梨已经长得十分结实，农人们在树中间扯上绳索，以防止压折它们的子嗣繁茂的老树。"学校""梨花""肛门"，三个意象相距甚远的词语一俟被小六儿组合，形成的句子有了种奇怪的力量，它叫人大笑、叫人猜忌、叫人唾骂，最主要的是叫一些老师失望和伤心。但他们忽视了小六儿的"坐落"这个词对我们这个促狭的学校的美化。小六儿可能没想到，他制造的这个句子像小刀子一样划伤了他，他甚至顾不上遮掩他的六指儿了，现在暴露在众人面前的是整个儿的他，他藏不住自己了，于是，学校里再也看不到他了。他的母亲到学校拿走了他的铺盖，说小六儿终于想通不来上学了，圈里的羊儿们都咩咩叫着等他呢。

3

站在楼台上，望着远方，陷入冥想。有人说我像只鸟儿，这说法很准确。校园外，沿着梨花沟有一条通向远方的公路，我的目光经常徜徉于路的尽头。我一直记得小六儿作文的开头，那句话极为准确和形象。学校外，垃圾堆成小山，沟里的臭水熏得人睁不开眼睛。周末放学后，师生们踩着一溜溜从人家院墙下流出的便溺，一边屏着呼吸疾步穿行，一边挥打成群的蚊蝇。这里不是肛门是什么？矫饰容易沁人心脾，有些话语叫人不适但直击真相。

那时，我是语文老师，那些年是我最好的年岁。但我一直不够愉悦，我觉得很累，梦里总是行走在荒原或者沙漠。可怕的繁文缛节，无奈的应和，连篇累牍的无效劳作，潜在的抵抗使自己很辛苦。现在我知道了，作为那些年的老师，我和很多人都很失败，我们太想站在台前夸夸其谈了，我们看不见面前的一个个人，也没有自我，我们提供给别人思索的事太少了。我们没法儿教给学生更好的认识世界的方法，因为我们本身对这世界欠缺正确的理解。

　　不必说碧绿的菜畦，光滑的石井栏，高大的皂荚树，紫红的桑葚；也不必说鸣蝉在树叶里长吟，肥胖的黄蜂伏在菜花上，轻捷的叫天子忽然从草间直窜向云霄里去了。单是周围的短短的泥墙根一带，就有无限趣味。油蛉在这里低唱，蟋蟀们在这里弹琴。翻开断砖来，有时会遇见蜈蚣；还有斑蝥，倘若用手指按住它的脊梁，便会"啪"的一声，从后窍喷出一阵烟雾。何首乌藤和木莲藤缠络着，木莲有莲房一般的果实，何首乌有臃肿的根。有人说，何首乌根是有像人形的，吃了便可以成仙，我于是常常拔它起来，牵连不断地拔起来，也因此弄坏了泥墙，却从来没有见过有一块根像人样。如果不怕刺，还可以摘到覆盆子，像小珊瑚珠攒成的小球，又酸又甜，色味都比桑葚要好得多。

　　十几年后，在江南，我步入鲁迅的百草园——先生儿时的乐园，踟蹰于百草园的每个角落，我眼中所见耳中所听，全是那些年课堂上学生们学习《从百草园到三味书屋》中的这段文字的情景。天光还未亮透，早自习上，学生们声嘶力竭背诵这个段落，背诵课文时，孩子们各自有着奇怪的表情——那种将深陷脑海里的某种东西竭力往外抽拽的表情。学生们要将这段话熟记在心，因为试卷上可能会出现下列考题：

　　填空题。填入这段文字里，在句子中承担定语、状语的修饰词——鲁迅笔下紧锣密鼓的形容词或者副词；填入这一段中准确生动的动词以及承担了拟人化修辞的动词；填入鲁迅表述百草园不同事物时所使用的关联词。

简析题。鲁迅先生在这个段落中使用了哪些修辞手法，各有什么作用。

理解题。结合课文，谈谈这段文字表达了鲁迅先生怎样的情感。

——教学将文本肢解，情味盎然浑然一体的美感破成碎片，学生脑海中拥挤的是一堆干巴巴的语文零件。多少年来，这一直是语文教学的悲凉。

　　曲曲折折的荷塘上面，弥望的是田田的叶子。叶子出水很高，像亭亭的舞女的裙。层层的叶子中间，零星地点缀着些白花，有袅娜地开着的，有羞涩地打着朵儿的；正如一粒粒的明珠，又如碧天里的星星，又如刚出浴的美人。微风过处，送来缕缕清香，仿佛远处高楼上渺茫的歌声似的。这时候叶子与花也有一丝的颤动，像闪电般，霎时传过荷塘的那边去了。叶子本是肩并肩密密地挨着，这便宛然有了一道凝碧的波痕。叶子底下是脉脉的流水，遮住了，不能见一些颜色；而叶子却更见风致了。

　　月光如流水一般，静静地泻在这一片叶子和花上。薄薄的青雾浮起在荷塘里。叶子和花仿佛在牛乳中洗过一样；又像笼着轻纱的梦。虽然是满月，天上却有一层淡淡的云，所以不能朗照；但我以为这恰是到了好处——酣眠固不可少，小睡也别有风味的。月光是隔了树照过来的，高处丛生的灌木，落下参差的斑驳的黑影，弯弯的杨柳的稀疏的倩影，却又像是画在荷叶上。塘中的月色并不均匀；但光与影有着和谐的旋律，如梵婀玲上奏着的名曲。

今天，我尚记得《荷塘月色》这两个段落在课本上某页的位置。因为反复抽查学生的背诵，这一页总是被卷折得厉害。精雕细刻的两段文字镶嵌了无限的考点，好像它们天生为着考试而存在。繁复的排比、比喻、拟人、叠音词，外加一个主观性极强的修辞手法：通感。早先，给学生分析朱自清的《绿》时，我已对他的这类文章厌倦，"这平铺着，厚积着的绿，着实可爱。她松松的皱缬着，像少妇拖着的裙幅；她轻轻的摆弄着，像跳动的初恋的处女的心；她滑滑的明亮着，像涂了'明油'一般，有鸡蛋清那样软，那样嫩，令人想着所曾触过的最嫩的皮肤"，同样铺张的洛可可风格的文字，浮夸密集的修饰太过折磨孩子们的感受。而其过度阴柔黏稠的描写，让人腻歪。但在语文课本中，凡以经典面目出现的文字，都势必强加给学生大批量的机械劳作。而最让学生绞尽脑汁难以内化的，是大批意识形态化的课文中隐藏的"象征""寓意"，它们更像厚厚的墙，承载着文以载道的使命，沉沉堵在学生面前。

形式总是大于内容，技术大于情感。语文大于人了。

> 我剥我的皮，我食我的肉，
> 我嚼我的血，我啮我的心肝，
> 我在我神经上飞跑，我在我脊髓上飞跑，
> 我在我脑筋上飞跑。
> ……

我熟记郭沫若这首《天狗》诗，并非我的喜欢，而是因为学生们集体朗读这首诗时奇怪的节奏变化，像被谁在后面撵着似的，朗读总会越来越快、越来越快，当最后一个字音戛然落定时，大家不约而同相视大笑，我也会笑，课堂上充满怪诞的快意恩仇。

教师的任务是传授确凿的知识，而非怀疑游离挑剔和心不在焉。我于是不断眺望公路的尽头，那里有一座大山，有一次，小六儿告诉我，那山叫戴帽山，如果云雾像帽子一样缠在山顶，天就要下雨了。

戴帽山雨了，果园雨了，梨花也雨了。春天的一节语文课，窗外又一次梨花堆雪，春雨淅沥，雨水一滴滴挂满花瓣，我突然失神、忧伤难禁，有一小段时间我甚至忘了几十个孩子正好奇地不眨眼地看着我。我说，大家看看窗外吧，这么美的花儿，这么好的景致，对它们视而不见，这是春天

最大的失误。

　　小六儿选择了逃避，我和小六儿一样，无时无刻不在内心谋划着逃离。的确，关于教书育人，对它的感情和热情，我永不如蛙老师和山老师。

4

　　孤立于沟口的我们的学校，远离市区，师生们每周回一次家。单调乏味的生活，狭小逼仄的空间，孕育出老师之间种种不长久的爱情。而蛙老师对学校对教学，几乎怀有一种殉道般的情感。我叫她蛙老师，因为在她跟前，我第一次知道了蛙类传宗接代的秘密。她原是物理老师，但在学校师资紧缺时，她勇敢承担起了生物课教学。那些年，作为一门副课中的副课，生物课在很多学校只出现在教学大纲中。那是很多人羞于说出交配和性交之类词语的年代。蛙老师挑着水桶摇摇摆摆从远处的河滩担来河水，把河水倒进走道里一字儿排开的花花绿绿的塑料盆，盆里漂浮着藻类一样暗色的带状物体。蛙老师的课堂就在走道里，她对兴致勃勃的学生们说，看，这就是青蛙的受精卵，这些看起来粘连在一起的轻轻的小泡泡，过些时候就会变成一个个活泼的小生命。学生们叫道：蝌蚪、蝌蚪。那么这些青蛙的卵又是怎么来的呢？蛙老师神奇地展开几张不知从哪里搞到的大幅挂图——一只蛙紧紧爬在另一只蛙的背上。一只母蛙，一只公蛙，你们知道它们在做什么吗？蛙老师用指头一一指过这两只蛙。学生们害羞了。它们是在抱对，抱对是蛙类特有的产卵方式，类似于交配和性交，当然也有区别。学生们更害羞了。大家不必难为情，生命的传递方式其实很相似，蛙老师神情庄严地说。这是我第一次在看似非正常的教学秩序中感受到的教学的庄严。在我们那个默默无闻的偏僻的学校里，我以为学校应该为有蛙老师这样的老师而骄傲。

但蛙老师的学生的课业成绩一直不尽如人意，她对此并不在意，因为需要种种教学实物，课里课外，蛙老师都很忙碌。她的办公室摆满各种瓶瓶罐罐、虫虫草草。为简化生活，她甚至剃光眉毛。有时，她会忘戴胸罩。她全然不理会这些生活琐事，穿着不分季节的老式皮鞋，她风一样大步流星。她是学校第一位采用田野方式进行教学的老师，我也被她的教授吸引，混迹于学生中间，看蛙卵，看青蛙如何抱对，一直看到那些轻盈的小气泡变成一盆盆黑油油的欢乐的小逗号。有一天，临睡时，有人发现蛙老师的被子里竟有一窝小老鼠，女老师在宿舍里大声尖叫，蛙老师没事似的将小老鼠一个个捧出来，放进纸盒，这是她的教学用具，她对它们关怀备至。

小六儿辍学后，唯有她，这个看上去性格粗粝的蛙老师，在办公室黯然落泪。

离开学校后，我时常会想起蛙老师，有一年，听说在一个天色未明的冬日清晨，在回校的山路上，蛙老师遭遇劫匪，她的头被打破了，满脸是血，但她硬是护住了没装几个钱的钱包。我听说后，长笑出了眼泪，能做这样勇毅事情的人，非我们的蛙老师莫属。

蛙老师终日忙碌不迭的时候，另有一个老师也在不停做事。我后来回忆起他们，心里总是充满忆念，他们的所为，弥补了我内心深处对自己的期望，也因为他们，我想到，任何时候、任何地方，都有温厚慈祥心怀大爱的老师。

与大张旗鼓的蛙老师相比，教美术的山老师是静的，他静静地做这做那，不停地叫人吃惊。

首先，山老师让学校长高了，这完全是他的创意。有一天，老师们惊呼着从办公室跑出来，一起眺望三楼楼顶。山老师正在给学生们上写生课，学生们相向坐成两排，山老师在学生之间来回走动。山老师个子奇高，小山一样，我因而叫他山老师。兀立于楼顶的山老师，在那一刻显得更为高大，几片云落在他的肩上。山老师似乎在楼顶让学生们摆一个神秘的阵局，一会儿，两排学生又背向而坐。我明白了，这时候，一排同学的面前是楼下的果园，另一排同学面前是长长的梨花沟。果园绿树掩映、矮壮的褐色树干撑着形状各异缀满果实的树冠；这一面，逶迤的小山侧立于梨花沟两边，远处的戴帽山云起云落。山老师让学校长高了，学生们高瞻远瞩，目光越过围墙到达远处，在寸土必争无法给树木花草留一点儿位置的校园，山老师把山野和果园拉进学校，他让学生们在轻风和阳光中学习。

山老师沉静细腻，他话少，但很幽默。一天下午，学校食堂的厨师望着楼顶急得团团转，饭菜都凉了，山老师的美术课迟迟不下。厨师到楼顶找他，山老师捋起袖子，说，我以为还早，原来我的表停了。学生们大笑，厨师则哭笑不得，原来，上课前，山老师在手腕上画了一个表，告诉同学们，现在，时间就停在他的手上，谁都不能急，要安安静静画一张好画。

学校三楼，有一间安放闲置桌椅板凳高低床的教室。一天，学生们请老师去看一个展览，大家狐疑地被带到三楼，进到这间教室，所有人发出了惊呼。这里变成了一个奇异的世界，墙上挂满学生们装裱的自己的画作，教室中间，桌椅板凳搭成的一个错落有致的高台上，摆满学生们的手工制作：色彩缤纷的风铃、千纸鹤、城堡、公园，甚至还有我们的微型校园。老师们不敢相信，这些精致的作品，全部出自我们的山里的孩子，山老师笑盈盈地环顾他的学生，不断解释，是他们的、他们的。就在那一天，我第一次听到小六儿咯咯咯的笑声，不知道山老师对着他的耳朵说了一句什么话，他笑得止不住了，他手上拿着一串天蓝色的泡沫纸风铃，说回家时带上，要给他家刚出生的小猪娃儿看看。

我十几年的教学时光，我曾经当老师的学校，每每回想起它的模样，眼前总有一处在晶莹闪亮，它和山老师有关，仿佛一顶明丽的头冠，它静静地镶嵌在我们简陋素旧的教学楼上。若干年后的一天，我乘坐公交车路过梨花沟沟口，一眼瞥见了高高的山老师，时光恍若从前，他的腿还是太长了，走路时，他要前倾着身子，拖拉起他的长腿。若在那时候，看见他这样子，我会叫他长腿蜘蛛，他会腼腆地低声回我：瘦猴儿。

5

一个人，一生中遇到好的老师，被光辉沐浴，是一件多么幸福的事情。

我和小六儿一般大时，遇到过怎样的老师呢？

每个学校都有自己的氛围，上中学时，我所在的学校，大部分学生和我一样，野草般疯生疯长。我们的父母多是学校周围几家工厂的大老粗，我们的家里鲜有书籍，和父母一样，我们满嘴脏话。那年，我们班来了一位新班主任，姓丛，不知为何，我一直觉得她的姓氏有着植物的美丽。一天，在学校的大操场上，我上气不接下气疯追一个女生，一边在她身后大喊一句下流话。丛老师喊住了我，低声问，你知道这句话的意思吗？我仿佛知道一些，但又从未深想过。丛老师说，这话很不好。我非常羞愧。那天，丛老师给我一小袋零食，告诉我，里面是鱼皮花生。那是我第一次吃鱼皮花生，因为要改过自新，丛老师用它激励我。花生裹上鱼皮，花生想做鱼还是鱼想做花生？花生和鱼纠缠，它俩结交成了鱼皮花生。我后来总喜欢吃鱼皮花生，边吃边这样咬文嚼字。丛老师带了我们两年，我上高中时，变得文雅了些，家里有了我自己的小书橱。那时，我遇到一位很特别的语文老师，他姓瞿，常常身着暗色的长袍，满嘴文言，风度儒雅。他是一位老派的老师，但他给予我最新颖的引导。有一次，在课堂上，他讲到课文中的一个词——"嫩绿"，他突然叫起我，问，你知道嫩绿是怎样的吗？我说，那种带点儿鹅黄的绿。那鹅黄的绿为什么就是嫩绿呢？我说，因为鹅黄是一种嫩黄。老老的瞿老师忽然十分开心，荡漾开满脸笑意，当着全班同学，送我一个厚厚的日记本，他说，喜欢写作吧？每天往上面写点儿吧，想写几句就几句。瞿老师怎么知道我爱写作呢？在我更小的时候，在小学的油印小报上，我发表过一首四行小诗，我把报纸压在毛毡下，每天临睡前拿出来看看，母亲把这张小报打进了袼褙，我知道后大哭，母亲说，想想看，袼褙做成了鞋子，你每天不就可以穿着你的诗歌走路了吗？我的没文化的母亲，也是个可爱的老师啊。我热爱着写作，我的老师们让我茁壮成长。

对老师的依恋，很类似对母亲或者父亲的依恋。记得我有了弟弟后，每天都不想上学，就想围着弟弟转，我的班主任到家来接我，我俩一起笑看我襁褓中熟睡的弟弟，然后，他用自行车载我去学校，像父亲一样。后来我成为老师，我的身上已经有了他们的影子。

所以，我一直在想，能与蛙老师和山老师相遇，梨花沟里的孩子们多幸运啊。

"我的学校，坐落于梨花沟的肛门上。"在我终于决意离开这个我待了十几年的学校时，几乎带着满心的落寞和悲凉。升学考试的压力越来越大，管理制度流于形式，而且越来越严苛。那时候，我备课时戴着耳机，耳机里唱着声嘶力竭的摇滚歌曲。对抗已经在内心白热化，但备课本上的字儿依然要安静茂密。备课与上课完全脱离，备课字数必须达到严格的要求。时间在白花花流淌，震耳欲聋的摇滚帮我呐喊，我要呐喊什么？

那一年，有两件事决定了我的去意，一是蛙老师的教学成绩因为始终落在全区各学校最后，她被调派到了梨花沟深处的一所学校。另有一件事，一位安静少语的女老师突然间发病，住进了医院。原因是参加了连续几周的教学竞赛，她日日不能入睡，有一天，一进办公室，她就姿态端庄地喊：上课！再喊：同学们好！这是老师讲课前必须的程序。后来，她每到一处，总要先严肃地喊出这两句：上课！同学们好！

果园的梨树打满了芽苞，雪白正从花苞中星星点点渗出，春天总是来得如此纯真。蛙老师背着她的行李大步流星头也不回地走出了我们的学校，正是小蝌蚪就要游满梨花河的季节了，山野草长树幽、蛙鸣鸟叫，我忽而有些为她高兴。再过几天，雪白的梨花也将铺天盖地地盛开，但我要告别那里的春天了。

木器厂

1

朱红的木箱，和在杂物里，堆在阴暗的墙角。上好的樟木箱子，笨重古旧，但牢靠耐用。箱子上亮闪闪的铜锁，像旗袍襟子上的金色盘扣，繁复、精致。即使在十分崇尚实用的年代，那也绝不只是为了让箱子紧锁。

我依然记得打开箱子扑面而来的气味。樟木的气味，稀罕的南方樟木，不知道父亲从哪里得到这样的木料。樟木木材细密坚硬，防虫耐腐，且有特别的气味。母亲迷恋几乎所有植物的气味，在这个父亲亲手打制的樟木箱子里，她放进了她所认为的大部分贵重物品——一些只为忆念而留存的古旧之物。过些时日打开一下，在浓郁的香樟味中，仔细翻看，似乎仅为着一番回忆。衣角磨损出分明经纬的绸缎嫁衣（奇异的是颜色依然艳丽无比），20世纪三四十年代的红色高跟皮鞋（母亲曾穿着它跳交谊舞），的确良碎格子衬衣（可能有着特殊的纪念），粉色泡泡纱内衣（这样朦胧唯美的东西，令我对那个时代产生了一丝疑惑），一块老得走不动了的英拉格手表，还有父亲年轻时曾经穿戴的衣物。存留时光的人，身上总有着古典的气质。当父亲最终将这些东西取出来束之高阁的时候，我看到了母亲脸上的若有所失，而在父亲将他的木工工具一样样摆进箱子的时候，我看到了他脸上同样的神情。

箱子关闭了工具，也锁进了一段时光。工具的意义是使用，当它无处使用时便面临废弃。博物馆玻璃展柜里那些古代的器物：石斧、石铲，结满绿锈的剑镞、弓弩，它们都曾显赫一时，完成了历史中的使命，等待的就是消失。工具，似乎大都有着这样的宿命。

我依旧不喜欢樟木的气味，尽管母亲坚持认为它的气味芳香。我反驳的理由是，用樟木做出来的樟脑人们何以叫它臭蛋？为防虫蛀，那些圆鼓鼓的白臭蛋，被零散地夹裹在衣物里，我发现，一段时间以后它会变得小一些，再小一些，它的身体由味道组成，味道散尽，它的身体就没了。但樟木箱子不这样，它永远牢靠、方整坚挺、岿然不动。它成了木头，但依然源源不断生发香气，这是树木的神奇之处，就像父亲留存的那块镇纸大小的檀木，光滑细腻的一小块木头，摆放在枕边，几十年了，依然散着幽静的檀香。那年，在南方，我终于看到了樟树，充沛的雨水使樟树汁液饱满，摘下一片叶子，我闻见了樟木箱子的味道。

　　父亲当了一辈子木匠。这个樟木箱子锁进了他所有的工具：不同性能和大小的锯子，各种型号的推刨，还有凿子、木锉、羊角锤、斧头、墨斗、不锈钢卷尺、木头角尺、分节的折尺、麻花钻头、螺丝刀、钳子、皮胶、砂纸、砂石、大大小小的铁钉螺丝、宽扁的木工铅笔……其实，多年前，其中的一些器具就不用了，比如墨斗。父亲说，墨斗是鲁班的发明，传说，鲁班开料的时候，把从斗里抽出的染了墨粉的墨线在木头上一弹，木头自然就开了。手无寸铁的树，不用经受利刃的切割，这个关于墨斗的传说着实可爱。于是，我那时就喜欢上了黑色的小茶壶一样的墨斗。其实，我明白，在没发明长尺之前，墨斗对于开料的作用举足轻重，于是鲁班老爷子的墨斗在木匠的工具中有了神性，成了可以避邪的器物，哪怕不用，放在工具箱里，看着，心里也踏实。还有皮胶，父亲做活时，铁罐里熬着皮胶，干干脆脆的皮胶在沸水里渐渐融化，然后咕噜咕噜冒着稠泡泡。皮胶很容易熬焦，会发出皮质烤煳的气味。父亲说，皮胶本就是由动物的皮骨熬制。熬好的胶往往被涂抹在卯上，然后和卯一起打进凿好的眼子。卯和眼子严丝合缝，是考量木匠手艺的关键细节之一，因为直接辅助了木器的牢靠和稳固，皮胶的作用也显得尤为重要。动物们吃了一辈子的花草树木，这一下，更和木头们如胶似漆了。不过，后来出现了化学胶水，用起来更加方便快捷，而且黏性确乎更强。——新工具的出现，不断给父亲这样的匠人带来含义复杂的冲击。

工具被锁进了父亲用它们打制的樟木箱子里，年深日久，每一样工具也都染上了樟木的气味吧？

木器厂家属院里的木匠和木匠的家人，人人谙熟这些工具，家家都有个盛放这些工具的箱子。

2

那时候，城市里遍布很多工厂：塑料厂、纸箱厂、五金加工厂、针织厂、棉纺厂、毛纺厂、通用机器厂、玻璃厂、木器厂……每个工厂总是很大，长长的围墙围裹着的任何一个工厂都让我们百般好奇。我们多次潜入和木器厂一墙之隔的纸箱厂，拣拾一摞摞被机器切割下剩的牛皮纸边角料。崭新的纸，可以像刀刃一样割破手指。把从车间墙角流出的半凝固的胶，捏成透明的小圆球，像皮球一样在墙上拍打。有时，一不小心，高高弹起的球竟会跳到隔壁的木器厂里。

木器厂在市中心，迎面就是城市的交通主干道。

石灰粉刷的白围墙上不断变换着一人来高的标语，标语末尾往往是一个挂了大秤砣似的圆疙瘩的感叹号。因为工厂的长而远，围墙显出了矮小。墙上会露出一些厂里的样子来：车间高阔的顶棚，堆积成整齐梯形的原木木垛的顶部，那棵高大的楸子树的上半拉身子（树叶在风里摇摇晃晃，里面藏满暗绿的小楸子，叫人垂涎三尺）。围墙当然关不住工厂里的声音：人声，敲击木头的声音，电锯声，大喇叭上的歌声——马儿啊，你慢些跑啊，慢些跑。——由不了自己，人人快马加鞭。一卡车一卡车堆得高高的桌椅板凳从厂里运出。"铃——铃——"看门的老爷子分秒不差地拉响电铃，屋檐下黑脸的铁铃子震得瓦上的青草瑟瑟发抖。上班了、下班了，穿着深蓝色帆布工作服的工人们个个忙忙碌碌。

在城市靠东一些，母亲所在的针织厂，似乎也有一样的氛围。大喇叭唱着激昂的歌曲，工人们三班倒，车间厂房彻夜灯火通明。比起木器厂来，这里妩媚柔软得多。出入厂房的大部分是和母亲一样年轻的女工。厂子主产缤纷柔软的尼龙袜子。到20世纪80年代，女工们开始烫卷头发，穿起艳丽的衣服：的卡、的确良、尼龙，还有俏丽的高跟鞋。那些女工，曾是我眼里最美丽的女人，她们围着印有"为人民服务"几个红字的白围裙，卷曲的刘海上落着一层绒毛。车间分布在三层高的楼房里，楼房外有一枚天蓝色的大别针——一个涂了油漆的螺旋铁楼梯，从地上一直扭到三楼。漂染车间上方，终日飘着一团白棉花的云雾。

隔着木器厂家属院的另一面墙，我的一位瘸腿姑舅哥常年穿着蓝劳动布工作服，在一个油刺刺的车床前神采奕奕地切割、焊接，被机器割出的铁丝蜷着身子缠成轻飘飘的疙瘩，在姑舅哥脚下滚着蛋蛋。姑舅哥每次顿挫着身子进到我们大院时，女孩子们雀跃拥去，抢他手心里用钢板边角料压制出的精致钩针。

那是工厂异常火热的时代。

3

因着父亲和母亲的工厂，我童年、少年的生活也因此呈现两个迥然不同的背景。

和妩媚柔软的针织厂相比，木器厂有许多引人入胜之处。我喜欢木器厂场院围墙里的恢宏、粗粝，还有飘散在空气中的木头气味。给我留下深刻记忆的还有场院里呈现出的那种杀伐之气。

但工厂传达室那个瘦小的偏老头，目光警觉到能随时看穿你的心事（似乎很多工厂的门房里都有这样一个不苟言笑的偏老头）。我们常常在厂门口踟蹰，终于钻不到空子时，只好另辟蹊径逾墙而入，好在工厂大到总有些不被人发觉的废圮角落。

三五成群跳过院墙。如果是在暑假，第一个目的地便是那棵蓬勃的楸子树。果子尚未成熟（果子从未成熟过，不待成熟，枝叶间已不剩一颗果子），青楸子酸涩的滋味最利于解馋。树下是一个矮小的厂房，我们像一个个骁勇善战的英雄，敏捷地从房顶跳上跳下，在勒进裤腰的汗衫里装满楸子，然后一边吃着果子，一边悠闲地在厂里玩耍。

大老粗的父母们任由我们野草一样生长，现在想来，多么幸福。见着大院里的叔叔，远远扔过去个楸子：来，酸一个！他开心地喊着：乖啊，我的娃。

原木整齐地一垛一垛堆放在空阔的场院里，气势庞大。那边，一个巨大的电锯，正发出尖锐刺耳的切割声。树木们列队等候这架张牙舞爪的电锯的宰割，使这里有了很多悲壮的气氛。原木被搬上电锯台，然后被强行推进电锯，木屑飞溅，忧伤的木香顿时散开。刺耳的声音是木头对铁的抗拒，这叫我一直感觉，树和铁是仇敌。但再坚硬的树木也敌不过铁的冷酷。不过，一些倔强的树，树身里也有铁一样愁肠百结的树瘤，借以与铁抗争，有时还会打断铁锯的牙齿。

深感木器厂的杀伐之气，是因为从小感受到了父亲对木头的感情。木匠的事情是改变树的形状。树有树的天命，但木匠给予这些生物以足够的敬畏。父亲车间里的一位匠人讲过他家乡一处名叫白杀坊的作坊，那是个专门给树木开料的地方。利刃过后，树木露出雪白的肉身，有时还会渗出眼泪一样的汁液，每次开料前，匠人们总要先庄严地祭祀一番行将被剖开的树木。

父亲自小在爷爷开的寿材铺子里做棺木。每每拉大锯开料前，也要把温过的酒，在树身上洒下几点。有了这样的仪式，父亲几乎一直对木头充满感情。人死了，躺在棺木里，埋入土里，木头做了人的陪葬，人永远欠着木头的情。平日里，父亲也尽量少给木头钉钉子，仿佛怕木头疼，要钉，先要用舌头舔一舔钉子头。

木器厂场院里木屑飞溅，很快，电锯的利刃旁会堆积出小山似的锯末。锯末在空气中漾开，散着芳香和树身里的潮气。场院的另一边，又整齐地码出一堆气势恢宏的新木头来：被切割好的板材。

4

在我看来，父亲的工具箱里，样子最为特别的一样工具是推刨。类似某样小动物的头，伸着下巴，竖着两只长耳朵。和其他工具不同的是，推刨的利刃藏在底端。比起锯子龇满獠牙的狰狞，推刨暗藏杀机。木匠抓着它的两个长耳朵，在木板上用力推过去，推刨头顶的嘴巴里立刻会卷出白生生的刨花。刨花在刀刃下像是疼得蜷住了身子，一朵一朵静静地落在木匠脚边。

推刨一再推过，木头露出了光滑匀细的肌肤。父亲摸在这样的木头上的手是温柔的，他静静窥看那些逐渐清晰起来的木纹。木纹是木头体内神秘的符号，父亲粗糙的手轻轻从那些精美的木纹上摸过去，仿佛摸过去了木头的很多东西。父亲喜欢水曲柳的木纹。细密婉转的木纹，百般不同。我想，大约因为水曲柳常站在水边的缘故，看惯了流水，就把流水的花纹记进了心里。

像爆米花一样，刨花美而虚空。在刨木车间里，我们在巨大而暄软的刨花堆里玩耍，刨花飞扬，香味四散。松木的气味果然和松子酷似；杨木刨花散发着淡淡的苦味，怪不得匠人们不用杨木做擀面的案板；青冈木气味清洁，很像它爽直的性格；柳木有着纤细的清香。面对我们再过分的嬉闹，匠人们的徒弟只会压低声音央求：尕师傅们，饶一饶吧。我们闹得更欢。木匠师傅与徒弟们而言，像父亲一样尊贵和严苛。我们的嬉闹不会打扰到木匠师傅，他们在徒弟面前始终保持着不为所动的沉默和严肃。在这样一个传承手艺的地方，工人们彼此称呼"师傅"。于是，在我们遍布工厂的城市，很多年，人们见面时，一直沿袭着"师傅"的称谓。木匠师傅们一丝不苟地做着手里的木活，父亲说过，别看我们这些老师傅没有文化，但个个都是工程师。规划稍有失误，就会浪费一块好端端的料。师傅们的帆布围裙口袋里永远装着一把卷尺，便于随时掏出来度量规划。徒弟们也学会了在耳朵根儿上插一根宽扁的红皮子木工铅笔。

车间高大，顶棚是对角的大玻璃。高高堆起的木器挡住了正在干活的匠人。一缕缕光线里，漾着细细的木屑。老木匠的好手艺在这里派上了用场。这个新中国成立后建立的木器厂，集结了大批民间木匠。从小传承了木匠技艺的父亲对自己的手艺颇为满意，他说，在整个木器厂，他也算得上一个五虎上将。他聚精会神地凿卯眼，拉卯。他说，眼子和卯是一对冤家，卯大了，会撑破眼子，一块好木头就彻底费了；卯小了，做出的木活摇晃不牢靠。我于是知道，在学校，但凡屁股下的小木凳扭着身子吱呀吱呀乱叫，那是因为它没遇上父亲那样的好木匠。

木器厂里大多是男人，打制好的木器最后要在油漆车间油漆。我问父亲，上油漆的应该是阿姨吧？父亲得意地说，油漆车间里女人是多一些，但还是打下手：抹泥子，涂底漆，真正好的油漆匠还是男人。他说，女人天天做饭，可有名的厨子有几个是女的？

但在我看来，木器厂还是断断少不得女人，有一两个女人在旁边，男人们立马变得活跃起来，车间里不时爆出一阵一阵大笑，有时，父亲还会吼几声样板戏。和男人们穿着一样工作服的女人们也都粗鲁大方，和男人们一样说着荤话，甚至会集结几个女人去脱男人的裤子，木匠们在车间里被追赶得哇呀呀乱叫。

5

总有节外生枝的事。

那年，木器厂发生了一件命案。

一个周末，天色未明，大院的人们还在熟睡，突然有人大喊："杀人了！厂里杀人了！"天色微明，窗外人影憧憧，我从梦里惊醒，吓得心惊肉跳。看门的倔老头被人杀了。他工作认真，目光警觉，我们总不得从厂门堂皇出入，但再狠毒的诅咒也不想有这样的恶报。小院里，父亲的木工房和工厂传达室一墙之隔，我坐在小凳上，长时间侧耳倾听，老爷子的女儿们凄切的哭声令我心碎。我总想起老爷子脸上闪现的少有的神情，"铃——"下班了，我勒进裤腰的汗衫里装满楸子，心虚地把手塞在父亲手里，跟着父亲要出厂门，老爷子堵到我面前，伸出手来，我忐忑地从怀里掏出几个青楸子放到他掌心里，老爷子笑着走开了。老爷子笑的时候，笑容满脸漾开，像荡开的水波纹。

夜里，有人逾墙而入，想偷财务室保险柜里的钱。他想尽办法要砸开保险柜的锁子，老爷子听见了响动，但还没弄清真相，就被小偷迅速勒死了。小偷继续砸锁，不得逞，想砸破保险柜，还是不得逞。东方渐亮，小偷无奈，砸开大门上的铁锁，把保险柜搬了出去。——这一切都发生在与我家小院一墙之隔的地方。

案件很快破了。是厂里一个学徒。他用架子车把保险柜推到黄河铁桥上，天色已亮，绝望的他把保险柜推入了黄河。

勒死老爷子的正是他腰间坠满钥匙的那根绳子。

是一个大案。隆冬时节，警笛呼啸，游街的卡车从木器厂门前经过，工厂的人们蜂拥而出，在死刑犯的卡车上，五花大绑的他背着打了红叉的牌子，脸色如黄表纸一般。

他是父亲车间里一个老匠人的徒弟。

徒弟们大致有两类，一类爱说爱笑，看起来机灵活泼，但做事浮躁，总不得匠人的心。另一类踏实寡言，但总有些笨拙。这个胖胖的徒弟与众不同，来自南方某个乡下，说话时带着浓浓的异地口音。他明朗聪慧笑声朗朗，能看懂师傅的任何一个眼色，并且吃苦肯干，手艺在众徒弟中高出一筹。他还是我们这些小孩子的朋友，用玉米秸秆和刨花给我们做滑稽的眼镜，偷偷给我们做有抽拉盖的木头铅笔盒。平日里，他什么都好，就是有一点，他的师傅后来说：小小年纪，睡觉总是梦魇，自己被自己吓醒。之外，事后，老匠人在这个徒弟的工具箱里发现了一样奇怪的东西，这样东西除了给包括父亲在内的几个老师傅看过一眼之外，他一直小心掩藏，不敢示人，唯恐给那位已经伏法的徒弟新增罪名。

这位老匠人从此不再收徒。

几年以后，老匠人们终于知道了，那个奇怪的枪械一样的东西竟然是木匠的工具，叫射钉枪。

6

那个案件给木器厂布上一片阴云，在杀伐气浓重的锯木场，切割木头的电锯斧头，狰狞巨大惊心动魄，但也要人操控。而小徒弟用一根细软的绳子就结束了看门老爷子的性命，这使得我的脑子好久转不过弯来，不能确定人到底是弱小还是强大。

电锯依然轰响，厂里的人们依然忙碌。我们虽然可以比较自如地进出厂院，但天色稍暗时，因为害怕门房前那棵样子古怪在风中东倒西歪的老树，我们逾墙而出。

父亲一步也离不开他的工具箱，他专心致志地做着衣柜的四个老虎爪子，斧头、锯子、凿子、锉刀、砂纸，挨个儿上场。他把木头爪子抱在怀里，长时间一动不动地精雕细刻。四个老虎爪子，要用去很多时日。大老虎用强健有力的四肢支撑着身体，父亲的家具——高大的衣柜，只靠着四个老虎爪子便威风凛凛地挺拔了起来。

木匠的很多工序无异于女人手里的活计，心思的细腻和纤巧不亚于在布上绣花。家具成型后，装饰也是颇费心机。有漂亮木纹的塑料板出现了，人造的塑料板纤薄轻盈，放大和整合了各种木纹，像舞台上聚光灯打出的特写——心仪的东西加上了着重号。衣柜镜子四周，父亲精细地粘上这种塑料板材的边框，并且一丝不苟让上下左右的木纹呼应，仿佛那块镜子真的就是镶进了一整块有斑斓花纹的木料之中。还有精致小巧的沙发椅，绷沙发的布料是父亲精心挑选的黑红相间的方格帆布，座位四周，父亲匀匀地钉上去一圈泡泡钉子，闪闪发亮的钉盖儿，给椅座点缀了一圈亮晶晶的花边，很像欧洲骑士坐骑上雕花的马鞍。

父亲的劳作一贯温情脉脉，与木头的关系显得亲昵和暖昧——这也成了我对各类匠人共有的感觉——匠人与工具与器物，有着绵密深厚难以诉说的温情。

工具箱里，除了推刨，拟人化的工具还有羊角锤。木匠的羊角锤很精巧，这与它的用途有关，光滑的锤子用来往木头里敲击钉子，两只翘起的"羊角"用来矫正错误——羊角锤一弯头一抬头，羊角的夹角从木头里啃出敲歪的钉子。都是精细的活儿，虽然有着敲击的动作，但绝不似抡起斧头那般酷烈——手起斧落，利刃下的木头立刻显露肉身。光影下，羊角锤与木头的结合，很有些皮影戏的味道，这使得匠人对手里的木头有了情味。还有坚挺顽固的钻头，<u>丝丝入扣</u>、缓缓逼近，征服着即使性情最为倔强的木头，但它也有着婉约的麻花身子。

7

马路上开始盖起鳞次栉比的楼房，高大的楼房把我们畅阔的木器厂家属院压迫得局促逼仄。夜晚，脚手架上明晃晃的大灯泡照亮了工地，也照亮了我们大院。所有人都感到了周遭气势汹汹的变化。灯光里，孩子们满院子乱窜，心里涌动着莫名的激动。匠人们聚成一团，抽着烟卷，话题不再只是一成不变的木活和手艺。脚手架忽高忽低变幻着灯光，院中间的老槐树洒下一院子不安宁的碎影。很晚了，父亲还坐在我家小院的葡萄架下，叹息着他栽种了多年的葡萄树大约会寿命不长。

果然，大院很快就要消失，家家开始忙着整理，准备搬进院外那幢就要粉刷一新的楼房。

孩子们多么欢欣鼓舞。方便干净的楼房，独门独户，有厕所，有自来水，小窗户上挂上好看的绿绸子。夜晚，宁静安谧，窗外挂满星星。但总能听到父亲深深的叹息。父亲打制的家具在夜半发出"叭""叭"的炸裂声，开裂的地方正

是他精心对接黏合木纹的地方。满身的小口子，父亲心疼地
摸着家具，感慨他的这些心爱之物因为接不到地气而受伤。
那个高大的四个老虎爪的衣柜，在往我们住的五楼搬运时，
父亲的四个徒弟满头大汗小心翼翼，还是崴伤了一只老虎
爪子。

我们住到了高高的楼上，脚下的木器厂一览无余，现
在，它也开始变得局促不安了。

惶惶不安的还有父亲这样的老木匠，世事变化那样迅
捷，老匠人们做梦都想不到的新事物一样赶着一样。

几年过去了。

8

嘭嘭嘭嘭，射钉枪的声音蒙蒙的，但坚定得有些霸道。
父亲已经有多年不做木活了，有一日，他忽地想起老匠人那
个杀过人的徒弟，小徒弟的工具箱里早早就放着射钉枪，原
来，从外地来的他早早就见识了木匠的新工具，只是在严
苛守旧的师傅跟前不敢拿出示众。新的组合家具和旧家具相
比，脱胎换骨。组合的稳固和牢靠，全靠钉子。小徒弟工具
箱里的射钉枪成了最风光最招摇的工具，任何一处打制家
具的地方，远远地就能听见射钉枪欲盖弥彰坚定霸道的射
击声。

很多工具已无处可用，老木匠的工具一样一样被尘封在

了工具箱里。

父亲说，先前的木质老器物，甚至在木身里看不见一丁点儿金属锐器，包括那些高大威严的古殿堂，也全靠木楔子的卯合结构。金木水火土，金克木，果然成了木头的宿命。沉重的射钉枪，确乎像武器一般，匠人把它扛在肩上，将枪口紧紧贴在木头上，"嘭"，瞬间，钉子射入木头深处，没有丝毫犹豫。且那声音是密集的，机关枪一般扫过，木头上看不见一点钉子的身影，深深地嵌入，只留密集的微小的钉孔。没有硝烟，匠人也没有丝毫的疼痛和怜惜，枪械的声音高高掩过了钉子射进木头身体时木头的呻吟。

父亲说，一定都是外地来的木匠，再说了，这哪里是在做木活，简直是在打仗。父亲的另一层意思是，本地的木工绝不会在老匠人面前如此飞扬跋扈。

父亲说，那个勒死看门人的小木匠，其实就是第一批流入本地的外地木匠。

更彻底的变化是，纯粹的木头越来越少了，铺天盖地而来的是用复合材料组合的家具。

化学掺入了木头，原始的木头没了。木头的清香消失了，家具周围弥散的是浓重的化学气味。家具成了一模一样的复制品，没了匠人的性格，没了匠人的温存。复制不再需要天赋和创造，工人们按图索骥，像玩过家家摆积木一样，三拼五凑，一样家具就立在了面前。哪位木工还会像那些老匠人，像抚摸孩子的肌肤一样用掌心亲昵地摩挲这些复合板材呢?

射钉枪何时体恤地想过,尽量少射一颗可有可无的钉子?

木匠和木头没了直接的关系。

木器厂萎缩了,厂门变得小而再小,再小也足够运出成摞的家具复合板材。如果不是那个写着厂名的模样沧桑的木头厂牌,人们几乎看不出这就是当年名噪一时的木器厂。场院里那个终日叫嚣的大铁锯没了,原木垛没了,大楸子树没了。车间成了精巧的楼房,里面只完成简捷的加工和组合。那个充满元气木屑飞舞清香四溢的大场院里站起了一幢幢楼房,木头们给人们让开了地方。

木器厂和木头还有亲密关系吗? 有一天,父亲一个过去的徒弟对父亲说了件匪夷所思的事:这么多年了,你也不去厂子里转转,现在,厂里的木头越来越少了,你猜一猜,人们每天睡觉离不开的床会变成什么样子? 父亲一脸狐疑。——是水床啊,水和木头有哪门子关系? 往一种柔软结实的材料里注满水,人躺在水床上,床彻底依从了人的身体,那个舒服啊……

风情

1

　　攀援植物用柔韧的藤蔓攀爬，目的只有一个，竭力生长。它们太弱，没有强壮的枝干，只能靠攀附和缠络，迂回前进。

　　祖母的花园，豆角花开。殷红的蝴蝶花儿，对生的羽翅在风里翕动，神经质一般。仿佛蝶形花儿的蜕变，两叶弧形果皮严丝合缝，显示出世上最精美的对称。黏附在果荚里的种子，一边一个错落排列，精确平均着自己的位置。汁液丰盈时，祖母摘下果荚做菜，果荚里的小豆子还稚嫩到只包着一颗清水。果荚于人总有神奇的感觉，像受孕的肚腹，渐渐饱满，某一时刻，果荚爆裂，向土地弹出身体里所有的种子——和动物一样，植物很少把自己没有孕育成熟的孩子暴露在外。德富芦花说："一个人在深山踽踽独行，有时看到栗子的外壳自动爆开，果实掉落地下，我听到了'闲寂'本身的声音。"生物界瓜熟蒂落，有着精准的科学。

一枚枚翠绿的小弯刀坠下藤蔓，祖母称这豆角为刀豆。它少女时期的花儿，素朴稠密颜色单调，是贫家的女儿花。在西北，植物中，这些大面积的能结出果实的花儿几乎都纷繁朴素，土豆花儿、豌豆花儿、胡麻花儿，苹果花儿、梨花儿、枣花儿、核桃花儿……脆嫩的刀豆躺满一笸箩，祖母折断刀豆一角，抽剥出豆荚身体一侧的黏合线，再折断另一角，抽下另一根黏合线。两根柔韧的绿丝线也许会纠缠人的牙齿，但它们将两叶果皮紧紧粘黏，保证了种子在成熟前，能够安稳地在子宫一样的果荚里成长。

喇叭花很象形，作为另一种攀援植物，它肩负的任务是单纯的美化。这种长命的藤蔓可以生机勃勃攀援好几个月。祖母一般把它安置在窗口，明亮的玻璃窗是屋子的眼睛，柔软的喇叭花像睫毛。喇叭花开得甚是勤奋，有些地方叫它"勤娘子"，鸡叫头遍，它就迎着太阳升起的方向张开喇叭。我疑心"勤娘子"是南方人的叫法，舌头绵软地卷进口腔。西北人叫娘子"婆娘"，"婆娘"这词儿我一直不大喜欢，气往外吐，不收在心里。喇叭花一早盛开，像自家的娘子，勤快得紧。

植物有自己的钟表，18世纪瑞典博物学家林奈设计过一个巨大的花钟，花钟由几十种花儿组合。清晨三点起，花儿们次第开放，婆罗门参、菊苣、萱草、苦苣、冰岛罂粟、蒲公英、山柳菊、猫儿菊……花朵们严格恪守开放和闭合的时间。它们大多数白天绽放夜晚休憩，并非为了配合人类的作息。天一亮，一夜酣眠后，昆虫们开始精神抖擞四处飞奔，这时，花儿也张开花瓣散出香气招蜂引蝶。阳光铺洒的花园里开始上演无数个花儿与少年的故事。花儿与昆虫，相互吸引、各尽所能、各取所需。生命在传播、孕育、繁衍。那些甘心做陪衬的绿叶也在清晨舒展身体、打开气孔，等着太阳出来，欢畅地呼吸一番。天黑了，昆虫们累了，花儿们也心满意足地合拢花瓣。大幕拉下，和人类一样，自然界陷入沉寂。

清晨四点左右，这一时刻，对喇叭花一定有着非同寻常的意义，这时，喇叭花纷纷打开喇叭，同时，藤蔓开始悄悄前行。像冷峻的爬行动物能够感知方位一样，喇叭花所有的藤蔓，神秘地按顺时针方向缠络。它们好像随时惦记着时间，一寸一寸，跟着时针奋力爬行。人类使用的喇叭，样子模仿了动物的耳郭：用张开的大嘴巴去接听，将接听到的声音送入隐秘的耳蜗去甄别。植物喇叭形的花朵无需呐喊，它以绽放的姿态迎接为它传粉的少年——那些不谙世事的昆虫。其实，喇叭形的花冠只是花儿们用心布置的精美婚床，真正的主角是稳坐中心的芬芳花蕊，它们是传播生命的女王。花瓣合乎礼仪地向外翻展，湿润的柱头静静露出，香气自那里袅袅散出……

花儿萎败后，喇叭花的种子密密挤裹在南瓜盅一样透明的包衣里。几何体的小籽粒，小米般大小，有黑和米白两种颜色，样子并不难看，但在中药里被称为"黑丑"和

"白丑",二者混合,又叫"二丑",说是可以做通腹利便的泻药。

明代吴宽这样写喇叭花:"薰风篱落间,蔓出甚绸缪。""薰风"和"绸缪"都把喇叭花贵气了。明代的张丑,在《瓶花谱》中,将喇叭花列为九品,在我看来,这更朴质些,因为在我眼中,喇叭花就是贫家的女儿花。

2

头发稀黄的尕女子,脸上拖着长鼻涕。爹娘死得早,爷爷活得长,爷爷早早瘫在炕上。尕女子有四个哥哥和嫂嫂。每天放学,尕女子头件事是赶回家,倒了炕沿上爷爷的尿壶,再和面,面和好扣在盆子下醒着,这时候,她跑出去玩上一会儿。尕女子玩起来真疯,跳皮筋、打沙包、弹玻璃球,和男孩子甩香烟盒子叠的宝,玩着玩着就忘了回家擀面,爷爷告她的状,尕女子脸上总是被下班回来的哥嫂们掐得青一块儿紫一块儿的。她家院墙上爬满喇叭花,尕女子哭鼻子时,没处撒气,一朵一朵掐下喇叭花,拿鞋子在脚底下狠狠地揉。她家的花园里还长满紫茉莉,半米来高的花园围墙由红砖头错落垒砌,留出很多个"十"形的眼睛。尕女子用淌瓶洗手,为什么不在脸盆里洗呢,尕女子说穆斯林不用死水,淌瓶翘着细长的嘴儿,壶嘴里淌出活水,洗过手的水流进花园。黑粗砂的淌瓶,很像紫茉莉的花籽儿。有人叫紫茉莉地雷花，因为花籽儿像地雷，黑色，还布满小颗粒。我觉得它的花籽儿除了像地雷、像淌瓶，更像爆米花的爆锅，黢黑的爆锅，里面盛开雪白的米花。紫茉莉的花籽里也有雪白的粉末，祖母说过，古时候，女人们拿它当胭脂，所以，紫茉莉就又叫宫粉花、胭脂花。

细长的花冠，漏斗一样顶着紫色的地雷花，很像锋利的鸟喙被一朵花儿温柔地堵上了嘴。后来，贪玩的尕女子被火车轧死了，尕女子没长成大姑娘就离开了人世。许多年后，想起喇叭花、紫茉莉，就觉得这两样花儿都该叫尕女子花，贫家的苦命花儿。

好在祖母的园子里，紫茉莉不多，不多的几蓬，我疑心它的种子是鸟儿不小心从肚子里拉出来的。

花园里永远给海娜留着位置。一棵棵海娜，多半是长给爱臭美的女娃娃。后来，我知道海娜叫指甲花，又叫小凤仙。和喇叭花、紫茉莉一样，海娜也大都生在贫家。海娜出生卑微，样子弱弱的。它们总像口渴，每天要喝很多水。海娜花开到最盛时，女娃娃们把花儿摘下、捣烂、加些明矾。晚上临睡前，把花泥覆在指甲上，用葵花叶子把手指包裹好。两个手不敢乱动，小心翼翼睡到早晨，指甲红了。古时候的女人也这样染指甲，她们把海娜又叫透骨草。有时，指甲会给海娜染黄，祖母说，那是叫被子里的臭屁熏的。海娜花儿最爱干净，碰触不得污浊之气。至于为什么小时候只染八个指甲，单留着小指甲盖儿不染呢，有人说染红了小拇指指甲，会碰见色狼。什么是色狼？大概就是喜欢颜色的狼，这种狼，眼神好，专盯女娃娃翘起的小拇指看。

海娜花儿花期长，所有女娃娃的指甲都染遍了，海娜还在开。海娜可以自播种子、自己繁衍。所以，它生命力强着呢，并不似它柔弱的样子。这么不娇贵的花儿，怨不得古人叫它小凤仙了。还有些花家们称小凤仙为"菊婢"——菊花的婢女，这真要气煞小凤仙呢。小凤仙，劳碌命，多亏祖母的园子里没有种菊花。

3

在西北，大丽花富丽堂皇，开起来轰轰烈烈。祖母的挤满贫家花儿的花园里，它像生错了地方，望过去一眼，就能看出它的不同寻常。

首先，它叫站在它近处的八瓣梅大惊失色。八瓣梅，八片单薄的花瓣，颜色像被稀释过一样，粉到发白，花蕊暴露，蜂蝶们粗野地围着它们繁忙。之外，大丽花旁边，矮个儿的臭绣球也争着开花，花儿比任何时候开得都艳，花梗把花儿高高顶起，可是让风摇几下，不好闻的气味儿就散了出来。

臭绣球、臭绣球

掐个臭绣球放个屁

臭绣球散出臭味，也许是胆怯，或者是警告，是它保护自己的手段，虽然它与水里的乌贼互不听说，但它们遇袭时的反应如出一辙。

大丽花花瓣层层叠叠，舌形瓣儿光芒四射。它生机勃勃、雍容大气，又小心掩藏着自己的兴奋，在那些纷繁有序的花瓣之间，几乎看不见花蕊。这个大家闺秀的花儿，每一朵硕大的花儿都能开成一个花篮，香味四溢，颜色浓烈得像染过一样，红得发紫、黄得闪金。据说，有一种大丽花花瓣能多到千层，像皇后娘娘华美繁复的裙裾一样，富贵壮丽。在祖母的花园里，大丽花丝毫没有小女儿之态，不造作不柔弱，甚而到了初冬，花草们都歇了，园子里一片枯黄时，薄雪下面，还能看到大丽花冰冻的花瓣儿。

有一首古河州的花儿，"白花儿开得耀眼哩，红花儿开得破哩"，我觉得就是在唱大丽花。除了它，还有什么花儿有那么大的气势呢？

比起富丽堂皇的大丽花，葵花简单开朗。大个子大叶子大脸盘儿。小时候，我的第一张蜡笔画画的就是葵花。简洁的圆，粗枝大叶，明亮的黄。甘肃有些地方，人们把葵花又叫向黄，有颜色，有形态，很好听。当然，更多人叫它向日葵，某一时期，这个执着向阳的植物被人们给予意识形态上的某种寓意。

向日葵举着令人瞩目的花盘儿，最终为着结出密集的瘦果，它一辈子都保持着花儿的样子。在它的开花期，花盘外围金黄的舌状花序，妖娆地引来蜂蝶。其实，这些绸缎一样的花瓣儿没有性别，只是做着花儿的假象，真正渴慕爱情的是花盘里无数个幼小稚嫩的管状花序，像密密排列的鸟喙，润湿清凉、充满期待。作为异花传粉的植物，只几天短暂的花期，碎小的管状花焦急地翘首以盼。昆虫们会带着四处沾染的花粉在花盘上吮吸花蜜，不经意间让向日葵不同花盘上的花粉结合。如果错过这短暂的恋爱良机，花儿们只能暗自神伤、悄然萎落。失意的向日葵兀自举着那张种子空虚的大脸盘儿，直到终老花园。这是一些向日葵难逃的命运。它们争着高出墙头，脸盘儿时刻向着太阳，它们很努力地做好一切，但花儿们得不到爱情，一切又都是徒然。好在除了它的果实，人们还喜欢它明媚纯净的花盘儿、绿意盎然的大叶子。它给人们带来好奇：为什么它总是扭转脸盘儿追随太阳？它还蕴含寓意，表达一种朴素的执着和坚定。一次，我在一个四岁孩子的画中吃惊地发现，向日葵脸盘浑圆，金光四射，它就是花儿里的太阳，它热爱太阳，让自己也有了太阳的样子。

那年，不停落雨，向日葵一个劲儿长个子，朝三暮四的蜂蝶们都去了别处。到了深秋，又阴雨绵绵，高个子的向日葵终于站不住，纷纷斜了身子，要往地里睡。花盘里镶嵌的密密的籽儿，全是瘪的。那一年，祖母走了，昆虫们忙别的去了，没谁能帮它们。我还记得祖母为向日葵做的事。向日葵像一个个傻里傻气的大孩子，祖母拿两个挨得近的花盘子，让它们的脸儿相互磨蹭，或者拿布沾了这个花盘上的花粉，到另一个花盘上轻轻点染。祖母是个满脸皱褶的老蜜蜂，步履蹒跚、动作滞缓。但她的手和眼睛满含爱意。秋天了，那些高高大大的被祖母疼爱过的向日葵，与她的报答是一盘又一盘籽粒饱满的大丰收。

4

土地是个巨大慷慨的孕床，承载着世上所有的活物：植物、动物、人。植物扎根土地，仿佛与土地特别亲近。

很多动词无法赋予植物，跑、跳、爬、飞等，这是植物的宿命。只有植物被牢牢禁锢在土地上，也正因如此，为了生存，植物有着令人惊异的智慧。芬芳扑鼻为着谁？花容月貌、形态万千，目的何在？昆虫围着它们想干什么干了什么？不说话的植物怎么利用了看不见的风？——大地之上，遍布植物的故事，大提纲、小细节、前因后果、来龙去脉、回环往复、连绵不绝。

初夏，祖母堂屋的桌上，大口玻璃瓶里时常插着几枝牡丹。这贵重的花儿，是来自远方的宠儿。在我自学生物常识课本时，玻璃瓶里的牡丹，是我近在眼前的植物标本。这种产自中国的古老植物，柔媚婀娜、富贵华丽，气质上与大丽花有着某种相似，但它自古受到皇家的宠爱，因此更受世人青睐。牡丹盛开，很般配祖母的雕花桌椅、堂屋正墙上多子

多孙的年画。祖母与卖花郎手中接过牡丹时，牡丹上露珠晶
莹，花朵还娇羞地半开半闭。作为瓶中的插花，祖母耐心选
择的牡丹花，形状各异、颜色有别，单瓣儿、半重瓣儿、重
瓣儿，粉、大红、黄、黑。我偏爱粉牡丹，她最像戏台上的
花旦，有着完美弧线的花瓣儿不算繁复，但它们拥裹出的一
个幽香花团，足够怀春。它是戏剧里不胜娇羞的崔莺莺，满
腹心事、情丝缠绵。而它身边，黑牡丹闪着黑紫，玄之又
玄，花团饱满富有弹性，稀有的颜色带着妖冶鬼魅，还暗含
挑逗。

兰兰有两条够着膝盖的大辫子，麻花大辫从耳朵两边挂
到胸前，大辫子一跳一跳正好遮在兰兰的胸前。兰兰乳房长
了，她用白布缠住了胸，还不够，再用辫子一左一右盖上。
表妹毛毛的身体也有了变化，先是胸前有了两个小桃核，桃
核变大，渐渐饱满成柔软的桃子，身体下面还出了血。性别
的呈现，让女孩害羞，那些特征，全都柔弱无助。大虎子二
虎子盘算出了袭击女孩子的最佳部位：乳房、耻骨前端。乳
房暴露在前胸、耻骨后面藏着最难堪的隐秘。一拳下去，女
孩子身心俱痛。

一天，毛毛和兰兰在花园里摘喇叭花，把花瓣儿贴在鼻
子上扮大公鸡。"大公鸡，喔喔叫，大红冠子跳啊跳"，毛毛
和兰兰高兴地比赛双腿跳。大虎子不甘示弱，抢了毛毛最大
的一朵喇叭花贴在鼻子上，还趁兰兰摘花时，狠狠捏了兰兰
的胸。大虎子惹恼了过路的蜜蜂，蜜蜂蛰了大虎子的嘴巴，

大虎子的嘴肿成了猪嘴，他从此有了个外号：猪嘴虎子。兰兰笑啊笑，笑出了眼泪。是男孩子挑起的战斗，爱恋花儿的蜜蜂英雄救美，伸出了宝剑。

初中生理课本到学期末依旧簇新，唯一一次上课是把几个班的女生集中在一个教室，占用的是下午两节课后的自习。天气燠热，窗帘紧拉。黑板上有一张女性生殖器的剖面教学图，教师里弥漫着汗味和女孩子生理期的气味。大家不好意思对视，目光回避那张挂图。母亲身体里怎么会出现婴儿？婴儿自女人身体的哪个部位出来？这些困扰了女孩子十几年的问题，没人敢问。生理老师的教鞭在那张挂图上蜻蜓点水，每到关键处总是语焉不详，这更加重了女孩子们对身体的疑惑。而被隔离在另一个教室的男生们，不知他们在听些什么。男生女生，论及身体，被远远隔离。近在咫尺，又仿佛互不勾连。有一些隐秘的知识，男生女生同时知道，必将犯禁，亚当和夏娃偷吃树上的禁果被逐出伊甸园，那是什么树？什么样的果实，能让他们忽然间渴慕对方、一下子看清彼此身体的契合处？

据说伊甸园没有鲜花，花儿会给贞洁的园子带去淫乱。

"性"，这个暗黑的词汇，因为生命力过于强大而被缚以石块沉入大海，懵懂的醒悟被搅扰得昏暗混浊。几乎和我们的青春期一样，花儿的性知识被早期的植物学家们遮遮掩掩。人们看到动物的生殖器会反感，看到自己的会难为情，但看到植物的生殖器沉醉不已，这令道学家们恐慌和尴尬。

连深深理解少年维特之烦恼的歌德也这样说花儿："这种永无休止的婚礼我们无法视而不见，一夫一妻制瓦解了，取而代之的是暧昧的淫欲。"

眼前的牡丹花是先前祖母大口瓶里插过的牡丹，那时，它们对我来说是最简单的植物名词：多年生落叶小灌木，我国特有的木本名贵花卉。很多年后，我终于可以从生物学的角度，以对待生物的眼光，去观察它精致的身体结构、它暴露在外的美貌性器和它深藏不露的意味。还是那种好似戏剧花旦的粉红牡丹，起初，它们用花瓣拥裹成一个安全的密室，花儿内部的器官渐渐发育成熟时，花瓣开放，花团中，一根根嫩黄的雄蕊簇拥成一个圆，围裹着中间的雌蕊们。它们是花儿里的男性和女性，这些围裹着雌蕊的"缠绕的线"（雄蕊的拉丁语意思）纤细柔软，其中每一根长长的花丝顶着一对疙瘩状的花粉囊，形状酷似动物睾丸，里面装满花粉。类似动物精液的花粉被18世纪植物学家隐蔽地称为"花药"。雄蕊群紧紧簇拥着雌蕊群，雌蕊高高扬起柱头，它们以努力的姿态等待传粉，细长的花柱连接着柱头与底部的子房，它是藏有胚珠的子宫，期待着受精。

雄性、雌性，男人、女人，大自然中的生物何其相似。

花儿们竞相盛开，争妍斗艳，一些植物学家从中看出了一场场奢靡大戏，一群男人和一群女人在一张床上厮混。1737年，植物学家齐恩贝克教授怒喝："谁能相信，植物界这种令人恶心的淫乱风气是上帝安排的。"

但是，天赋如此，花儿们的每一种存在都有特别的意义。

植物被禁锢的宿命，彻底决定了它们的与众不同。那些美丽的显花植物一般不能自花传粉，新生命的开始和孕育，必须靠勤劳的花粉传播者：蜜蜂、甲虫、蝇类、蛾等，还有风。植物和动物构成了奇妙的共生，植物把花粉粘到昆虫身上，昆虫再把花粉送到另一株同种的植物上，看似偶然的行为，对植物来说包含着万分可贵的成功机遇，作为酬劳，植物给昆虫提供甘美的花蜜或一部分花粉。

于是，植物的性器官——花儿，它们努力绽放、暴露、美轮美奂、争奇斗艳，引得昆虫们心旌摇荡、纷至沓来。为了生存和繁衍，看似单纯的花儿，朵朵心机重重。

5

兰科植物独具风致，花朵别样，绿叶清新简约。它可以旺盛成一眼望不到边的兰草，又可以华贵为皇宫中的一枝独秀。家乡兰州，传说就是因着城南高山上盛开的一种兰草而得名。我疑心这种兰草是马兰草，开紫蝴蝶一样的花儿。祖母说，先前兰州黄河边上，浓密的马兰草高可没膝，女人们割下一捆捆马兰草，用水浸泡后，捻搓成结实的绳。

作为世界上最庞大的花卉家族，兰花中，清新雅致的中国兰被古代文人称为"花中君子"，我总以为这与古代文人的诗画有关。简洁清秀的线条，风流蕴藉，最合适毛笔在宣纸上滑行点染，大片留白，供人遐想。

要说的是一种洋兰，叫兜兰，它很有故事，它的品质似乎很有悖于中国人的君子之道。兜兰的花朵几乎没有花儿通常的样子，一片心形背萼，像华丽的屏风，上面有神秘的只有昆虫能够辨认的精美纹路或斑点，两片同样完美的侧萼对称在背萼之下，之间悬挂一个可爱的小兜子。这几部分组合起来，使兜兰的花儿看上去更像一个天真无邪、肚腹滚圆、张着翅膀，且有一张完满背翼的昆虫。

花儿把自己长成它所期待的昆虫的样子，它必定深知这种昆虫的致命喜好。

艳丽的花瓣、花瓣上意味深长的纹路和斑点叫昆虫着魔，而这些仅仅是形式，真正的手段深藏不露。作为一个意义深刻的陷阱，兜兰的小兜子，机关重重、精巧得滴水不漏。背萼为小兜子遮掩机密，两瓣花枝招展的侧萼，招引没有心计的昆虫。于是，故事上演。

兰花的共同特点是雌雄同蕊，而兜兰例外，雄蕊在前，雌蕊长在花的后面。雌蕊梦想爱情，要得到雄蕊的花粉，非得利用昆虫。小兜子散发出昆虫爱闻的花蜜气味，傻头傻脑的昆虫扑到滑腻的雄蕊上吸食花蜜时，花粉粘身，一不小心落入了陷阱。兜子里长满绒毛，跌入兜中的昆虫攀着绒毛往上爬，好不容易钻出一条隧道，这时，面前有两个出口，玄机就在此处——兜兰早已在每个出口安放好一个雌蕊，急于奔命的昆虫将毫无选择地与雌蕊相遇。吸着力很强的雌蕊，瞬间把昆虫身上的花粉团吸到了自己身上。兜兰心满意足了。最气恼的怕是昆虫，徒受这番羞辱，口干舌燥的它很可能什么都没得到，因为大多数散着花香的兜兰根本没有花蜜。兜兰靠骗术生存，在花朵的江湖上，名声很差。

另有一种飘带兜兰，两瓣长侧萼优美地飘来飘去，昆虫受到魅惑，随即落入陷阱。有些"飘带"居然长可拖地，正好可以让不会飞的昆虫登上软梯，爬入小兜子，切身去感受一下这个世界的阴暗和狡诈。

约有三万多个种类的兰花家族，是植物中最聪明的家族。达尔文感叹"没有哪种植物像兰花一样，花是如此的奇特，花与昆虫之间的关系是如此的让人迷恋"。兰花靠自己的黠慧，繁衍出万千姿态、万千风情。

和兜兰一样，很多兰科植物擅长卖弄风情、出卖色相。一些植物学家把兰花称为"淫兰"，它们利用昆虫满足自己的欲望。一种叫奥弗里厄斯的兰花，极是妖媚，它们有和苍蝇或蜜蜂一样的身体曲线、斑点，甚至绒毛。雄性昆虫以为它是同类雌性，急不可耐地扑向它，在试图与它交配的过程中，兰花得到了爱情。北美和地中海一带有种兰科植物，花朵开成雌性细腰蜂的样子，花瓣闪烁着毛茸茸的金黄，像雌蜂的翅膀，还散发出雌细腰蜂的气味，虽没有花蜜，但频频让雄细腰蜂上当。蝴蝶兰、苍蝇兰、蜘蛛兰、丸花蜂兰、蝎子兰，兰花们构筑了花朵中最奇异鬼魅的形态。这一切不可思议，兰花靠怎样的视觉、触觉、味觉或嗅觉懂得了昆虫？当细腰蜂兰在风中扭动腰肢时，它何以知道它勾引的昆虫的喜好？

张岱的《夜航船》中有这样一段记述："蜜蜂采花，凡花则足粘而进，采兰花则背负而进，盖献其王也。"我想，蜜蜂谦恭地俯身于兰花，大致因为受骗的无奈，好在它虽对狡黠的兰花卑躬屈膝，但没有谁向蜂王告密，这总算保存了它一点儿面子。

还有一种姿态特异的兰花，它需要一种身型特殊的情人。它们时常在暗夜幽会。这种兰花分布于非洲和马达加斯加，一到夜晚，它散发一种类似茉莉的幽香，一种长喙飞蛾闻香而至，它的长喙或者长舌，足有十二英寸，能深入到花卉的深管，吸食到甘露或者花粉，而那正是这种兰花贮藏在深管中花蜜和花粉的深度。兰花与昆虫配合得天衣无缝，仿佛是最出色的工匠的精妙设计。兰花竭力进化自己，竭力与众不同，为的就是能独享专门的仆人。为了得到爱情，它有足够的耐心延长花期，有的花期长达数月。但并非所有的昆虫都盲目好色，一再受挫，也能积攒小小的知识。不过，兰花处心积虑也会不失收获，一旦受精，兰花的一个子房就能结出数百、数千，甚至数百万个极微小的种子，偶尔的一笔收获就能补偿老处女数年的苦熬。于是，兰花一年年存活了下来，而且存活的数量远远超过了大部分植物。达尔文在兰花中看出了一个重要事实：自然选择是生物进化的巨大动力。

6

在中国，我眼中，北方植物和南方植物有着显著的差异，除了种类相对较少之外，因为缺水，北方植物少有阔绰的叶子，植物的果实形状圆润且几乎都有紧锁水分的柔韧果皮。作为共生，在北方，也鲜有数量繁多稀奇古怪的昆虫。

芬芳之味，是人类的定义。且看一只口味不雅的腐蝇如何误入歧途，又死里逃生？与此同时，一朵散发臭味的花儿又如何借腐蝇把爱情到处传播。

多年前，在昆明，我第一次见到大花马兜铃，很是吃惊它花瓣的硕大和异样。燠热中，它的花朵抹布一样暗旧，软塌塌地垂挂于绿叶之间。原来，它就是一些狡诈的故事的制造者。抹布似的大花瓣在风里摇晃，散发出腐败的气味。它的花瓣薄、皱、软，它是故意把花儿开得如此心不在焉、恹恹欲睡。一只喜食腐肉的瞎眼蝇认错了食物，进到了马兜铃花上的一个小口瓶，小口瓶的瓶口长满细毛，雌蕊和雄蕊睡在瓶底。为避免自花传粉影响后代，雌蕊比雄蕊早熟几天。小腐蝇进入瓶子时，雌蕊刚好成熟，花基部的空腔内发出浓重的腐臭，小腐蝇欢喜地钻啊钻啊，细管状花中部长满向内的绒毛，给蝇子的爬行做了顺滑，可是，吃足花蜜后，因为绒毛的阻挡，蝇子怎么都出不来了，只能无奈地逗留在花中，因为到第二天，雄蕊的花药才会开裂、散出花粉。这时，久陷囹圄的蝇子为了逃命，在花内团团乱钻，身上沾满花粉。而此时，花中部的绒毛开始慢慢变软，萎缩，为蝇子留出了一条逃命的空隙。蝇子逃脱了，记性不佳甘愿受挫的它带着一身花粉又钻进了另一朵马兜铃花的小瓶子里。马兜铃利用虫子为自己完成了传粉。

形象奇特的花儿，总是暗藏机关。它们身体的各个器官配合得天衣无缝，时间差打得精确无误。花儿们在暗处，上演着一幕幕故事曲折、情节环环紧扣的连续剧。

传说，在我国，有一种古老的名叫"断续"的植物，叶子对生，两片叶子相接的地方，有一条沟，下了雨，沟里存满水，就成了护城河。虫子沿着茎悄然爬上，准备袭击花朵时，失足于河中，这保全了花和果的顺利生长。"断续"，好意思，叫搞破坏的虫子们欲进不能、欲罢还休，花儿们的聪明，被古人这样想象，真是可爱。

大西北的六月，苍穹之下，豆科植物铺天盖地。蚕豆、豌豆、扁豆，它们都有着秀气纷繁的花儿。蚕豆地里，粉绿的叶子上，挂满粉白的蝶形花儿，状似羽翅的花瓣上点着两粒深紫的斑点，酷似蝴蝶的眼睛。与祖母园子里那些细碎暗红的豆角花儿一样，它们散发着豆类植物特有的香气，它们把自己扮成蝴蝶的样子，眼眸深情，专注地期盼着那些传播花粉的昆虫。

正面看一朵蚕豆花，酷似雌性动物的生殖器。一片大的桃形花瓣旗帜一样，被称为旗瓣，两个较窄的翼瓣在旗瓣上相对而立形成一个唇形，翼瓣中夹裹着另两个花瓣紧扣的蒂包，叫龙骨瓣，里面藏着雄蕊和花柱。当一只蜜蜂试图采集豆花花蜜时，它只有直接在龙骨花瓣上着陆，才能得到最甜蜜的回报。蜜蜂的体重使龙骨瓣突然爆开，新鲜花粉就会粘满蜜蜂的腹部。这意味着豆花可以把花粉固定在昆虫身体的特定部位，从而避免了花儿盲目地将花粉向传粉者全身乱撒而造成浪费。

豆荚里并排躺着的那些温润玉珠，它们可知晓这些动人往事？

花儿，这些大地上的妩媚子民，为繁衍后代费尽心机，也因此成就了它们的非凡美丽。它们灿烂夺目，又迅速萎落，这让花儿的世界充满了慷慨赴死的悲壮。花儿们看似柔弱，但每一朵都是义无反顾的勇士。当大地终于熬过灰暗和阴郁，当第一批花儿无畏地盛开，我们所在的这个世界，注定要上演万种风情。

流徙

1

锈蚀凝固在斧刃，像一朵褐金色的蘑菇。

柴房子只开个一尺见方的天窗，里面塞满板料、椽子、木墩、半成品的桌椅柜子，木头们高高低低、挤挤挨挨。是父亲的仓库，一个老木匠藏娇的金屋，但父亲给它一个贫贱的称呼：柴房子。事实上，从天窗射进的一道方正的光亮刚打下来，就被深深吸进密密匝匝的木头，柴房子幽暗如同洞窟。

我在柴房子里乱敲一气，只等几只老鼠尖叫着蹿出，再拿棍子往一个缝隙里使劲伸，木棍碰到了铁，我告诉父亲，小斧头就在那里，我的棍子已经摸到了它。

父亲把小斧头遗漏在柴房子里，找了几次，都无果。斧头身形太小，我一直知道它的藏身之处，就在歪斜着身子的一个三根腿的椅子下。我想拥它为己有，但父亲不答应，所以他总是找不到它。这次我们终于谈妥，我说，我倒一个假期的尿盆，如果我找到，小斧头就归我。父亲答应了。我家在大院最里角，往院外的公厕倒尿，要经过很多人家。抱着尿盆，我常常披头散发假装睡眼惺忪摇摇晃晃。重重的粗陶尿盆，没有耳朵，偏要人将它怀抱，这令我更加羞恼，为躲避倒尿，我常与姐姐殴斗。

小工具和小动物一样，有着事物原初的可爱，比如药房里金灿灿的小戥子、银匠师傅手里大不过巴掌的锤子。父亲的这把小斧头专门用来砍斫精巧之物，镂空木雕、支撑木器的老虎爪、盘花门扣之类。所以垂涎它，是因为我爱好收集各种小物件，之前，我已收留了父亲丢在工具箱里半个纸烟盒大小的推刨，我相信这个小斧头和小推刨是一对儿绝配。斧头终于拿出来了，但我惊叫着把它扔到父亲手里。小斧头变样了，作为核心的斧刃，它魔幻地成了一朵锈蚀斑斑鼓鼓欲胀的蘑菇。父亲啧啧啧啧，两只手将它倒换，像拿着一个刚从炉灶里烤出来的洋芋，他问了好几遍，怎么能锈成这样？一脸不忍目睹的表情。他拔下斧子头，"嗖——"隔墙扔出。

是我的阴谋让它长出了毒瘤？深深的愧疚让我心疼。像一小截幼兽的骨殖，细小的斧柄，一直散发着隐约的冰凉的铁腥，它躺在我的文具盒里，像在棺木中一样静寂。看着它，绵长的难过陪了我好久。

有时，铁抵不过木头，在时间里，貌似强硬的东西或许更容易损折。

现在看过去，那个锈了刃的小斧头，仿佛一个隐喻。

2

那天，几乎可以算作小时候最明媚的一天。

屋外椿树上的鸟儿，一定比哪天都叫得早叫得欢。姐与我不计前嫌，互相用烧烫的木筷烫弯了刘海。弟弟穿上母亲给他新买的海军衫。父亲一早就候在瓜果铺门口，等到了第一波新鲜的白兰瓜。父亲、母亲、姐姐、弟弟、我，一家五口，第一次也是唯一一次集体出游。我们走遍了城里那个有塔有庙被称为公园的矮山。太阳明亮，三个女人在借来的120相机镜头前不停摆弄姿态，母亲瘦削黧黑，姐姐美艳高挑，而弟弟，则在那座老白塔下面给父亲耍弄才从电视上学到的醉拳。父亲一直背着沉沉的白兰瓜。在一个开阔的山坡上，面对黄河，并且能隐约看到我们家的地方。我们一边吃瓜，一边指点山河家园。那时的白兰瓜，用父亲的话说，还没有串种，是世上最甘甜的瓜果，常常在吃过的好几日，嗓子还有被甜味灼伤的感觉，但被甜味灼伤，多么美妙。一家人温馨地游玩，父亲与母亲举案齐眉，姐妹兄弟情同手足。

我时常会翻看那次出游时的老相片。父亲搂着弟弟，两个男人，并肩坐在一个栏杆上，弟弟有依偎之态，而父亲，虽然肩膀那时就已歪斜，但足可支撑他未成年的儿子。

那天深夜，我被一星星溅在脸上的凉水激醒，枕头旁，水正从顶棚滴滴答答跌进粗陶尿盆。错落的滴水声响满一屋子，炕上放满大小盆罐。黑沉沉的屋外，雨粗暴地在泼。学"瓢泼大雨"时，我不知道瓢的样子，老师说就像我们用的马勺。雨不是用瓢泼出来的，天就是个大马勺，是马勺翻了。多么戏剧化喜忧参半的一天，白天我们喜笑晏晏，深夜，屋顶雨势如鞭。大炕上，我们一家五口在一小块干燥处坐成一团，默默地看着一屋子叮叮咚咚的雨。

屋子后墙是第二天快中午时坍塌的。我们的家破了一角，后墙之外露出一块儿奇怪的青天。墙是顺着一个小地洞开裂并倒塌的，地洞是父亲不久前挖的一个下水道，这省去了我们每天清早怀抱尿盆穿越大院之苦，但它损伤了屋基，一夜大雨让屋子内外交困，家破了。老天爷给我们制造了一个离开这里的最好理由。我们每人背着一个大包袱，簇拥着父亲推的一辆装满家什的架子车。我们要去一个新的安身立命之处。木匠不能背着他心爱的木料上路，这让父亲心伤。之前，柴房子里的木料被全部陈列，父亲选了又选，最后，把精选的木料整齐地放在架子车车槽底部。父亲推着车子，不停地回头频望那些他无法带走的木头。

我摸摸满是裂口的椿树皮，算是与屋外的椿树做了简单的告别。椿树是我们家的朋友，但大院的男孩子经常拿它吓我，说这是棵闹鬼的树。夜晚我最怕看它浓密的枝杈在大风里前俯后仰，我每每强迫自己在家人关灯前入睡，这样就可以把鬼遗忘在屋外。大椿树在夜晚的样子就是鬼在我心中的样子：高高大大、乱发披靡，说起悄悄话来像微风吹过树叶，而它发起脾气，会怒打窗棂和屋檐。树干上，我们姐妹和弟弟用红粉笔标记了我们的身高，姐姐最亭亭玉立，弟弟的红线马上就要和我重叠。弟弟长得很快，我们交战时，他已不遗余力，他学会了用重拳袭击女孩最柔软的部位，还从不招致父亲的责骂。父亲常说，男孩子肩上有灯，灯能照着男孩子前行，这虽是父亲的寓言之灯，但我和姐姐不敢碰他，唯恐弄暗灯的光亮。弟弟果真比我强壮，他抢下母亲按姐姐的身形包裹的包袱，把自己的小包袱安放在姐姐肩上。

又一次集体出行，我们走过长长的院子，很多人在假装看不见地目睹，他们在悄悄议论，有的人脸上拼命藏住讪笑，这些我都能看出来。我没端尿盆子。我让大院最后一次尽收眼底。在性格孤僻倔硬、木工手艺一流的父亲跟前，他们从不敢大声说话。这是一次今天看上去充满悲情的诀别，大院的花花甚至把她最心爱的半透明的牛筋橡皮筋赠给了我。但我暗自兴奋，家的迁徙让我觉出，先前的墨守成规有多枯燥，将要开始的各种未可知令人遐想。那是一个不懂生活的轻和重的年龄。我尚不知，一个家需要把称为家的屋子像树一样栽在地下，也不知家的更多的看不见的东西自树的根部抽枝发芽。

那是一场象征主义的大雨。屋漏偏逢连夜雨，心高气傲的父亲刚刚办了调离木器厂的手续，我们没有理由再留在工厂的家属院。父亲母亲和我们都不是死皮赖脸的人。一家五口将辗转别处。

流徙开始。

3

家是什么？家就是能装进一家人让他们长期在一起的房子。

我们的家搬到一栋火柴盒似的红砖楼的顶楼。楼在大山向城区过渡的一个大台阶上，人们把这样的大台阶叫坪。坪上风大，大风刮过，几面窗户哐当作响，家仿佛随时都要散架。

这一年，发生的明显变化是：家高了，弟弟高了，姐姐高了，我高了，但父亲矮了。

父亲矮了，原因是他的腰更弯了。流离失所让他的头垂得很低。小时候他早出晚归挑担卖瓜，每天走二十多里路。担子压弯了他的腰，压歪了他的肩膀。后来，他又开木头扯大锯、做木器，背弯成了弓。现在，高居顶楼，离开木器厂，没了柴房子，远离了木头，父亲缺了个大依靠，这个先前在木器厂号称五虎上将之一的老木匠，他的身子越来越斜向一边。

但在这个局促的家里，歪着身子的父亲坚韧地给家里打造了一批家具：高低床、高低柜、大衣柜、弹簧沙发、碗柜、躺椅。这是他做的最后一批家具，技艺炉火纯青，凡看到这些家具的人，无不感慨它们的精美。造型新颖，遍布细节，每样家具前后左右，都用花纹相同的木料呼应，流水纹流出过程，菊花纹开出雌雄，流云纹首尾相衔。父亲深谙木头的肌理和脾性，在别的木匠用厚厚的油漆粉饰木头的时候，他只在木头上刷一层薄薄的清漆，精妙的木纹在蛋清一样的清漆下纤毫毕现；当别的匠人发愁一块好料坏在一个大木结子上的时候，父亲把愁肠百结的木结子安排在老虎爪最需要抓住地面的地方。

一双长满老茧的手掌，摸过婴儿肌肤般光滑细腻的木材，样子亲昵又小心翼翼，这时的父亲是个和平时不一样的父亲，一个和木头情深义重的父亲。他拒绝射钉枪、拒绝合成板材、拒绝白乳胶，所有异化木头的事他都严厉拒绝，调离越来越现代化的木器厂，正是父亲无奈的抵抗。一个原创性的、带有个人情味的手工木器制作的时代已然式微。那个叫时间的东西变快了，人们来不及用手做东西了。父亲这些最后的作品中，有他复杂的情感：忧伤、回忆、纪念、铭刻。

木匠的好手艺没了用场，父亲身上陡生荒凉，他腰弯背驼、铿锵的声气开始变得犹疑，那个曾经不可一世的人渐渐走向生活的背面。

城市的火葬场就在坪与大山的交接处，坪上的清晨开始得很早，天色昏昧中，一阵阵为亡灵引路的鞭炮一路炸响，黄表纸冥钱满街翻飞。刚刚过世的人在这条通向火葬场的路上走向往生。路紧靠着我们的楼，刚烈的鞭炮声不断将我们惊醒。坪上的夜晚来得也早，天色刚暗，人们就早早守在家中。那时，我刚好学到一个词——魑魅魍魉，四个字黑影憧憧、比肩接踵。长相相似的魑魅魍魉们在深夜的坪上游荡。

父亲将工具箱束之高阁，但独独孤立出一把大铁锯，把它挂在总门背后。不出多长时间，锯齿生锈，大铁锯怪模怪样，像洞开的大嘴中长了两排龋齿。木匠心爱的工具长满锈渍，并且排上了别的用场，这常让我想到那把斧刃上结出蘑菇的小斧头。斑斑锈渍，看上去沉默、荒凉。

为什么在门后悬挂铁锯，我不敢请教父亲，这是件需要领会的神秘之事，我觉得和魑魅魍魉有关。

大铁锯并不能抵挡一切。

一天中午，家里寂然无声，父母在午睡，我们各自做着事。突然，家的两个方向的四扇窗玻璃同时碎裂，声音惊心动魄。更叫人惊骇的是父亲。父亲从床上爬起，浑身发抖，目光乱颤。他几乎是爬行到了窗户边，半跪在窗帘后面，从一个细小的缝隙里向楼下窥望。能听到楼下几个小伙子哄笑着远去。断裂的窗棂嵌着碎玻璃在颤动，空气里一直回响着玻璃的破裂声。是美艳的姐姐招来的祸患，他们中的一个小伙子要和姐姐交朋友，姐姐不应。父亲斜着身子冲到姐姐跟前，给姐姐几个响亮的耳光，姐姐没有错，但她知道又是自己的错，她不言语，只是哭。

父亲受到了惊吓，他变得卑微、胆怯，说话小声小气，仿佛随时有人在门口偷听。像聋哑者，我们渐渐学会了用手势和表情交谈。父亲成了几个不一样的父亲：对外，他唯唯诺诺、慈眉善目；对我们，他是一头雄狮，随时愤怒、咆哮。当他斥骂我们痛打我们时，那些叫人忍无可忍的脏话，在楼下也能听得一清二楚。

自卑、敏感、怯懦、忧伤，源远流长地长进我们的骨头，然后，我们要花大半生时间与它们交战。先时，我们的家，虽藏大院深处，但它敞开、明朗、月光可鉴。在我们高居坪上、顶楼时，我们却像住进了洞穴，我们有了很多啮齿动物的习性：胆小、警觉、坐地为牢。

一条不堪重负的虚弱的河，它不掌控流淌的方向，决定前途的是周遭——它面临和即要面临的所在——我们的家和家中每个人的流徙正是如此。

4

忧苦和惆怅淹没着父亲。他担忧些什么？愁苦些什么？

姐姐的长相太引人注目，长成女人的姐姐穿着那么鲜艳；山上的舅舅到我们家，一住就个把月，母亲给她的大哥买来一碗碗卤肉；母亲的男同事那么大方地给我们撒一桌子亮晶晶的奶糖；弟弟混迹于不三不四的人中离家逃学，还偷吃他的纸烟；寡言的我总是和他犟嘴，他打我时我从不服软；

隔壁家总咯咯咯地笑；四楼那个白脸女人一见他就对着楼梯口吐痰；楼下游来荡去的小伙子一个个面目可疑……父亲的忧苦具体细碎、层出不穷。

在新单位，父亲无所事事，他要求借调到一所中学，为那些坏旧的桌椅缝缝补补。一天，我从教室窗户看到一个背影，他歪着身子扛着一个耷拉着一条腿的双人长椅，走进了学校后院。父亲从未告诉我他就在我们学校。课间，我跑到后院，在学校那一排长厕所旁边，一个门窗低矮黑黢黢的屋子，隔着没玻璃的窗，我见父亲佝偻着身子在做活，水从眼睛里涌出。之后的很多时候：我在公车上，见他歪着身子费力地踩着自行车；在上坪上的大坡，我尾随在他身后，看着他的背影；或者，在课堂上，眼睛前头出现了他的样子，水就要从眼睛里涌出。这些眼睛里出来的水，我不能叫它们眼泪，我不知它是什么。

想到养家糊口的不易，我决定在父亲暴怒时，不再与他积极抵抗，我只沉默。父亲掴我一个耳光，我沉默，父亲用脏话斥骂我，我沉默。父亲说，你只要说一句软话，我就不打你，我还是沉默。我要为他的无理服软，我就不是这个倔硬的老木匠的孩子。父亲一脚将我踢远，说，这个死娃娃，煮熟的鸭子，肉烂嘴不烂。

我一眼认出半坡上烟酒铺门口，父亲那辆破旧的自行车。车座被他的身子压向一边，车把手上挂着破旧的手提包。父亲下班后，经常靠着柜台喝一碗散酒。这个我熟悉又陌生的男人，我唯恐躲避不及，但我怕他喝多，常常藏在一处，窥探他，等他喝完，跟着他，看他摇晃着把车子推到楼下。

平时，话少到没有的父亲，喝了酒，话像破了闸的河，他自顾自在房子里踱着步说，也不管是否有人听，走累了，躺在他做的躺椅上继续说。他纵横捭阖、说古论今、针砭时弊。那把他亲手做的精美的躺椅，他已不怎么爱惜，说到激烈处，他拿手里的东西使劲往扶手上磕，有着漂亮木纹的半个圆弧的扶手被他砸得坑坑洼洼。我们习惯了这样的连珠炮似的画外音，他忙不迭地说话，我们就格外清静。母亲和我们有条有理地在厨房里做晚饭，煮饭的空档，我们还会和母亲踢踢毽子。母亲的大跳跳得很好，她腰肢柔软，长辫子飞起，毛毽子总是稳稳地落到她的脚掌心。

但有一次，父亲喝完酒回到家，一个劲哈哈哈地笑，我们都很奇怪，问他怎么了，他说先前大院里花花的爸爸死了，笑死的。

真是意外。花花家五朵金花，没有儿子，他爸爸一样开心，他唱戏、打拳、下棋，整天谈笑风生。他给他的女儿们剪牛筋橡皮筋，给她们头上扎花头绳。花花敢坐在她爸爸的腿上看小人书，我们不敢。她爸爸虽算不上木器厂的五虎上将，但他会给鸡做手术。有几天，她家的公鸡不打鸣了，她爸说是嗓子里塞了石头，他给鸡嗓子做了手术，取出一堆小石头，鸡果然又伸长脖子喔喔喔地大叫了。大人们老说人的面相，我觉得我也看得准，玲玲妈妈长的就是苦相，她爸爸外面有了女人后，玲玲妈妈打老远走来，你见她青黑的脸就像在哭，她其实没有哭脸上也没泪，但她就像在哭，分分秒秒地哭。她果然早死了，死在乡里的娘家。可花花爸爸不一样，他满面笑容一脸福相。父亲说，那天社火队耍到大院，花花爸爸眼馋，要了太平鼓耍弄，快一人高的太平鼓，花花爸小伙子一样，又是翻腾又是打鞭，他开心啊，玩着玩着突然躺下了，死了。死了，还张着嘴巴笑。

哈哈哈哈，父亲说，好啊好啊，欢乐是个死，惆怅还是个死，笑死好啊笑死好啊。

在魑魅魍魉的坪上，父亲最忌讳说的一个字就是"死"。他说某个离世的人，就说他走了、缓下了。这次他确确凿凿一遍又一遍地说着"死"字，仿佛笑死，与那离世的人就不是死，与在世的人听着，也不带来阴气。但他感慨这样的死法，仿佛生着就是忍受。我们也确乎并未因花花爸爸的死感到阴郁，我们眼前的确是明明朗朗的喧天锣鼓、欢声笑语。

但后来，我们切近地知道了一种死。我们不说死，但我们没说出的死，死也听到了，死到了我们楼下。

作为大山和城市之间的交接地带，正好比几种气流迎面相汇之处，坪越来越呈现复杂奇怪难以确定的样貌。坪上，每天都有陌生的面孔。城里的人踟蹰不定地想回归大山，山上的人下定决心要靠近城市，流浪汉们在此落脚，心怀不轨的人也在这里藏身。怀揣各自理想的人们，在坪上汇集、交锋。

有段时间，楼道里一直弥漫一股恶臭，气味日渐浓重。臭味最后浓浓地集中到了顶楼我家门外的楼道。恶臭从门缝里窜进，叫人无法忍受。楼道里的人纷纷猜测臭味源自何处，但父亲拒绝参与议论，并且再三低声告诫我们不可胡说八道。父亲的表情紧张怪异，我们嗅出了气味的不祥。一天，传来消息，就在我们楼下的一套屋里，多日前，一男一女被残忍肢解，一部分肢体在坪上的铁道边被发现，而另一部分一直就在屋子里。我和姐姐尖叫着躲到屋子最里间，但隔着一个楼板，下面就是那间凶宅，我们躲不过脚下。这是弟弟的描述，屋子里到处是血污，臭味熏得人睁不开眼睛，警察将两部分尸体核对，最后发现少了死者的两对儿眼睛。为什么端端少了他们的眼睛，人们议论纷纷，说人的眼睛就像照相机，死了的人会用眼睛拍下临终最后一刻看到的画面，杀人犯怕被杀的人眼睛里存下他们，就把他们的眼球挖了。

警察纷至沓来，反复问询，但没能从我们这里得到任何有价值和无价值的线索。父亲一马当先出面作答，回答简洁冷静。警察问，是否闻到什么特别的味道，父亲说，没有。警察问，是否听到什么动静，父亲说，没有。警察问，是否在楼道里见过生人，父亲说，没有。是父亲害怕，他想快刀斩乱麻。

狠毒、残酷、血腥、狰狞，人性之恶已至极端，必须不停地断开想象，才不至于一直心惊肉跳。父亲的冷静是表层的，他的担忧不是没有道理，魑魅魍魉们正在逼近，钢牙林立的大铁锯不足以令我们心安，每天傍晚，全家人到齐后，父亲立刻反锁家门。

紧锁的家成了防线，但恐惧还是得不到安抚，一部分恐惧源于这个残忍事件，另有一部分恐惧源于父亲的惊惶。每上下一次楼，我毛发直竖，楼道里那间屋子的窗户，就像大睁的眼睛，散出屋里的气息，还张望着上下的人们。我多么期望逃离。

姐姐出嫁了，她嫁给了一个腰上别枪的保安，这叫父亲和我们安慰。心慌手抖的老木匠已无力给他的女儿打制家具，他给姐姐陪嫁了一个木头锅盖。

像《雷雨》中周朴园家的窗户，自打那次窗玻璃被砸碎后，我们的窗户再未打开过，父亲钉死了窗户，并给新安的玻璃蒙上几层厚厚的塑料。坪上风大，风把外面的一层塑料撕成一缕一缕。每每看着这徒有其表的窗户，我便想起未出嫁前我的如花似玉的姐姐。

5

108 颗佛珠，在母亲的手中变得光亮滑润。是牦牛角的佛珠，金子的颜色，透着光，有玉的质感：温静、润泽。一根丝线，将 108 颗小珠子结为一个圆，将小珠子变成佛珠。

有人说，"佛珠"有谐音"弗诛"的意思，但我还是喜欢"佛珠"，"佛珠"躲过杀戮，慈爱、安宁。小珠子整齐如饱满的玉米，手指一粒粒掐过它们，感觉非常微妙。

母亲静默地掐着佛珠，千万次轮回。一些东西跟着小珠子走了，又一些东西跟着小珠子来了。母亲安详的神情里，有着月亮的光泽。一粒粒佛珠匀匀地在母亲手指中滑过，细密隐约的声音宁静、澄澈。佛珠细碎的磕碰，总是穿过夜晚的黑色直达我的耳膜，那是母亲的声音，也是坪上我们家夜晚的声音，我在这声音里入睡。

我不知母亲是否真正了解佛珠的含义，但我相信母亲将某种意念倾注佛珠，那意念又静静地自佛珠漾开，浸润她，让她安然面对一切。那串小小的佛珠，是她苦辛晦暗的日常中的一个依托，或者是她从此岸到彼岸的一个小小的舟楫。唯其这样，我才相信，在人世间，你可以瞩目某个小小的东西，长久地融入你的精神，它便有了灵性和光辉，便可以引导你，让你轻盈飞升。我不知这是否是佛珠原本有的宗教含义。

母亲带着她的108颗佛珠离家出走了。

普鲁斯特的小玛德莱娜点心，让他想到，有些历史附着在一颗小点心中那一点难以言尽的滋味里，你的唇齿和这种滋味相遇，记忆就醒了，你甚至会想起品尝这颗点心时窗外射进的那一线光亮。而一滴悬垂的奶汁，总会让我想起母亲——年轻时的母亲。那时，在大院的家里，因为我过于瘦小，母亲从山上的舅舅家牵来一头母羊，要挤羊奶给我喝。

母羊拴在椿树上，咩咩咩，很娇气。我不爱喝羊奶，嫌膻，躺在炕头耍赖，母亲站在我头顶，说好喝得很，你看我喝，她每喝进一口，嘴上留下一滴奶汁，用那滴奶汁馋我。羊奶被母亲喝得滋味悠长，我仰躺着，目不转睛看她嘴上留的一珠羊奶。一珠液体的体积最大能有多大？比如一滴水、一滴蜜、一滴乳汁。但那滴羊奶一直大大地悬在我眼前，比任何一珠液体都大很多。那滴羊奶里还有母亲的声音、母亲的样子，我端详这滴羊奶二十年。我无数遍想母亲，希望不断在梦里和她相见。梦里的我总是小时候的样子，母亲也总年轻。在母亲身边，我心里溢满安宁。那天，在梦里，我看见自己的脸颊越加瘦削，母亲在小院那个黑亮的灶台前给我和姐姐盛饭，是小时候她常做的汤面。大海碗，碗口可以装进我的脸。趁姐姐不注意，母亲给我多舀了一勺，我和母亲心照不宣地笑了，然后我很快吃完了一海碗面，满足地把空碗捧给母亲。我的个子还很矮小，我得仰起脸来看母亲。我在梦里看母亲，正像我躺在炕上，看站在头顶一口口喝羊奶给我看的母亲。

老木匠的小女儿也出嫁了，他永不知这样一个细节，刚结婚的几天，她的小女儿总在夜半突然惊醒，要把熟睡在身边的丈夫喊爸。缘何我会觉得身边的男人是他——我的父亲？

木匠给小女儿的陪嫁，是一根杨木的小擀杖。小女儿恓惶地离开娘家，家里没有娘了，只剩了两个男人。

弟弟走上了歪路，他卖光了父亲做的所有家具。多么叫人心碎，父亲的手艺流落到了陌生人家，他们会懂得它们疼惜它们吗？这些家具被人强行拉走，绝望的父亲拖下他的工具箱，狠狠地丢到路上，发誓从此要和木头决裂。我把工具箱拉到自己家，夜深人静时打开端详，大大小小的推刨、铁锯、钉锤、扳手、尺子、墨斗、柳树枝做的钻头……我端详它们，眼睛里又有水要涌出。老木匠与无辜的木头有了怨仇，他晚年时，屋子里甚至没有一把像样的小木凳。他与木头有了怨仇，也和往昔有了怨仇，很多事都反过来了，深爱成了切齿的恨，木头、儿子、妻子。

另一个男人，他肩头的灯没有照亮他前行的方向。他被拘围在遥远的山洼，我和姐姐在月光中起身，太阳当空时才获准看到憔悴不堪的他——这个我眼中曾经异常俊美的男孩。在别人的监视下，我们一言不发互换物品，我们给他臊子、咸菜、罐头、纸烟、大饼、过期的报纸，他给我和姐姐一人一个项坠——两片有个小洞眼的用河卵石磨制的薄滑精致的椭圆。

两个聊以度日的椭圆。

一条冬日里细弱的河淌在山洼里，狭窄漫长的山洼，树木枯败，河边躺满一颗颗圆滑坚硬的河卵石，在夕光里，油黑的它们闪着一朵朵光。回程的长途车上，我们有了念想，姐姐捏着那片小石头，久久望着窗外。我的那片小石头被我的手心焐得温暖湿润。往昔，姐姐最疼爱弟弟，三个孩子的阵型，很少是匀称的等边三角形，姐姐和他更亲，而我和他更喜欢战斗。很多年后，弟弟重病中，讲给我两件事：一件是，小时候我们去相馆拍照，我用一口一口唾沫弄整齐他的头发；另一件事是，有一次我们打架，他一拳打到我的乳房上，我昏倒在地，好些时间才醒过来。我奇怪这样刻骨的爱和疼我都忘了，我记得的更多的是小时候的他，他那么漂亮、那么可爱，我下一节课就要飞也似的回一趟家看看他。我给老师拿手指比画，我弟弟的脚丫子才这么小，这么小啊。

弟弟又回到了坪上的家中，家已非常破旧，也很冰凉，没有母亲，没有姐姐们，只有一个终日悲怨的父亲。不久，趁着父亲熟睡，他割破自己的身体——他想杀死自己，流了很多血，但没有成功。

父亲逃到了姐姐家，他从此不再与他的儿子相识。自此，我们的弟弟，我和姐姐便将既是他的姐姐，又是他的父母。

父亲开始和他离婚多年的大女儿相依为命。在姐姐家总门后面，父亲挂上一面大刀，木头的大刀——弟弟小时候父亲给他做的玩具，金粉漆的刀把银粉漆的刀刃，刀把上系一根红绸带。和那把锈蚀的小斧头不同，在漫长的时间里，木头显出了它的好脾性，它不容易变成别样的物质，它不会结出锈渍，它只会慢慢地老一些，再老一些。和风烛残年的父亲比，木头的老多么缓慢。它在门后，抵挡魑魅魍魉，银粉闪闪的刀刃，呈现出刀的光泽。这把刀，是老木匠快八十岁时，留在身边唯一一个他亲手做的木器。

6

是城市里少有的一个圆形建筑，在城边的山顶鸟瞰，它就像一个揭了盖的精美谷仓或者鸟巢，椭圆的底端躺着天蓝色跑道。这是城市里最早的一个体育场，一圈高大的看台构成一个矗立着的圆圈，高高的圆墙之外，很多人围着它晨练或在黄昏时走步。

我迷恋上转圈，向晚时，混迹人流，踽踽独行。我想起德国艺术家克利的一根"行走的线"，一根有方向的线，一旦前行成圆，仿佛圆满，但又没有穷尽；仿佛可以不断与起点相逢，但又永不是那个起点。在高台之内那块平整的场地上，我曾参加过一次集体舞表演，小学时的一个儿童节，几十个女孩子分成若干组，在大喇叭放出的欢快音乐中跳皮筋舞，蜡光纸把橡皮筋缠得金光闪闪。蝴蝶结翻飞，每个人流光溢彩，音乐结束时，我们把脚下的橡皮筋定格成一个个金灿灿的五角星。掌声响起，我们汗津津气喘吁吁对视欢笑。圆最适合聚合，聚合目光、欢乐、能量。我张望往昔，那个参与其中的亮闪闪的女孩，仿佛另一个人。

体育场又像个大线团，把长无穷尽的跑道一圈圈缠绕在一个圆上。圆又让人想到钟表。在高高矗立着的看台的大圆外，很多人习惯逆时针走。我切实地经验着课本上的常识，如果和某个人逆向而行，循环往复，你将不断与他相遇；如果同向并且匀速前行，你与前方的一个人永远相隔同样的距离。

体育场和我家一马路之隔。春天，体育场里，那排高大的梧桐树绽开满树大花，水洗旧的粉红花瓣，散发暗香。后来，每走到这排大树跟前，我会透过树枝，张望一扇窗户。那是个临时的家，姐姐和父亲在里面，父亲或许正靠着床看电视，姐姐大约正洗洗涮涮。

父亲老了，姐姐顾不过来他了，姐姐把家租住到我家附近。父亲很快喜欢上了这里，再无熟识的人可以遇见，再无熟识的事物随便勾起他的回想。没有人看见他的生活，即便蹒跚于转圈的人流，他也不至于慌张担忧。我有时尾随父亲，像小时候那样，我们始终隔着距离，我们不迎面相遇，也不比肩而行。父亲歪斜的脊背写满悲切，他的白发像一盏行走在人群中的灰蒙蒙的灯。一天，我坐在远处，看父亲歪着身子走过，双脚拖沓的声音一直传到我这里，昏暗欲雨的天上，一个断了线的黑色人形气球，从他头顶缓缓地飘过来，从我的头顶飘过去，再缓缓消失在空中，那是个小小的人儿，我的心被忧伤浸透。

我们转着同一个圈，又仿佛一个隐喻。再后来，我和姐姐更频繁地往来于这个圆中。弟弟病重，我们在体育场给他租了一间小屋。从城市的不同方向，姐姐和父亲、弟弟、我，隔着很近的距离，我们貌似再度相聚。

弟弟的前方，伸展出一条可怕的路，我和姐姐都明白，不远处，有他难以逃过的终点，但终点离弟弟太近了。我们怕我们禁不住。

两个男人，在一个圆上，他们从不相互提及，也从不知晓彼此近在咫尺。父亲歪着身子，还能在这个圆上蹒跚，而我们的弟弟，拄着拐杖，走半圈已倾尽全力。

圆，一个多么圆满的词，稍有曲折，它就不成圆。首尾如若不能相衔，它们便永远错失完整。

弟弟总是嫌冷，夏天的太阳那样热，他还是手脚冰凉。他说，以后把我放在一个太阳终日晒着的地方。这样的地方，人世间有吗？

记得小时候，我刚开始学蜡笔画时，很喜欢画房子，我不懂透视，画出的线条构不成房子，后来我知道，窗户和门是方正的，但屋顶和墙要在纸上拉成好看的矩形。房子是有生命的，窗户是房子的眼睛，可以看进去也可以看出来；门是房子的嘴巴，含进去一个人，吐出来一个人，如果是家，出入的都是亲人。我后来学会画树，我画出一棵椿树，枝丫亲密地挨着矩形的屋檐；我把窗户画得很大，好从窗户看见屋里的大炕，炕上有父亲做的炕桌，旁边坐着父亲母亲，我和姐姐还有弟弟，我们在大炕上翻染红的羊拐骨；门帘要被风尽可能地掀开大大的一角，这样就能看到满屋摆放的父亲做的家具。只是家，一定不能再被大雨下破，家，要长出长长的根。

小酒馆手记

酒馆名：豆瓣酒馆

酒馆老板：王姐、我姐

经营方式：小酒馆由王姐、我姐平均出资开办，起初二人共同经营，后因二位姐性情不合，小酒馆开张八个月后，改为一人一月经营。王姐单月，我姐双月。经营当月，自负盈亏。房租、电费、水费、取暖费等平均分摊

我姐小工（义务）：我

王姐小工：不详

1

清明小长假第一天。

天终于热起来了，楼下的杨树，缀满吊吊，小时候，叫它们吊死鬼儿，每次走过树下，缩头缩脑，怕得要死。吊吊落到脖颈里，像冰凉的小蛇，摸出来，"嗖"，扔得远远的。

今天，大着胆子拣了一根细看，暗红的吊吊软软地蜷在手心里，还是怕，"嗖"，扔到好远。

十一点到了酒馆。天是热了些，房子里还是冷。姐把店面收拾了一半，厨房的案板上炉台上堆满用过的碗碟。码完半堵墙空啤酒瓶，姐直起腰，说，昨晚累瘫了，开酒馆头一遭没当晚把酒馆收拾整齐。她说，说来也怪，一个白天没客人，天刚擦黑，人呼啦啦涌来，酒馆里没了一点儿空档，就连那个放摆设的小桌子也没闲着，一晚上进了七百多块呢。姐神情满足，把涂了金粉的石膏弥勒像双手捧回角落那个小桌上，在开怀大笑的弥勒嘴里放了一枚硬币，再用两只手摸摸弥勒的大肚子。也不管是否对弥勒的口味，姐在他面前，摆了好些她自己爱吃的零食。

酒馆租的是一幢居民楼一楼一个两室一厅的套间，厅分成四个区域，中间吧台，进门右手用塑料篱笆隔出个小厅，放两张酒桌；靠左手隔出两个包间。厅后面有个细走道，走道从左至右是厕所、厨房、两个小屋子。两个屋子作麻将室，一大一小，小屋子放一个麻将桌，大屋子放两个。

中饭后，后屋几个打麻将的常客渐渐来了，凑了两桌，稀里哗啦开打了，姐给他们一一倒好春尖茶。打麻将的，只收台子费，一人五块，茶水免费，原则上时间不限，但都是常客，有了个俗常的规律，基本中饭晚饭后各一场。所以，能凑上人的话，姐每天固定能收入最少几十元的台子费。

姐把前屋扫擦整齐。我把厨房洗刷干净，葱、蒜、芫荽、鲜辣椒等拌小菜的配料洗净备好。沏好两杯茶，和姐坐定。我俩中午吃啥，姐问。我说，想吃辣的。姐来了兴致，说，那就吃火锅。姐刚买了个电锅，想试试是否好用。姐说，我最爱置办这些锅碗瓢盆的，我看，你就不爱。电锅是姐上月休息时在南方人搞的一个展销会上买的。姐的购物点比较集中，一是早市，一是超市特价区促销区，一是各类展销会。火锅汤菜刚上桌，正想和姐大吃一顿，玻璃门开了，来了四个客人，接着脚跟，又来四个人，将好两桌。只好把电锅端进厨房。菜单上的菜基本是凉菜，客人点好菜，姐在厨房里开始切、拌。两桌人，一桌喝啤酒，一桌人自带一瓶苦瓜酒来，姐赶忙过去，有人解释道，会点菜会点菜的，不白占位子。苦瓜在酒里泡得雪白，瓜皮上的小疙瘩给玻璃瓶放大，像根粗大的狼牙棒。姐边切菜边嘀咕，你说那苦瓜是怎么进了酒瓶的，瓶嘴那么小，莫不是先放好苦瓜再吹瓶子？我顾不上思考这个问题，因为业务不熟，我忙得团团转。两桌酒菜上齐，和姐刚坐定，还没来得及捞口涮菜，呼啦啦，又进来十来个年轻人。赶忙引客人坐好，拿去菜单酒单，姐一边听着客人点的菜名一边开始拌菜装盘。年轻人七嘴八舌，要了这个又要那个，搞得我手脚忙乱。两个小伙子打开酒坛子上红绸子包的沙包盖子，一一闻过去，然后，点了好几样酒：一小壶小五梁、一小壶金花雕、一小壶稻花香、一小壶女儿红，还有一扎啤酒。酒菜上齐，喝了一小会儿，他们的声音就大得要掀翻屋顶了。

姐在门口贴了好几次招聘小工的启事，启事刚开始每月八百，管吃不管住，没人应聘；后来涨到一千块，还是没人应聘。姐死了心，为小工花再多的钱，姐舍不得，所以每天都盼着我能去搭把手。

最小的一个包厢，放一个小桌、两条长凳，不靠窗，光线较暗，很受谈恋爱的或关系暧昧的男女喜欢，今天地方紧张，晚饭时间过后，挤进四个大男人，来时就喝过酒的，四个人要了一扎啤酒。其中一个男人每出来如厕一下，顺路到小厨房拥抱一下老板娘——我的姐。他说，我放张支票，一年就在这里划账得了。知道说的醉话，姐还是高兴，边切菜边说，那好啊，我给你天天留好地方。我站在厨房门口，瞪那醉汉一眼，那人眼光迷离，看我一下，说：嗯，你，我看你好像有些文化嘛。

姐说，是啊，我妹是个作者。姐总给人这样介绍我的职业，后来来了朋友，他们也这样喊我：习作者，上酒！——来了哎——对着朋友，我可以像个熟练的小二，应答着，颠着碎步，上菜添茶倒酒，引得他们笑。

酒馆的生意说不上哪天好哪天坏，今天，我带了笔记本电脑，想在客人少时，看看电影。抽空儿，点开了下载的美国电影《孔雀镇》，电影开头，一个幽暗的木头阁楼上，男主人公熟练地戴上乳罩、穿上裙子、涂上口红，从窗帘缝里往外窥看，这是一天的开始，楼下，人们纷纷走出家门，镜头慌张地在每个身影上跳转——一个看似阴郁紧张的故事就要开始了，正想看个究竟，有客人喊：老板，老板。我条件反射似的，答应着，跑过去跑过来。等歇下来时，电影完了，留个黑屏。姐路过吧台，看我不专心，瞅我一眼，看我坐着，又说，给你说过多少次，别再穿带跟子的鞋。姐脚不沾地地匆忙嗔我，生意好时，她满身干劲儿。

姐全身心沉浸在小酒馆里，我义务打工，我可以心想别处。我说，听听音乐，总可以吧。随手点开一个曲子，哈，《二泉映月》。姐冲出来，指头笔直，喊：关了，立马给我关了！

酒馆门口的红灯笼在风里晃着，玻璃窗上蒙着一层暖暖的水汽，屋子里灯光含糊，气味混杂。坐在吧台后面的小椅子上，望过去，这真是个奇怪的角落，屋子里洋溢着氛围复杂的暖意，一桌桌人各不相识，同在一处，各自吵成一团，又互不相扰。

小包厢里的四个男人，兰州话的酒令行得像炸雷：

> 兄弟两个好啊！
>
> 怎么这么好啊！
>
> 还是个好啊！
>
> 全家好啊！

哼，声势弄得大，姐说。他们喝了酒吃了饭来的，不点菜干喝，只要了一扎啤酒，即使喝完，姐也就挣十来块钱。

马上夜里十二点了，客人们酒意正酣。姐从围裙口袋里掏出一沓钱，在吧台上快意地抽打一下，抽出一张十块的给我，"打的回去，回去就睡"。生意好时，姐的话语相当简短。我环视一下酒馆，每桌客人正喝得轰轰烈烈。菜上完，酒上好了，后屋的麻将还没散，姐这会儿可以坐在吧台后面，惬意地看着她的酒客们，抽根烟、喝口茶，等着收最后这批银子了。

从姐的小酒馆到我家院门口，打的刚好十块。

2

清明，果然细雨纷纷。

一直到下午两点，还是没客人，姐不时走到玻璃门前，望望外面灰白的马路。说，外面看着好像很冷啊。她打了长长的一个呵欠，说，瞌睡死了，春困秋乏，这话一点儿不假呢。我从包里拿出本书，坐在吧台后面，准备静下心来看看。

说话间又同时来了两桌客人，姐立刻精神抖擞起来，对我喊："去，烧水去，没眼色。"刚才明明闲着，她总是来了客人才有劲儿干活。我把书塞到柜台最里头。

客人一来，冷清的酒馆立马热闹了起来，也暖和了起来。姐忙着叫客人点菜，我开始备菜。这桌三个男人，要了两壶稻花香，一碟五香花生、一碟凉拌萝卜皮、一碟凉拌猪皮。

菜上齐，酒也刚刚温好。刚来时，他们脸上都是冷的，几杯酒下肚，颜色里有了温度，表情也软了。那桌人说先聊着，菜再说，要了一小壶黄酒，要了副纸牌，开始玩斗地主。

很快有人喝得有些偏了，走路摇着，把塑料篱笆当墙扶，篱笆和他都摇了起来。姐真英明，弄的都是互不相伤的东西。不多时，酒馆坐满了。姐说，看，说没人没人，这下又满了。姐进进出出，脚底下带着风。有人喝醉了，不停地喊：老板，老板。去了，又没事，只是拉过你的手，说，认识你很高兴！认识你很高兴！如此三番，后来再叫，我就不去。有个客人见我在吧台闲坐，给我掏了一把油葵子。油葵子儿碎小，很适合磨牙。姐在厨房里忙，我守吧台。醉汉一直在喊，老板！老板！我不理睬，心想嗑完这堆油葵子，再去。我粗略数了数，大约还剩一百来颗。老板、老板，那人又喊，声嘶力竭的，我加快了嗑油葵子的速度。姐冲过来使劲瞪我一眼，聋了，还是瞎了？哎——姐拖着殷勤的声调，应声过去，没等那人伸出手来，姐先安抚似的抓住他的双手，拍一拍，说，好好喝，好好喝吧，不要喝醉哦，那人不再叫喊了。姐过来，又狠狠瞪我一眼。

各桌酒菜上齐全了，可以歇会儿了。我从柜台里头摸出书，看过去一页，但不知看了些什么，就又合了书。闻闻，还好，没酒味。书的样子真好，内向，没人看它时，它安静地关住自己，不受任何滋扰。小心地把书用报纸包好，放进包里。人声喧闹，一桌一桌，声音比赛着越来越大。我把碟机也开大了，想压过他们的声音。整个酒馆，热气腾腾的，好不热闹。碟机里放的永远是姐的流行歌碟，顾不上的话，一张碟一天里翻来倒去地唱，这会儿，唱的是《郎的诱惑》，男女组合，在姐这里已经听得很熟了，不过，第一次在屏幕上仔细看这歌的歌词：

男：娘子

女：a ha

………

是郎给的诱惑

我唱起了情歌

在渴望的天空

有美丽的月色

是郎给的快乐

我风干了寂寞

在幸福的天空

你是我的所有

……

歌词很长。女声铿锵有力，男声只发一些嗯、啊的语气词。

每到这首歌，姐再忙，也要跟着女歌手"a ha"一下，好像不由她自己似的。

晚上九点多时，来了个约莫四十多岁的男人，已经喝醉了的，脚点不到地上。见他已醉酒，姐说，要打烊了。那人说，就让我坐会儿吧，就一会儿，孩子似的，眼泪要流下的样子。刚好小包厢走了人，姐让他进去坐下。姐跟我说，看他，孽障着，可能遇着了什么难心事了。那人要了杯清茶，在里面静静的，也不要酒菜。一忙，就忘了他，偶尔想起，从屏风的缝隙里窥望一下，见他定定看着手里的手机发呆。大厅那边，有个人彻底醉了，和他一同喝酒的人给姐说：你看他，天天喝酒，离了婚，心情不好，我们已经陪他喝了一个月了。姐说，陪陪吧，日子不好过，想喝就陪他来。

人渐渐走了，和姐坐在吧台后面歇口气。忽然，玻璃门猛地被推开，这人带了一身寒气进来，一进门就直直瞅着姐说：昨晚可出了大事，马队长酒后开车，车给撞成了破布衫，可吓死人了。我赶忙问，哪个马队长啊？他说，就我们工程队的马队长啊。我想起那个马队长的样子来，笑的时候，嘴张得很大，露出好几颗金牙，手指上戴个很大的金戒指。说着，来人就座了，朝我姐喊，快来壶酒，给我压压惊。姐紧张地问：人呢？人好着呢没有？那人说：人好着呢，就是车成破布衫了，我害怕死了，车碰得惨得很那，尕妹子，我给你说。说着，赶忙呷口酒。这人是酒馆的常客，老是独自来，来了专喝竹叶青，竹叶青是酒馆里最贵的酒，一小壶二十块，喝上两壶，他就醉了，醉了就歪在椅子上睡，一睡着，香烟、打火机、手机、钱从口袋里一样一样掉到地上。

客人多时，姐不欢迎他，他一醉一睡，样子难看不说，一个人占四个人的位置，怎么都叫不醒，一吵醒他还骂脏话。这类人，我和姐统一叫他们"烂酒油大豆"，这叫法是兰州街头对酒鬼的称呼。烂酒、油大豆，父亲这样给我们解释，先前日子苦，馋酒的人最好的下酒菜大约就是几颗油炸大豆的缘故吧。

姐给我使眼色，悄悄说，喝酒就喝酒，知道不让他多喝，就找借口。

姐去给他做菜，凉拌驴板肠，凉菜里最贵的一道菜，二十块一盘。他知道姐不高兴看见他，酒菜都点最贵的。他等不得菜来，一仰脖儿一杯一仰脖儿一杯，嘴咂巴咂巴响得欢。一扭头，见我正看他，喊，来，尕妹子，喝两口，还远远做出亲嘴的样子。"呕呕呕"，我做出吐的姿势。他大笑。姐说，他人还好，就是个烂酒油大豆。他说他县城有个大老婆，大老婆生了四个姑娘，他想要个儿子，就在兰州找了个尕老婆，没想到尕老婆又生了个姑娘，说是心里惆怅啊，只想喝酒，也不知道他说的是真是假。

见姐和我在吧台上嘀咕，那人说，来，哥请客，两个妹子想吃个啥。姐想想说，这么晚了，就喝个酸奶吧。他像孔乙己似的，在桌子上拍出几张零钞。我买了两碗最大的青海老酸奶回来，和姐一人捧一碗，坐在他对面，一勺一勺吃起来。他又开始讲了，车碰成了破布衫，可害怕死人了，你说能不给我压压惊吗？姐白他一眼，又不是你开车。他说，那马队长开我也害怕啊，我们兄弟两个，谁是谁啊，再说了，马队长车上还有一摞子现金呢，准备送礼办事的钱啊。

忽然，隔壁小包厢响起亮亮的一声："呔！"我和姐同时记起那个人来。"社会上这些乱七八糟的事，不要再说！我最反感听这些！"那人出来，盯着烂酒油大豆，怂怂地看了片刻，然后摇晃着开门走了。茶钱，我喊。姐摇摇手说，算了算了。进去收拾，发现他的手机落在椅子上，追出去，看不见人了。姐说，先放着，明天想办法联系他吧。

打麻将的人也散了，和姐把啥都收拾停当了，就等这个烂酒了。

姐说，你看丢手机的这人和爸像不？我说就是啊。我们爸整天愁眉苦脸，满眼睛满耳朵都是看不惯听不惯的事，平日里，他最爱说的一句话是一个字："唉！""唉"完之后，欲说又休。姐说，这两天抽空把有线电视台"情感剧场"的费交了，我看爸看韩剧时，还能笑笑。

3

房子里还是冷，麻将室在阴面，里面的小太阳到现在没撤，我和姐都还穿着棉背心。

一到酒馆，姐就怂怂给我讲昨晚在小包厢丢手机的那个人。早上，姐用手机里的号码想方设法联系上了他，他倒好，来取手机时，劈头第一句话是，谁让你用我的电话，打了我多少话费啊。呸呸呸，姐朝地上吐三口唾沫，说，真是吃力不讨好。

这些日子，我总结出了常来小酒馆的大致几类人：男人伙儿、有恋爱或暧昧关系的一男一女、男女伙儿，就是从没来过女人伙儿。

这不，中饭刚过，来了两个矮个子男人，一眼看出是生客。其中一个有白化病，连眼睫毛都是白的，眼睛睁不开，视力很差，走路扶墙，出来一下就找不回小包厢，出进我得跟着。这人把手机凑到眼皮上，一直在摆弄，好不容易插上了万能充电器，见我跟前跟后，说，第一次来这个酒馆，老板人真不错啊，以后我给你们打工行吗？我听见姐在厨房噗嗤笑了一声。我赶忙对他说，欢迎、欢迎啊。两个人点了四个小菜，又要了一壶酒。见他两溜儿鼻涕要过河了，姐对我说，去，给他拿张纸去。

今天的气氛反正有点儿怪怪的。

不知啥时，那个白眼睫毛叫来个女的，给她要了杯茶。也不避我们和他桌对面的朋友，白眼睫毛和那女的又抱又亲的，然后掏钱结账。茶刚泡上，菜还没吃，他和那女的就走了，就剩了另一个人，问他，菜还没动，你朋友去干啥了？他说，还能去干啥呢。哦，哦，我似懂非懂，又有点儿好奇，问那人平时做什么事。他说，啥事不做，爹妈给留下来三套房子，常年吃房租。说着，这人把所有菜打包，又要了个空饮料瓶，把酒灌上，也走了。

嘿，这倒痛快！姐拍拍掌。一天里这样多流动几下，钱就好挣了。

刚清理出小包厢，进来一对中年男女，看不清关系，男的胳膊上挎着女人的花皮包，女的披着男人的大夹克，一进门就要包厢。说着，又来了一男一女，中年人，还是看不清关系。女的指缝里夹着烟，挽着男的，男的肚子滚圆，一进门，径直进了另一个包厢。商量好了似的，他们各自都点了一小壶黄酒，两个小菜。两个包厢门都紧紧关上了。姐不喜欢这样的客人，不是因为他们关系暧昧，而是本可以坐四个到六个人的包厢硬硬地被两人占着，而且这种关系的人，吃喝少，能待多久就待多久。

果然，快近傍晚，他们没有走的意思，只是轮流出来上上厕所。

厅那边一直空着，姐在吧台边嗑完了半塑料袋瓜子。终于来了七个人，都是男人，姐脸上有了些喜色。把厅里的两个桌子并了，他们围桌坐下，一个人说，菜先等等，先烧上一壶黄酒，要小壶，再倒七杯开水。黄酒一小壶十八元，开水不收费。七个人端端坐着，左右各三人，围着桌子头上一个人，他们的表情和气氛都很严肃。明明在开会，好像在安排工程事宜。姐不乐意，又没办法。过了一会儿，又进来一个人，他们所有人起立，在桌子头上又加上一把椅子，再加杯开水。姐在旁边站了会儿，见他们还是没有要酒菜的意思，怏怏地走开。

说是酒馆里座无虚席，但眼看着挣不了什么钱。来了两拨常客，见没位置，进来转了圈又走了。姐瞅瞅左面，又看看右面，满脸不高兴。

姐暗示我，去敲敲包厢，看要啥不。

我分别敲了门，在外面问，请问，还要啥不？都回答，不要。都是女人的声音。

这边的会议持续了快两个小时，期间，因为一小壶黄酒的作用，气氛有所缓和，几个人的坐姿有所松动，之外，他们喝了两大壶开水，无一人上过洗手间。最后，他们呼啦啦起身。那个看似领导的人结了账，然后一群麻雀似的，呼啦啦走了。

收进十八元，姐把他们送到门口，做出笑容可掬的样子，说，再来再来哦。

天黑下来了，包厢灯开了。一个包厢的男人出来要了根牙签，之后，还是没动静。又过了些时候，他们商量好了似的，两对男女前后脚走了。那男人胳膊上还是挎着女人的花皮包，那女人指缝里还夹着支烟。

之后再无客人。

姐表情快快地去麻将室看打麻将。我守吧台，没带书也没带电脑，只好在吧台后面定定坐着。门外，昏黄的路灯下，人来人往。这气氛突然让我想起麦卡勒斯的小说《伤心咖啡馆之歌》里的场景，还有《心是孤独的猎手》里的那个酒馆。麦卡勒斯喜欢把各色人集结在这样的场合，让人物去碰撞故事。《伤心咖啡馆之歌》最后，爱密利亚小姐和马文·马西决斗时，满身散发着芜菁气味的罗锅，猴子似的，从柜台一跃而起，飞到爱密利亚小姐宽大的肩膀上，读得人惊心动魄。而现实生活里，故事的发展总是这样慢悠悠的，表面上看，是被时间扯得稀薄了的平淡无奇，就像我在小酒馆里看到的通常的场景。我猜，按中国人的翻译习惯，"爱密利亚"似乎该叫"艾米莉亚"，轻软的草字头接近女性，不过，爱密利亚小姐是个深藏秘密的人，身材宽阔、肌肉坚硬，气质好像更近于"爱密利亚"……

正瞎想着，门口走过一个遛狗的男人，觉得眼熟，赶忙跑出去看，果然是他——我的前姐夫、我姐的前夫。我立刻跑进麻将室把这一情况耳语给了姐。姐咔咔咔嗑着瓜子，伸过头，看了看旁边那人的牌，对我说，是他啊，怎么了，他就在旁边楼上住，每晚都出来遛狗。

啊，那可是和我姐发生过惊天动地的爱情故事的男人啊！曾几何时，因为姐的拒绝，一颗子弹穿过门框，落在正在床上缝布袜子的耳背的姥姥身边，姐惊恐万分地抱住了姥姥，后来，后来呢，我的如花似玉的姐姐终于成了他的新娘，很快的，他们又分道扬镳。很多年没见过他了，现在，他们形同陌路。快二十年了，他们都孑然一人。现在，他头发少了、背驼了，手里牵着那只顺着墙根儿撒欢的皮肉松弛的老狗，像牵着他的孩子。

看似平淡无奇的生活，其实暗藏惊心呢。我望着夜色发了会儿呆。

到我走，再没来客人。今天收益不好，姐的表情不好，她似乎也记不起给我打的钱了。我换下工作鞋，想着一些过去的事情，回家了。

4

在单位忙了一天，回到家，赶紧打开电脑看新闻，核辐射还没被控制，日本又发生了7.4级地震，死了一百多人，日本岛上，两百多座火山都蠢蠢欲动，地球像要毁灭日本似的。前两天在网络上联系到一个目前在东京，对日本文化颇有研究的朋友，问她是否回国躲躲，她说坚决不走，和东京绝大部分日本人一样，在这种时刻，不做扰乱人心的事。

刚吃过晚饭，姐来电话，让我赶紧过去。我说，我的姐呀，今天上了一天班啊。姐说，知道知道，不是叫你干活，你的一个同学来了。同学在电话里说，来吧，唠唠话儿。同学外号叫皮蛋子，家里的老小，垫垫窝儿，她妈溺爱他，上学时，一口一个"皮蛋子""皮蛋子"的，大家也跟着这么叫了。同学家就在酒馆旁边一条巷子里，前些天打电话，说要过来聊天的。

打的过去，皮蛋子已经自个儿喝上了小酒，一小壶稻花香、一碟油炸花生米、一碟凉拌黄瓜。他多年在北京发展，回兰州不多日子。

　　真是禀性难改，记得那时他就话多，几十年过去了，一点儿没变。我做出一个耐心听众的样子，一边给他添茶倒酒。他先讲了一个他刚读完的外国小说《夏洛的网》，他说，写得真好，你读过吗？我摇头。他说，这么流行的书你没读过，听着，我给你讲讲，这故事，你们这些国内的作家没人能写出来。

　　有个蜘蛛叫夏洛，结网在一个猪圈，猪圈里有一只叫威尔伯的猪，他俩朝夕相处，结下了深厚的友谊。一天，威尔伯闲来无事，忽然反思起自己的人生来，他发现，人们把他养大，目的就是杀他、吃他、拿他做灌肠。他愤怒了，这简直是人们精心策划的一场一级谋杀。夏洛安慰威尔伯，说，别生气别愤怒，让我来救你吧，于是夏洛开始精心织网，在网上织出了神奇的文字，结果，人们以为威尔伯是神猪，决定给他养老送终，但是，夏洛寿命很短，很快离开了人世。我问，蜘蛛夏洛到底织了什么字啊？皮蛋子说，自己去看嘛。关键是这个，他呷一口酒，一气儿吃了十几粒花生，说，关键是这个，看完这本书之后，有个问题一直困扰着我，我不知道谁的人生更幸福，是夏洛还是威尔伯？

　　两小壶稻花香下了肚，皮蛋子问我，一壶几两。这我还真没问过姐，说大概一两多吧。姐听见了，说，什么一两多，一点儿没常识，一壶三两五。天哪，皮蛋子惊呼，难道我喝了七两了，说完，眼神立刻迷离起来。

　　第三壶开喝了，皮蛋子继续神侃。不知怎么，他讲到了他小时候的一件事。

先前啊，我家老来一对夫妻，说是来看我爹，那时我爹是军区政委。来的那女人表情总是怪怪的，每次一来非得见我，还要摸摸这儿亲亲那儿的，我都十几岁了，满身起鸡皮疙瘩啊。一天，送走了那对夫妻，我妈望着他们的背影，说，那个人差点儿成你妈啊。原来，有一天，我爹老张和老王喝酒，喝得高兴，老王对我爹老张说，老张你家四个娃了，我家尽是丫头，把老四给我吧，老张一仰脖，慷慨地说，就这么定了。第二天，幼儿园放学，老王的老婆就把我接走了。我妈去接我，接不着，老师说你家的娃被王师长领走了。我妈回家问我爹，我爹老张生气了，说，酒后的话，怎么算数！我妈又不好上门去要，心想，如果他们真有意，或许第二天就不送我上学，如果我上学去了，我妈就把我接回来。第二天，我妈去幼儿园，告诉老师要接张四，老师说，班上现在没有叫张四的，倒是有个叫王四的。我妈说，领来让我看看。领来一看就是俺张四啊。于是，俺老人家就这么又被接回了家。两家很熟，后来也没再说什么，只是啊，老王家的老婆一到我家，总是把我端详过来端详过去。

皮蛋子停了一会儿，说，关键是啊，又吃下十几粒花生，关键是啊，他继续说，或许，要跟了那家，我的人生完全就是另一番样子，我还会是今天的我吗？

呵，又是人生，我说，皮蛋子，怎么今天老是回到这么深刻的话题上？

皮蛋子的表情看上去有些奇怪。

我说，酒再别喝了，喝点儿茶。给皮蛋子换上一杯新茶。皮蛋子的声音大起来了，他说，你怎么不说话，老看着我做甚？说话啊，说几句给我听听。说什么呢，你想听什么？我说。他一拍桌子，这就对了，女人的声音就该是你这个样子。你知道吗，你说话，声音是从腔子里出来的，是带着温度的，而她，那个女人，像鸟儿一样，声音是从脖子里发出来的。他使劲掐着自己的脖子说，脖子里出来的声音听过吗？又干又涩又凉，这样的声音成天价在你耳边吵啊吵的，你受得了吗？

谁？谁啊？那女的？我问。他说，是和俺刚离婚的老婆，知道吗？他就是老王家的女儿。我"啊"了一声，又不知该说什么了。

唉，夏洛真可爱，夏洛真可爱。皮蛋子自言自语。

同学心情不好，姐也看出来了。把我叫出去，说，别再让他喝了。她说，你看看，到我这里喝酒的人，怎么都是些不幸福的人：离了婚的、老婆有外遇的、工作不顺利的、送了礼还是没当上官的、生不了儿子的……我赶紧捂上她的嘴。

我对皮蛋子说，去外面走走吧。

晚风很凉，街边的柳丝儿已经绿了。我说，皮蛋子，你知道你给我印象最深的一件事是什么吗？那时，你天天吃部队食堂里的豆沙包，有一次，我用一个苞谷面花卷换了你一个豆沙包，自己吃了一半，给我姐剩了一半。哦，有这样的事啊，我不记得了，皮蛋子说。我想起了皮蛋子那时的样子来：冬天，穿一双部队上的大头棉靴，走起路来，能听见半个靴子空着的声音，哐哐哐，横冲直撞的。军大衣，袖口上套两个花袖套。皮蛋子酒醒了些，话渐渐少了，走过好几条街，街上人影渐少。时间不早了，我说，夏洛累了，想回家了。皮蛋子笑了，哈哈哈，话说回来，他说，你好像比以前好看了些。然后，我们兄弟似的，宽松拥抱了一下，互道了再见。

5

起沙尘暴了，到处土苍苍的。酒馆门口的小街，十几天前又给挖开一个大坑，不知又往里装啥，风一刮，尘土飞扬。这些天，除了打麻将的常客，客人一直不多。姐很烦躁，骂路、骂天气。她说，还是杨妈说得好，应该给马路安个大拉链，想拉开就拉开，想合上就合上。

今天是这个月的最后一天，姐开始清扫整理，准备给王姐交接。没客人，也没啥忙可帮，我花六块钱买了张故事片碟片，坐在吧台后面打开看。姐干完活儿，不时走到门口张望一下，过来过去，皱着眉，说，看看看，就知道窝着看电影！唉，没活儿干，也不能娱乐，只好关了碟机。

打麻将的人，这些天也是散散落落，想来不来的。这不，来了两个打麻将的人，凑不齐一桌，就站在吧台边聊天。一个说，她儿子让她在网上看一个外国视频，真是可怕，一个魔术师表演电锯美人，一不小心锯死了女演员，正巧那个女演员就是他老婆。啊！另一个惊呼，问，女的没喊？喊啥啊，嘴让布缠得紧紧的。那你咋知道她让锯死了？那个回答，镜头演着啊，台上台下乱成一团，魔术台上还滴滴答答流血呢。哦，真的吗？不过这才叫魔术吧，台上台下和看视频的人都上当了吧，哈哈哈，这个人大笑。

姐不搭腔，拿笤帚在地上往门外划拉一下，又拿壶水到门外的台阶上洒。我最知道姐的用意，还没开张，什么死啊血啊的，听着晦气。姐迷信得很，洒水看起来是为了压尘土，其实，她跟我说过，水是财，每天洒洒水，就有财神来。

呵，真灵。姐还没放好水壶，那两个矮个儿男人又来了，白眼睫毛和他的朋友。和上次如出一辙，白眼睫毛一进门点好四个菜一小壶酒，然后把手机凑到眼皮上开始摆弄，旁边那人好像给好几个人拨了电话，接着来了个女人，不是上次那个，然后，白眼睫毛搂着女的出了门。姐嘿嘿笑道，这个鼻子揩不净的孽障鬼还是个花鬼，这个月至少带了七八个女的来酒馆。剩下的那个人还没张口，姐已经很麻利地给他拿来几个纸饭盒，把四个菜打了包，找来一个饮料瓶，灌进了酒壶里的酒。那人两手提着酒菜，咿咿呀呀哼着曲儿出了门。姐说，最有意思的就是这个皮条客，姐朝那人的背影努努嘴，说，高兴得屁颠屁颠的，就等着这一顿酒菜，真是各得其乐啊。

好歹凑齐了两桌麻将，我发现好多天没见杨妈了。杨妈是麻将室一员忠实老将，一天能连着打几场，有时，晚饭让姐随便给下点面，家也不回，一个人在麻将室里待着，等到晚场，再打到深夜。杨妈七十多岁了，和父亲年岁差不多。姐说，看人杨妈想得多开，我们的爸，巴不得一天别碰上一个熟人，如果我不在家，一天都不张口说一句话，脸都快皱成一个疙瘩了。姐说，杨妈几天前下台阶，崴了脚，脚面肿成了面包，走不成路，就这样，硬是不给自己的儿女打电话，说不拖累娃们，要上厕所，就在家里的地上爬过去爬过来的。杨妈肺不好，打麻将时，嘴里像扯风箱，我听着害怕，给姐说，麻将室空气那么差，你让杨妈少打些，姐说，我劝过啊，杨妈生气了，说，我这么老了，没事干，你不让我玩麻将，那你是让我死去吗？

六点多，两桌麻将散了，我去收拾。把彩色圆塑料片筹码放到一个装过酒瓶的纸盒里，扔了一次性杯子，把玻璃杯里的残茶倒了，洗净摆好，然后扫地。我已经熟练了收拾麻将室的基本步骤。地上基本是烟灰、烟头、烟盒，有时还有瓜子皮大豆皮。我用笤帚尖拨拉着烟头，十个一堆，数了数，一共七十八个烟头，三个空烟盒。我数学差，但很喜欢数堆到一起的同样的东西。

姐见我又在数烟头，说，真是神经病一个，那又不是光阴。

　　姐说的"光阴"，在兰州话里指"钱"。我很喜欢兰州话里"光阴"的这个意思。兰州话里把挣钱叫"盘光阴"或者"挖光阴"，一"盘"一"挖"都显出挣钱的悠长和艰辛，这个词时常让我觉得有些悲凉。

　　姐拿出围裙口袋里的光阴，数了数，说，唉，还不够一天的房租。

　　晚上，来了七八个年轻人，挤进包厢，吃过饭来的，已经喝了酒，他们不要菜，只要了两扎啤酒。姐坐在吧台后的椅子上织毛衣。听见包厢里有人喊老板，姐应声而去，有人问，老板，刚才碟上放的歌叫啥名字？姐想了想，耸耸肩说，美丽的姑娘飞啊飞。对对对，那边说，是这个歌儿，然后跟着碟机里的歌词唱了起来：美丽的姑娘飞啊飞，美丽的姑娘飞啊飞。我有些怀疑，悄声问姐，是这歌名吗，姐说，编的，反正都喝醉了，图个乐子。

　　呵，很多时候，我不得不服我的姐。

　　姐自小聪明漂亮，做事麻利。就是不爱念书，高中没毕业，做木匠的父亲所在的工厂招工，姐十五岁就退学上班。90年代，工厂改制，姐下岗在家。很多年了，姐东拼西闯，一直想找个事做。两年前到一个小酒馆打工，留心学习，现在，自己终于也做起了小酒馆生意。姐说她最后悔的就是没早几年开个小酒馆，那时候，要漂亮有漂亮要年轻有年轻。我说，姐，再漂亮不得了唉。姐嘻嘻地笑。在酒馆，我早看出打姐歪主意的男人不少，不过，姐都应付自如的。相逢开口笑，过后不思量，阿庆嫂的这戏词儿很合适姐，姐似乎也喜欢阿庆嫂的想法，最爱哼唱这句"人一走，茶就凉，有什么周详不周详"，"周详"两字拖得很长。

进来两个人，说外面风刮得冷，喝壶黄酒，暖暖。跟着姐，我已学会了黄酒的熬制方法，就自告奋勇要求去熬，反正是这月的最后一天了，客人又少，姐好像也乐得图个清静，拿了毛衣去麻将室边看麻将边织去了。

往小铝壶里倒好黄酒，放进大枣、枸杞、生姜、花椒、冰糖。瓶里的黄酒不够，把案板上另一瓶里的倒进一些。开火。很快，酒滚了，筷子搅搅，冰糖全化了，倒进保温壶。滚烫香甜的黄酒上桌喽。客人"嗖""嗖"地喝着，看着心里满足。"老板"，我跑过去，"怎么今天的黄酒有点儿酸呢？"奇怪，我倒一点尝尝，果真呢。客人说，再熬一下吧，加点儿冰糖。放进几块冰糖，火上熬化了。端出去，客人喝了一会儿，还是皱眉头，"今天的酒怎么这么酸"。我说不该啊，尝了，果然是。是不是因为熬的时间太长酒精散发了呢？再拿进厨房加工，加进些黄酒，再放进些冰糖。姐不知啥时悄没声地站到了我身后，问，你在干啥？我慌张地说，不知咋了，今天的黄酒特别酸，你是不是进了另一个牌子的？姐吸吸鼻子，大喊，啊，你把我的半瓶醋用掉了！又大喊，啊，你把我的一斤冰糖用掉了！那边客人又在催，我不知该咋办。姐把酒倒进保温壶，端过去说，不好意思啊，今天的黄酒里，我妹加了山楂，山楂好啊，可以治感冒，可是她今天放得有点多了。客人说，我说呢，然后，尝了一口，说，啊，喝不成了，更酸了，算了，不喝了不喝了。客人脸上不悦，我在一边赶紧欠身道歉，连声说，对不起，今天的酒钱不收、不收了。

送走了客人，姐狠狠瞪着我，我说你是个书呆子你还不高兴，爸说你说得对对儿的，一辈子吃了书呆子的亏。明明是她把醋灌进了黄酒瓶，而且黄酒和醋的颜色那么像，但她是不容我辩解的。姐摇着头，咕咚咚咚，把满满一瓶热腾腾的黄酒倒了。今天亏大了啊，姐说。我说，好了好了，今天的打的钱我不要了。姐说，还好意思打的。切，我嘀咕一声，姐问，你说了个啥？

6

一大早，隔壁小学的喇叭响得欢，儿童节的气氛很浓郁。歌声、琴声、孩子们的喧闹声，一年里，小学校园里，这样长时间的欢笑很少。站在窗户边，听完了一个孩子的诗朗诵，高八度的假声、成人化的抒情。突然想，多少年过来了，孩子们还在这样朗诵，老师们的耳朵大约集体睡着了。

快中午时，去小酒馆，小学的节目演完了，公交车上，涂了红脸蛋儿红嘴皮的孩子们小麻雀一样开心地打闹着，司机师傅不停地喊：娃娃们，安静些！娃娃们，安静些！

酒馆里，只两桌人在打麻将。天热起来了，客人会越来越少，姐说，小酒馆的黄金季节基本过了。

刚活过来的苍蝇，在晒满阳光的小街和酒馆敞开的玻璃门之间犹豫不定地飞来飞去。

姐正趴在吧台上仔细地修订菜单，市场上肉价菜价涨得厉害，菜单上的菜价也都得涨了，我一看，荤菜价格涨得最凶，驴板肠和猪肘子都由每盘二十块涨到二十五块，还有猪耳朵、猪皮、皮冻子等，每盘都分别涨了三块。油炸花生米和五香花生米从每盘八块涨到了十块，啤酒由原先十块三瓶涨成了十二块三瓶。好在时令蔬菜下来了，菜单上的菜能稍有些变化，姐在菜单上加了几个菜：蒜泥茄子、糖拌西红柿、凉拌龙豆、香菜青椒丝。我说，要不把糖拌西红柿叫"雪盖火山"吧，有个酒店这样叫的，听着多有意思，姐立刻反驳道，小酒馆要的就是个俗，懂吗？我点点头，觉得姐说得很有理。

姐发酵的浆水好了，尝一口，真是沁人肺腑啊，里面还有母亲的味道。

多数兰州人都馋浆水，特别是天一热，天天想吃浆水面。发浆水是个很神奇的活儿，同样的做法，不同女人做出来的滋味截然不同，这就源于老人们说的手气，有些人发的浆水酸爽清香，有些人发出的浆水老有一股子臭球鞋脏袜子的味道，没办法，就是因为手气不同。记得先时，母亲在烫熟的玉米糊糊里，一边搅着浆水酵子，一边嘴里念念有词，问母亲说的啥，母亲缄口不语。所以，在我眼里，发浆水这活儿有些巫的味道。想想，也有理。发酵的过程暗自改变着食物的味道，期间很多情形难以掌控，好比烧制陶器，些许微妙的因素轻易就能改变陶器的色泽和纹路。所以，和古人烧陶一样，腌制浆水时，周遭要绝对的安静和干净，仿佛有着神的参与。

姐的手气自然没得说，麻将室里，不时有人喊着要喝浆水。

天气干热，心里躁得慌，我很想吃浆水面。姐说，自己做去。

炝了花椒粒生姜片和葱末，在浆水里放了盐，撒些香菜末，吃面的浆水汤做好了。再用新下来的本地肉辣椒做了盘虎皮辣子，旁边剥了两颗新鲜的白生生的蒜瓣儿。下好面舀进炝过的浆水，和姐一人一海碗，哧溜溜，很快吃完了。真香啊。

姐去打印新菜单，我守吧台。没客人，只听到苍蝇扇翅子的声音、路人一闪而过的说话声，车的嘀嘀声。有人在铲地，门口的路还没完全修整好，一铲一铲，铲得人恹恹欲睡啊。

当当当，忽然听见有人敲吧台上的酒坛子，我一激灵，刚才竟然睡着了。抬头看，马队长正用戴着黄金大戒指的手指重重地敲着竹叶青酒坛子，后面站着烂酒油大豆。赶忙按他们的吩咐，给他俩一人端过去一小壶竹叶青，一人一个小玻璃杯。两人啥菜也不点，神色沉重地在桌子两对头坐了。

姐弄好新菜单，提了一把韭菜回来，说是把韭菜切碎腌了下浆水面吃。和姐在厨房里择韭菜，姐说，今儿奇怪，烂酒怎么没点驴板肠呢？我说是啊，两个人脸色也不大好。正说着，就听见外面一阵乱响，和姐赶过去，见两个壶两个酒杯全碎在地上，烂酒正挥过一拳，打在马队长的嘴上，血从马队长嘴角流了出来，马队长冲过去，朝烂酒的脸上也重重一拳。

姐挺身而出，说，怎么了怎么了啊，有话好好说嘛，君子动口不动手，亲亲的兄弟，怎么说着说着就打起来了？姐在中间推了这个又推那个，被分开的两人终于气哼哼地重重地各自坐回椅子上，我赶紧给马队长拿来擦嘴的纸，马队长镶满金牙的嘴里又红又黄的。烂酒铁青着脸，脱下被撕破的衬衣，身上只剩了个二指背心。正急于知道缘由时，麻将室刚刚开打的一桌麻将早早破锅了，打麻将和看麻将的人三三两两出来了。散的真不是时候啊。姐说，快去收拾麻将室，这边我来看。

我快快地收拾着麻将室，不过有人在墙旮旯吐了好些唾沫，拖起地来真是麻烦，也来不及数烟头了，物归其位，打开窗户换气通风，然后，赶到了前厅。可惜烂酒和马队长已经走了，姐和散了麻将的人们正热烈地讨论刚才发生的事情，我在一边总算听出了个究竟。

原来烂酒和马队长今天到小酒馆是来谈判的。烂酒在兰州的孕老婆终于给他生了个儿子，这可是烂酒盼了一辈子的大喜事啊，可晴天霹雳地，马队长说这个儿娃子是他的。真是要了烂酒的命啊，烂酒给戴了绿帽子不说，孕老婆还把他几年的积蓄全卷走了。烂酒气得大病一场，想来想去，孕老婆和儿子都不能要了，不过提出一个条件来，要马队长拿出一笔钱了结此事。马队长呢，非但不答应烂酒的条件，还说烂酒根本不是男人，一个不是男人的男人如果能有儿子，那太阳不就从西边出来了吗？这话像刀子一样直往烂酒的心窝窝里戳，于是烂酒奋力给马队长嘴上来了一拳。结果就是，马队长的嘴破了，烂酒的眼窝子给捣青了，谈判破裂了。烂酒最后撂下的一句话是：法庭上见！

姐说，你们看，还说是亲亲的兄弟呵。

都是让钱儿烧的，坐在门口台阶上卖眼儿的杨妈说。是啊是啊，都是钱儿烧的，有钱人的破烦事就是多啊，还是和我们一样，穷些好穷些好，人们感慨着，散了。

像没发生过任何事一样，小酒馆复归安静了，地又干干净净的、桌子整整齐齐的、苍蝇嗡嗡地飞着，姐去厨房腌她的咸韭菜去了。

小街上的婆婆妈妈们撵着太阳，这会儿从街对面撵到了小酒馆门口，坐在小凳上，择菜的、织毛衣的、纳鞋底的，头顶着头，东家长西家短的。

没客人，我也拿个小凳子坐在了婆婆妈妈伙儿里，姐一见，说，嘿，哪里有你晒太阳的工夫，快进来快进来，姐往我手里塞进一个苍蝇拍子，说，快去消灭小包厢里的苍蝇，记着，一个都不能有，中午来了一拨人，在小包厢里没坐稳就走人了，为了啥？人家说啊，你们酒馆的苍蝇碰人呢，我说了，不是我们酒馆卫生不好，是这些乱飞的小东西老要撵热气，人家不听啊……

7

客人越来越少了，好在两个麻将室的三张麻将桌，上下午两场都坐满了。一天的多半房租算是有了着落。端午节快到了，姐想请这些打麻将的熟客们吃顿饭，吃什么好呢？做几斤红烧肉，再做几个素菜，怎么样？姐问我，我说好啊。打麻将的人基本都是酒馆附近居民楼的住户，时间久了，彼此都相熟了，平时我不去酒馆时，他们中闲着的人都会帮姐端菜上水的。特别是晚上，他们打麻将到很晚，等于有人陪着姐，我也放心。那天杨妈说，上个月的一天晚上，大概十二点前后，酒馆前厅客人走了，王姐一人在搞卫生，进来三个小伙子，把王姐逼到吧台前要钱，幸好后屋有打麻将的人，王姐大喊了几声，三个小伙子都吓跑了。

我对姐说，到了夜晚，人少时，一定要多个心眼儿，姐说，知道。唉，每到这时，我特别期盼姐有个男朋友。

下午两点多，总算进来俩人，看见小包厢里太阳照得暖暖的，很满意，要了几瓶啤酒，一盘油炸花生米，在里面坐了整整一下午，消费了二十四块钱。

姐说，光阴越来越难挖了啊。姐又怀念起那个烂酒来，说，唉，不管他怎么烂酒，每次总能消费六七十块钱哩，和马队长这一闹，他大概再不来了。对了，还有那个花鬼白眼睫毛，也不知咋了，很久没来过了。

杨妈在附近小店吃了几个包子，这会儿坐在门外的台阶上等麻将晚场。一个老汉家走到酒馆门口，和杨妈喧起了话，我听着有趣，也坐在了杨妈边儿上。

老汉家一看就是个干散的兰州老汉。兰州话里，"干散"是个使用频率很高的词，那种把自己收拾得干净利落的人，可以叫"干散"的人，性格豪爽大气不玩贼心眼的人，也可以叫"干散"的人。

老汉家望望四周，说，他杨妈，你看现在我们这里人多成啥了，那时候，这里多清静啊。杨妈说，就是啊，那时候，半天看不见一个人影子哩。

老汉家裤子缝笔直，杨妈让出块儿台阶让他坐，他摇头。他脸上戴副镜片大而浑圆的茶色石头眼镜儿，眼镜的鼻翼处镶着亮金色的金属盘花，这曾经是兰州男人们非常时尚的穿戴。父亲先前也有过一副，可惜被小偷偷了，之后，父亲心疼了许多年。石头眼镜，我和姐是不能动的，父亲说石头镜片里藏着地里的水，女人一动就会伤了水汽，个中缘由我一直想不清楚。很久了，我始终想看看石头镜片里是否真的有水，但自然不能让老汉摘了眼镜儿给我看。

老汉和杨妈都是老兰州，又是几十年的老街坊，我最爱听这些兰州老人们讲古今。

老汉见我很有兴致，就讲起了先前这里的情形。他说，小街这一带，原先的地名叫关驿背后。住家很少，他手指着左边说，那里先前有个庙，叫石母宫，里面供着一个娘娘。宫里原先住着个王道姑子，道姑子一年四季脸上戴着石头墨镜，道姑子死后，她的几个石头墨镜都找不见了，人们在她床底下搜，找到一个木头盒子，盒子里有一摞冥钱，上面堆着些碎柴火，一个卖烧饼的抱去烧火，柴火烧完了，发现冥钱下面藏着一摞真钱儿，数了数，有一千多块呢，一千多块，搁在那时候，那是个啥数字啊。右边，那时候有个园子，叫牟家花园，里面住的是当时交通厅的厅长。还有那一边，先前是个大果园，园子里满满地种着冬果梨，那个冬果梨啊，皮薄水多味道甜，后来再也吃不上那么大那么好的冬果了，园子里，冬果花儿一开，一园子大雪，好看死了。每棵树都粗得很，果子结的那叫稠啊，一枝子一枝子的，树枝子眼看着就要压折了，看园子的人就搓了一指头粗的马莲绳子，把树枝子坠住。果子还没长熟，我们这些娃娃等不住啊，翻墙进去，脱下汗衫子，扎住袖子口领子口，装上满满一汗衫果子，扛上就回家了。

你问马莲是咋样的？马莲是一种野草，那时候，兰州的山头水边，到处都是，半米来高，绿茵茵的，割下来，泡在水里，边泡边搓，搓出的马莲绳子结实得很。

我给你接着讲。前面还有个排洪沟，南山上的洪水流下来，从上沟流到下沟，再流过这里，沟上卧着一个尕桥，叫月牙儿桥。水从月牙儿桥底下流过去，一直往北流，就流到黄河里了。

我太爱听这些了，赶快进去倒了两杯茶，递给老汉家和杨妈。老汉家见我听得津津有味，把话头拉得更长了。

那时候，关驿背后人确实少啊，晚上一个人不敢走，看见树影子都害怕哩。现在这个小学，最早其实是个寺庙，叫报国寺，寺里有好多泥佛，那时候，老师讲着课呢，我们不听课，偷偷拉开教室墙上的帘子往里看，啊呀，一墙的佛们也都看着我们呢。

再往南，南山跟下，有一块地方叫南场，那时候，得了不好的病死了的人都埋在那里。什么叫不好的病，就是痨病啊麻风病啊什么的。那里还有个刑场，1937 年的 9 月份，从内蒙古抓来的十三个日本特务和五个汉奸就是在南场给处决的，那可是真真儿的没有用枪，用的是马刀，听老人们说，那一天，兰州热闹得很啊，好多人打鼓放炮的，一直闹了半晚上。老汉家说完这段，做了个大刀向鬼子们的头上砍去的姿势，正听得全神贯注，姐在馆子里喊了一声：你们一老一少把着门，是嫌我的生意太好了吗？我赶快站起来，杨妈也站起来。杨妈嘀咕道，留了这么大的门面，有多少客人进不来？

没客人，姐自然不开心。

老汉家见我们起了身，收住了话头。用手指弹弹裤腿儿，唱出一句戏词儿："黄河里的水呀，呀呀呀呀，向呀向东流……"然后迈开方步，走了。

我先前在一本书里写过这段处决日本特务的历史，听老人家这么一讲，这事件一下子变得很近切很真实。赶忙把老人家讲的几个地名记到了纸上。

晚饭后，意外地来了八个人，姐脸上立刻有了笑意。拼起两张桌子，他们要了四扎啤酒，七个凉菜。姐麻利地在厨房里准备着，过了一会儿又来一个人，几个人起身让他坐了。中间有人喊，老板娘！哎——姐答应着小跑过去，有人说，这位是省上的领导，你给他敬一杯。姐说好啊，倒了一杯啤酒一口喝尽，那人又说，你再倒一杯，姐又一口喝尽，在座的人都笑，那人说，是让你敬领导的，你怎么都喝了？姐笑着说，不是我心诚嘛，然后双手给那位领导敬过一杯，领导一饮而尽，满桌的人鼓掌喝彩。

姐喜气洋洋地走回来，说，你看看，省上的人就和市上的人不同，市上的人就和这条街上的人不同。姐说着，偷眼看了下麻将室里的人。

这天总算有个像样的单了。

8

高考第一天，早上上班，塞车厉害。中午，等到十二点半出门，在街边吃碗牛肉面，再去酒馆时，路上通畅了很多。

　　酒馆的玻璃门敞着。两个年轻人头对头趴在桌上睡着了，桌上乱放着几个空碟空碗空酒杯。姐也在小包厢的躺椅上午睡，怕吵醒他们，没敢在前厅走动，去厨房烧壶水，又把麻将室的地拖了一遍。

　　大中午，小街上来往的人少了许多，几只麻雀在街上蹦蹦跳跳。坐在吧台后面，从酒坛子肚子下的缝隙望出去，刚好看到街对面杂货店矮胖的老板娘，围个油光光的蓝围裙，张着嘴巴半仰在一张带靠背的木椅上熟睡。天一热，她也在店门口摆出了摊子，卖浆水面、凉面、酿皮儿、凉粉，卫生不怎么讲究，倒也有人去吃。她头顶，屋檐下挂的灭蝇器，不时发出哔啵的脆响。

　　隔壁酒坊的女老板出现在门口，朝我招手。

　　她的酒坊叫"深巷子酒坊"，里面满是黑黝黝的大坛子小坛子，酒坛上一律盖着红绸沙包，坛子肚子上贴着写了酒名的红纸条。酒坊里的颜色基本是一红一黑，她于是也常拿这两样颜色打扮自己。姐酒馆的酒坛子和坛子里的酒都是从她的酒坊里进的。她坊里的酒，由东北一家酒厂直供。

　　见她招手，出了门。她说，房子里那么阴，出来晒晒多好，女人啊，不能怕晒黑，多晒太阳会防止骨质疏松。说着，给我手里塞进几颗大豆，说，女人啊，每天要吃几颗大豆，大豆里有大豆卵磷脂，能减缓女人衰老。我放一颗在嘴里嚼着，看她四面转着身子，让太阳晒。五十多岁的她，大摆的黑短裙和长流苏的红围巾在阳光里配得很耀眼。姐不喜欢她，嫌她嘴碎，说她除了翻来倒去地讲她那些养生之道外，就是见了东家说西家见了西家说东家，几家子邻居，酒馆面馆裁缝店有阵子总是是非非的，大家说来说去，原来是非都是因她传的闲话而起。

她说，你知道怎么看一个女人老还是没老吗？这我真不知道呢，我说。一个人女人老了，明显的标志就是脸上的皮和肉分开了。呵呵，我心想，她虽嘴碎，话说得倒是在理和形象。还有，你知道吗？女人啊，搞好心情最重要，心情好，乳腺就好、子宫就好，乳腺好子宫好，女人就好。哦哦哦，我点头称是。

里面，姐睡醒了，到门口看看我们，没好颜色地进了厨房。酒坊的女老板说，你看，你姐脾气就没你好，所以脸色差。这时，我听见姐在厨房里重重地摔了一下碗碟。她又说，人们老说，脾气大不是病，其实脾气大真是病了啊，脾气大就是脾和肝大，肝火旺盛，内气不调，人经常气得发抖，怎么样，最后抖到病床上去了。姐走到门口，做出平静的样子，说，谁抖到病床上去了？酒坊的女老板说，说众人呢，没说你。姐又进了，把厕所门砰的一声关紧。这女人，话题一下子又跳到上厕所去了，她说，要让身体好，上厕所的时候，要握紧拳头，像我这样，她把两个拳头紧紧握在腿边给我看，说，这样就聚住了身体里的元气，要不说到人死，有个词怎么说的来着，叫撒手人寰，她把两个拳头松开给我看，说，一撒手，怎么着，人就罢了。呵呵呵，我笑着。见有人要进她的酒坊，她迈着小碎步扭着腰过去了，姐走到门口，朝她的背影使劲瞪了一眼。

我就又笑。这时，隔壁裁缝店的女裁缝也在门口露了一下头，和姐心照不宣地笑了下。姐说，你听她瞎叨叨什么，满嘴浑话，实在找不到听众了，可算是把你的耳朵抓住了。

门外，鞋匠的修鞋摊子今天又往酒馆门口挪了些，姐说，我说老爷子，要不你把摊子摆到酒馆里算了，老爷子笑笑地说，呵呵呵，这就移，就移。

里面的一对儿年轻人醒过来了，结账走人。

一下午没有客人。

直到傍晚，来了一拨男人，先吃了浆水面，然后点酒点菜，准备开喝，啤酒白酒女儿红，样样都要了。一个人问我，那个板肠是啥的？我说，驴的。他们哈哈大笑。另一个说，给我来个带把儿的杯子，我说，好，他又紧着问，带把儿的，懂吗？我说，懂。他们又哈哈大笑。男人总喜欢占便宜，让他们占，我明白着呢。

黄酒白酒女儿红、花雕五粮竹叶青。坐在吧台上，看着面前的一溜儿酒坛子，想琢磨出一个工整的对子来，但对子里缺了"稻花香"，这万万不可的，因为小酒馆里，最受欢迎的两样白酒，除了金花雕，就是稻花香。这段时间，我闲时倒杯酒，藏在吧台下面慢慢抿着，现在，我已大致品出了各样小酒的滋味。金花雕酒香浓郁，入口后，味道幽暗又很冲，稻花香呢，确乎有着植物的奇异香味，味道明亮而又淡远。心想，"稻花香"这名儿起得真好，酒里能闻到田野里风的味道。

正琢磨着酒坛子里的酒，那桌有人问，一壶稻花香多少钱，不知怎么，我竟报了金花雕的价格，多了两块。没想到满面笑容醉意熏染的客人突然间变了颜色，厉声问我，趁我喝醉故意涨价吗？我明白报错价了，赶快道歉，那人不依不饶，说，我可是来几回了，我就是考验一下你，没想到你这么奸。"奸"，这词儿我太不能接受了，我一时头蒙失语，这时，姐赶过来，弄清了缘由，连忙解围道，我妹，书呆子一个，对酒价不熟，实在对不起。那人说，不熟，不熟怎么知道往贵里说。姐回头说，还不快去再灌一壶来，这壶不收钱，算我妹的赔罪。灌去一壶，端在那人面前，他说，这还差不多，记住，做人别太奸啊。啊，真不知该说什么，我觉得深受屈辱，藏在吧台后面，想流点儿眼泪。姐过来过去地看我，说，习作者，这点儿委屈都受不了，还当什么大作者。我笑：什么作者作者的啊。

我于是站起来，远远看看那个醉醺醺的男人，心生厌恶。哼，真是奇怪，大凡刁钻的男人，都有相似的不敦厚的长相。

不管怎么，来这么一大拨人，姐的心情是好的。快十二点了，姐从围裙口袋里抽出十块钱给我，还是那句老话：打的回去，回去就睡。

9

下午五点左右，姐打电话，说晚场打麻将的人快来了，又来了十几个人要搞什么聚会，说她一人实在顾不上了，要我火速赶到。但还是强调，别浪费钱，坐公交车，别打的。听姐的话，坐了公交车晃过去。

到了酒馆，吓了一跳。厅里塞满了人，近二十个人一个挨一个围着两张桌子坐着，大都是三四十岁的男女，大喊大叫，吵翻了天。姐说他们中午在别处聚会，没过瘾，又找到了这里，说他们凑的份子钱还剩三百六十三块，这不，全给了我，让我看着给她们上酒菜。

姐已上了十来个菜，大都是素菜，我也尽快按他们的要求，端酒上茶。桌上的气氛高涨得很，他们哪里顾得上吃菜，只是喝水一样一杯杯往肚里灌酒。姐一看这情形，说，菜可以不上了。

里面，三桌麻将开打，茶水也上齐全了。和姐坐在吧台后歇息。搁在平常，这么多客人，姐一定会很开心，可今儿她一言不发，只是唉声叹气的。她问我是否记得刚开春的时候常来麻将室的一个戴眼镜的女人，我说记得啊。姐说，今早死了。我很吃惊，记得她和姐年岁差不多大。姐说，后来，她再没来过，我也纳闷呢，听街上人说，才知道她得了精神病，有一天她拿了张银行卡，到超市买回一卡车东西，人们问她要开商店吗，她说，可不得了，世界末日要来了，谁要不赶快把钱花掉谁就是傻子。她和她老妈一起住，多年前她老公另有相好走了，先前两口子做过一点儿小买卖，存的一点钱让她那卡车东西全折腾光了。后来，我见过一次她妈，问她怎么样了，说是送进了精神病院，再后来又出了院。其实，前几天我还见过她一回，快夜里十二点了，她在酒馆门前走来走去，只穿着睡衣，我问她在干啥，她说等着看雪，我说天这么热、天上星星这么多，哪里来的雪，还不快回家睡觉去，她转身跑回去了。我吓得心跳了半天啊，她嘴里黑洞洞的，门牙全掉光了。她妈说，在家时，她成天狗一样在地上爬来爬去，拿嘴在地上磕，把门牙都磕掉了。你说多可怜啊，听说昨晚她一下子吃了一瓶子安定，今早她老妈喊她起床时，身子已经冰了。

姐不停地感慨，真可怜啊，好端端一个人，短短几个月，说没就没了。唉，女人啊，还是得有个家，有个关心她的男人。

我也觉得那女人着实可怜，好在无儿无女，也没留下什么牵挂。转念又想，姐这么多年也一直孤单一人辛苦劳作，心里徒生悲凉。

那桌上，有人声嘶力竭地唱起了西北花儿：

吃葱着要吃葱根根子哩，吃它的叶叶子着咋呢。

围人着要围好心呢，围她的模样子着咋呢。

早知道黄河的水干呢，搭他妈的铁桥着咋呢。

早知道尕妹妹的心变呢，我掏他妈的心窝窝子
着咋呢。

歌儿一完，"嗷嗷嗷"，他们兴奋地大喊着。我给自己舀了一玻璃杯稻花香，放到吧台下面暗自喝着。有人出来上厕所，我问，你们今晚聚会的主题是什么？他说，单身派对。问他，那这么多人，都咋认识的？他说，在一个QQ群里认识的，后来慢慢熟悉，队伍不断扩大，基本上每周都要搞一次派对，AA制消费，他说，群的名字叫"宁静的海港"，也欢迎你参加。

酒真的令人欢乐，也叫人悲伤，叫人言不由衷，也叫人置身世外啊。他们中有几对儿紧紧抱在一起，海誓山盟要死要活的。刚才那人过来，对我说，莫见怪啊，我们的宗旨是：聚得愉快，分得轻松，对大伙儿和每一对儿人都一样。别担心，不会有事的，我们一会儿就走。

里面散了桌麻将，出来几个人，站在吧台前闲聊，我突然发现，这个月一直没见杨妈了，就问他们，怎么再没见过杨妈？一个说，都是你姐啊，杨妈虽说岁数大了，可最忌讳人家叫她老婆子，有一天，你姐一个劲儿地喊老婆子、老婆子，杨妈生气了，就再也不来了。旁边一个人笑了：嗨，这死老婆子，脾气真倔。我挺想念杨妈的，她常让我想起儿时大院里的几个老奶奶。

　　说着话，进来一个三十多岁的女人，很文雅很好看，这还是头一遭进来一个单身女人，而且又这么斯文。小包厢空着，姐让她进去，她好像很感激有这样一个清闲的小角落，不停地道谢，说先要杯开水。姐悄悄对我说，一会儿准保会来个男的，我有些怀疑，姐拍拍我的手心，说，来，打赌。真神，话刚说完，就进来一个挺儒雅的男人，姐径直把他领进小包厢，只见那女人正两手握着杯子看着桌子发呆，眼睛雾突突的。女人点了四壶金花雕，在两人面前赌气似的各摆了两壶。姐说，看，来了吧，今天就是来醉酒的。

　　果然，下次进去给他们的壶里续水时，我见那女人已经醉了，脸上挂着眼泪，男人也神情忧郁。

　　我独自喝完一杯稻花香。心想，在酒馆，我看到的是每个人生活的一个小片段，一个小横截面。人世多么复杂，而在酒馆的每一天，即使是最深奥最复杂的事件，在我眼里露出的都是简简单单的一个环节。因为不知开头，所以不能预期结局，也无法看到经过。

　　"宁静的海港"喧闹着，你推我搡你拥我抱地离开了酒馆，只剩下杯盘狼藉。

　　小包厢里，两个人的酒局，进行得看似很悲伤。

　　有人推开玻璃门进来，摇摇晃晃一身醉态。这人是一个名副其实的烂酒，从早起能喝到晚上，再喝多些，干脆赖到酒馆就不走了，姐领教过好几次，所以，再来，姐绝对不给他喝一滴酒。他走到吧台前，问姐：今天让不让我喝？姐说，还是不让，你啥时清醒了啥时来喝。他走到门口又返回来，对姐说，我想死呢。姐送他到门口，帮他推开玻璃门，说，可不能死，要好好活人呢。那醉汉点点头，蹒跚着脚步，走了。

流水某日

叶君习惯称别人"君"。我于是按她的喜好，叫她叶君。

叶君写一手好看的蝇头小楷。她常说一句别人不大常说的话：这是不道德的。尽管面对的大都是些常识，但经她这样一评价，总叫人深思。在她眼里，道德是个有分量并且需要时刻发挥它评判力量的词。受她的影响，我对"道德"这个词也格外敏感。

这天清晨，空中沙尘迷漫，天比往常迟亮了许多，鸟儿们也不抢着叽叽喳喳了。上班时间了，室内还很昏暗，大家坐进会议室，灯火通明中，每个人的脸看上去异常清晰，我感觉很不自在。头儿开始念报，每周这天的集中学习，他会把一周积攒的各样报纸上的重要信息传达一遍，这些文章被他用红笔画出一个个鲜艳的框。我听他反复念着这几个词：讲文明，讲道德，讲修养。叶君听的时候没有反应，她正盯着杯子里刚刚泡上的茶，茶叶舒展着身子在水里起起伏伏。难怪叶君，念的人说出的"道德"的确像个空壳，只完成了一个语焉不详的词语组合。我心想，这真是语言的不幸啊，很多看似重要被人们谙熟地挂在嘴边的词，实际上内容早已不知去向。相比叶君，我觉得我倒是得了"道德"这个词语的强迫症，在令人昏昏欲睡的读报声里，这个词总是明亮地跳出来，敲一下我的耳廓，然后又飞逝而去。

要说的就是我们这个平常的一天。

对叶君来说，政治学习完毕后，这一天基本就是从"道德"这个词开始的。叶君正端着茶拿着馅饼补吃早餐。念报纸的人疾步进来，他走路总是很快，日理万机似的，在狭窄的办公楼里也是。他对叶君说，知道吗，上面很喜欢书法，刚才我们开会决定，这个申请报告由你用毛笔抄写出来。想想看，长长的报告，一张张漂亮的书法，上面一边欣赏一边理解着我们的用意，多美的事啊！叶君眼睛一眨不眨看着来人，咀嚼的姿态吃惊地定格着。来人紧着又说：你可千万别说这是不道德的，这是关系到我们单位今后发展的大事，时间紧张，赶明早一定要抄完。叶君嘴唇翕动。我想，她要说的肯定会是那句话，但她的话还未出口，就被早早迎来的一个有关"不道德"的双重否定句撞了回去，于是，我只看到叶君嘴唇在翕动。

来人转身，疾步走了。

这是不道德的，叶君终于憋出这句话。

我翻到厚厚的打印稿最后一页，看到报告末了双括号里的内容：16783 字。

叶君平日写字，是带着愉悦的，我能看出也能感受到。

当别人在键盘上飞快敲字时，她书写的姿态好像暗含着一种倔强和对抗，她沉静地细细地品味着象形汉字的一笔一画。柔韧的笔尖，像黑色花蕾一样，优雅地在宣纸上起舞。真是满纸行云流水。每每见她忘情于书写，我总倾慕不已。

叶君咽下最后一口馅饼，又说了句：这是不道德的。

这将是叶君一个白天直至黑夜的所有工作。我突然想起一个故事：一位酷爱书法的人，因为写字时物我两忘、夜以继日，竟至断腕，最后抑郁而亡。不知怎么，接着我又想起天鹅之死，这些精灵们，临终前，唱着天籁之歌，翩跹着世上最优雅的舞蹈，直至生命完结。但这样深情的故事和叶君要做的事有着天壤之别，再说，把这种令人动容的悲剧氛围赋予这事儿，也过于荒诞了。不过，我生来爱瞎想，虽不比普鲁斯特，但心里的文字比刚读完的《追忆逝水年华》少不了多少。

叶君皱着眉头，准备纸张笔墨。

我想起，有一天，来了一个画家，特意给叶君送来一幅国画小品。画家看叶君时，满眼的欢喜。画家走后，我和叶君打开画幅欣赏。画面倒还素净，一朵紫菊一盏白瓷杯一抹似有若无的云烟。可是，我和叶君同时闻到一股十分难闻的气味——墨臭。墨臭的气味奇怪地散发着动物浓重的腥臊，且深深涸进那些笔墨线条，久不散去。叶君把画挂在窗前，一阵风一阵墨臭，叶君说：这是不道德的。说完，她哈哈大笑。她又把画放到我们八楼窗台外面，任由风去吹。望着那幅翩翩欲飞的画，她说，可惜了那个杯盏。

叶君用的墨是一得阁，带小嘴的湖蓝色塑料瓶，商标上有几叶兰草，叶君说墨里是加了香草的，于是，她写的字，总散发着淡淡的墨香。

叶君繁重的工作就这样开始了。窗外的沙尘越来越浓，尽管所有窗户紧闭，沙土味依旧浓重袭来。

我的任务也很紧要，是替头儿出外开一天会。他说，今天要来谈事的人太多，都是要事，实在挪不开身子。他反复叮嘱：千万记着签到，不签到就是白去，记着，签我的名字，不是你的。他的办公室茶香四溢，宽大的树根茶桌上，泡涨的铁观音挤挤挨挨，一直顶到了小玻璃壶的壶口，他正滤去第一水。杯盏们在桌上摆成桃园结义的样子，看来他的客人就要来了。

我冒着沙尘暴，奔赴会场，早上十点半，刚好各口的领导们安排完了自己单位的事情。签了头儿的名字，领了一包材料。主席台上的人鱼贯而入，不多不少坐满一排椅子。从左至右，我一一看过去，右面最后一位，似曾相识，但怎么都想不起来。中间的人开始讲话了。我是一个隐去身份的人，可惜不能隐形。我拿出本小说，翻到夹书签的一页。小说开始讲到火车车厢里的情景，对周遭貌似漠不关心的女主人在窗玻璃反光里观察着每个人。我抬头，看看那个似曾相识的人，突然想起是在火车上认识他的，我们的终点站是同一个地方。起初，车厢里几个人很陌生，但很快谈笑起来，之后十几个小时，大家吃吃喝喝你推我让笑声不断，大都因为他的随和善谈。他刚从非洲考察回来，说起那边的事和风光，我们听得很新鲜。

但我为什么迟迟想不起他？是因为他脸上包裹的一层于我而言完全陌生的表情模糊了他。那次在火车上，他虽身份不明，但表情自然生动。这时，我把台上的人再一一看过时，吃惊地发现他们的表情何其相似，都像上了一层浆一样。台下的人可以尽情打量揣摩台上每个人，而台上的人得尽量做出庄重严肃以防有碍观瞻的样子。这么看来，主席台高高在上的设置真是一件不道德的事，关于这点，我要和叶君探讨的话，她大概也会同意的。

直到会议结束，火车上相识的那人表情始终未变，他未发一言，只是偶尔机械地鼓鼓掌。

沙尘迷漫，没有丝毫的风，黄色的沙土静静地漾在空中。这个本来就灰头土脸的小城，更看不到一点儿春天的迹象了。

回到办公室，叶君的书法整齐地晾了多半地。叶君用的是她喜爱的竹叶笺，色泽柔和的宣纸上隐约有几片青绿的竹叶。这是一份关于申请某个专项资金的报告。叶君显然不习惯书写阿拉伯数字，秀丽的行草间，一坨一坨多位数的阿拉伯数字很是惹眼。我问她，干吗这么认真啊，这样下去会累死人的。叶君说，字是无辜的，轻侮了这些字和纸，这是不道德的。我想笑，但不能笑出声来，很多时候，我打心眼儿里敬佩叶君这种与时不俱进的复古精神。在叶君的性情里，优雅从容和迂腐谦让会不断扭结，有时，在她流露的短暂的无所适从中，我能感到周遭给她的压迫，但她总能很快予以这些尴尬事件以明亮的矫正，这正是叶君能较好地保持优雅从容的根源：因为她总能找到她极端个人风格的修正方法。

叶君只抄写了报告的四分之一，还有四分之三她要在明天早晨上班前完成。

我趴在桌上眯了一会儿后，又赶到早晨的那个会议室继续开会。

主席台上的人还没来，中午时分的脑缺氧还没完全过去，台下，人们击鼓传花似的打着呵欠。时间到了，主席台上新来一拨人，一一看过去，还是早上那些人的表情，不同的是，好几个人拿了玻璃杯，里面沏着酽茶。中间的人狠狠喝下几口茶，开始讲话了。说实话，有件事我一直不大明白，本来参会人领到手的文字材料都已十分详尽，但不知为何非要有确定职位的人坐在上面逐字逐句地念一遍。下面，有人跟着讲话，用笔尖在纸上划过去，像认真听课的小学生一样。

我记起上大学时我们的文学理论课，是门公共课。文学理论老师的眉毛奇怪的一高一低。在能坐两百多人的大阶梯教室里，他深陷教室底部，轮流着用两条腿"金鸡独立"。海明威写作时采用这种站姿，我想，一是为了克服困倦，二是竭力让表达简约，我不知道他这特立独行的姿势有什么神秘意义。就在我研究着他的奇怪姿态和两道浓黑的眉毛如何波浪般高低起伏的时候,他突然喊:"勾!"于是我总是在冥想中被惊醒。他习惯让学生按他的理解勾画出书本上的重点以应对考试,他浓郁的方言时常让我想到一个英语常用句"let's go"里的"go",教室里一阵激烈的交头接耳后,只听见笔尖在纸上簌簌划过,大家正划得快要睡去时,突然听他大喝一声:"不勾!"于是大家释然地放松姿态。

主席台上的讲话,声调缺乏基本的抑扬,当然这也是公文的基本风格。这阵子,我不知道叶君抄写那些公文累成了什么样子,好在我发现她已最大程度地将她说的不道德的事转向了艺术范畴。这时,主席台上的声音突然停了,我把目光从小说上抬起,才发现很多人正趴在桌上熟睡。第一排有个人的鼾声响亮地传遍了会议室,几个醒着的人忍不住咮咮笑了。"啪",只听得台上的人一巴掌砸在讲稿上,声音嗡嗡嗡一直在扩音器里扭来扭去地扩散。人们惊醒了,连忙扶起耷拉在手心里的笔,台上主持会议的人及时报了页码,哗哗哗,纸张翻过,会议室复归安静,话筒里的声音复又响起。

这时,我接到一条短信,真庆幸早早把手机调到了静音。是我大学的一位男同学,问我晚上是否可以一起吃饭喝酒。把会议室前后左右望过一遍,我答应了他,紧接着发短信问:"真的就我俩喝酒吗?我有些不好意思啊!"他斩钉截铁地在回信里哈哈笑了一声,又说了句"妈的"。

多么劳累的一天啊，是得放松一下了。

黄昏。暮色四合。这两个词时常让我觉得苍凉，一种时间的苍凉，黄昏像杯子里新沏的茶，茶色慢慢洇开，到某一时刻，突然间暮色四合。"暮色四合"，这词儿仿佛有着巨大的声响，在黄昏的极点，相互逼近的黑色大门突然间哐当一声严丝合缝，把最后隐约的亮色全部牢牢地关入了深不可测的黑暗之中。

但有时对很多人，比如我，我的这一天，黄昏又是真正个人生活的开始。天色未亮时爬起，匆忙融入人群，一粒尘埃一样，落到一个特定的角落，在别人的视野中，忙过一个不属于自己的白天。于是，和自然时辰的气质刚好相反，朝气蓬勃的清晨，人们神色凝重步伐焦躁；本该安静的黄昏，却充满一种解放和自由的欣喜。放眼看看，街上人流车流纷乱行驶，没有固定的方向和目标，人们的脸上不再那么心事重重，女人们亲切地聒噪，男人们大步流星，车喇叭嘀嘀乱叫，虽是沙尘迷漫，但遮不住满街的轻快和生动。

我站在街边一个比较显眼的地方，希望能看清过来的车辆。我猜测一辆出租车，正沿河滨，逆水方向，由东向西，再朝南，拐个弯，朝我靠近。果然，不一会儿，我看到他坐的出租从我面前经过，离我不远处，他从车上下来，看见了正在招手的我。

大学毕业后，我们很少单独会面，大多时候，我们混迹同学间，在饭桌酒桌上、杯觥交错间，相互多注视几下。

上学时，我们彼此有过懵懂的好感。有一天深夜，我药物过敏，几个男同学赶到宿舍，是他一直背着我跑到医院，模糊的意识中，我一直抱着他的脖子。后来很长一段时间，见到他，我羞涩不已。还有一次，是个周末，要回市区的家，但因一个国际性的长跑活动，全城戒严，没有公交车，只好步行，幸好与他邂逅，我们一同走了十几里路。那么长的路，不知我们都说了些什么，但我记得，我两只球鞋的鞋带先后奇怪地断了，他解下自己的鞋带，分成四根，我俩坐在马路道牙子上认真地给球鞋穿鞋带，那天，天那么热，我们一路不停喝水，一瓶又一瓶。

其实，四目相对时，我俩都有些难为情，然后很快都故作自然。

坐进一个能坐四人的小包厢。空间刚好，不宽不挤，面对面各自占领一半小方桌。他拿出一瓶酒，说是存了多年的茅台，就一瓶，一直想找个适合的人喝个尽兴。我喜欢敞口的高脚杯，他喜欢小杯盏，他说，那得喝个公平。他给高脚杯里倒进十小杯酒，又找齐十个小杯盏，花儿向太阳似的围着高脚杯。酒杯一一满上了，菜和茶都没上桌，空空的桌上，只站着十一个满了酒的杯子，我俩静静抱臂看着它们，同时笑了。来，喝。我们碰了一杯，再碰一杯。酱香型的茅台入口非常醇厚，喝进第一口，酒香浓郁得甚至有些呛人，再喝一口，才能尝出它长而厚的滋味来。我给他讲，有时，和几个朋友去小酒馆喝一种名叫稻花香的散酒，三两一小壶，滋味清香但味道很薄，他问，"薄"就是味道寡淡的"寡"的意思吧，我说是"薄"，和"寡"没有关系。他摇头。大约对每个人都一样，一些很个体的微妙的感觉很难与人共鸣。我想起一种新茶，每每喝它时，总能喝出一种豆香，但一同品茶的没人同意我的说法。喝点儿酒后，我更爱瞎想。我说过，我喜欢瞎想，随意瞎想是内心自由的一种表现，当外在的一面被约束和禁止，谁有权利和能力来控制我们瞎想呢？真的，流水一样天长日久的胡思乱想，我内心的文字不比《追忆逝水年华》少。

其实，要说的是，和愿意在一起的人在一起，不一定非要心心相印。

很快到了他的第十杯。他说，这次你大杯子里的也要喝尽啊，今天我俩是不分雌雄的 PK。我说，来吧，大杯子小杯子清脆一击，一口喝尽的感觉真不错呢。

几杯酒下肚，生活一下子变得柔软、放松，什么担子和心事都卸到了脚下。心里的一道道小溪欢畅流动、四面八方、融会贯通。

古代文人集体酌酒，真是雅而尽兴，曲水流觞，喝进的是酒，流走的是人世的烦忧。

他说：这样轻轻松松喝喝酒多好啊。知道吗？我今天开了整整一天会，累得快要死了啊。

哈哈，同病相怜同病相怜啊。我笑。

干杯！为开会干杯！

我突然很想叶君。给她拨了电话，我知道我已经喝得有点儿多了，有点儿语无伦次了。叶君接通了电话，插不进一句话来。我喋喋不休地说啊说啊，从耗费了一天的大好时光说起，说到我和男同学赏心悦目的对酌，说到我和他上学时走路回家的事。最后，我说，你可千万别写断手腕啊。这时，我听到叶君嘤嘤嘤嘤在电话那头哭了起来，我吓了一跳，她说家里已经没有可以摆放纸张的地方了，她抽泣道：真他妈太不道德了！这可是我第一次听叶君哭，第一次听她骂人啊，我安慰她几句，仓皇挂了电话。

可怜的叶君，她说还有四分之一报告没抄出来呢。

他说，这会儿不能想烦心事，言归正传。

大杯子小杯子频频相击，声音清脆悦耳。

我们的酒喝完了，酒馆也要打烊了，我和他被委婉地劝说出来。我们没有目的，在大街上走来走去。

不知啥时，空中没了一星儿沙尘。黑黑的天，黑得多漂亮啊，满天的星星亮晶晶、亮晶晶。我看着天，他说，"你看天时很近，看我时很远"，他修改了那个时代我们曾经共同热爱的顾城的诗句。"你，一会看我，一会看云。我觉得，你看我时很远，你看云时很近。"我背诵，他静静听完，摸了摸我的头发，这是大学毕业后二十多年来我们的亲密接触，在我们人到中年的时候，想到我们年少时单纯美好的时光，我有点儿想流泪了。我们在夜色里紧紧相拥，我在他耳边说：这是不道德的。我们马上分开，不知为何，两个人都笑弯了腰，两个人的眼睛里都似乎波光闪闪的。新鲜干净的风吹来，满天星星抖动，街上有几张雪白的纸在翻飞，他说，看，那是飞禽、那是走兽。我说，我是飞禽，你是走兽。我们在空无一人的街上跑、跳……

在人世

瘦嶙嶙一棵枣树，很幼小，叶子看上去纸片儿一样轻薄，只几颗枣儿颤颤地挂在枝上。

树下，匠人在上了红漆的棺材上谙熟地用金粉描画仙鹤祥云。

奶奶早晨在院里晒太阳，说想梳头，正给梳着，头一偏，就躺在马扎上了。头发统共拢起来，只一缕，枯瘠的麻绳一样，一个老街坊挹着清水，在她耳边挽了个灰髻。

之前，棺材没上漆，白晃晃的，骨殖一样，放在一个杂物房里，很刺目。房小，一开门，就能看见，害怕，还常去看。是奶奶死后要睡进去的匣子，再转头看，奶奶正颠着裹脚忙出忙进，就想哭。棺材是爷爷生前做的，他比奶奶早走了四十多年。

小街隔着一个村子，黄河横在村子前面，河对面是城。河滩遍是枣树，大约材料丰盛的缘故，爷爷的棺材营生一直不错。正值壮年时，盛夏的一天，爷爷从河滩回来，大汗淋漓地吃了碗凉饭，竟至得了场大病，最后也没缓过来。父亲一直把棺材叫"材"，这是棺材匠人们的叫法。父亲虽然承继了爷爷的木匠手艺，但不喜欢做"材"，他宁可每天挑两筐沉沉的瓜果枣子，走十几里河滩路，过黄河铁桥，到城里卖。

那棵小枣树是奶奶去世两年前叫小爸从河边挖的，快九十岁的奶奶对它仿佛有长长的念想。这叫小院有了一种奇怪的意味：一个枯老的人，一棵幼小的树，都摇摇晃晃的，一个往地里长，一个向高处生。

深夜，画满祥云仙鹤的棺材在烛光下显出异样的幽红。那是我第一次端详过世的人，奶奶像在熟睡，表情安宁。她昏迷时，我揉搓着她尚有温度的手，在她耳边嘀咕周遭的各样事情：太阳晒到哪里了，隔壁家大牛妈领着孙儿来看她了，鸡蛋换衣服的人又吆喝上了……她的大红棺材靠在她的小枣树旁边，我没给她说。

孝子贤孙跪满一院子，子夜将至，偏偏在二神仙马上要摇响殓棺的铃铛时，我见小爸无所事事地伸长胳膊，摘了一颗枣子咬进嘴里。这是我不情愿的，之前，我曾长时间守着画棺材的匠人，暗地里想让他在祥云仙鹤中画进这棵枣树。

果然，奶奶走后，小院荒芜，那棵小枣树没熬过冬天，殉葬似的，跟着奶奶走了。

"当当当当。"

二神仙的铃铛摇得欢。竹签子开了童男童女纸人儿的眼仁儿，娘娘带着哭腔忠告两个小人儿：

"你们在那边好好伺候我妈，做饭端盘子洗衣裳，不准偷懒！两个人不准吵架！"

小娃娃们低着头哧哧笑呢。九十岁高寿，说是喜丧。红烛高照，人来人往，像场欢宴。但那口凉凉的红棺材，看着还是孤单。

二神仙把奶奶那根老拐杖放在她手边，还是一根枣木，满结的树瘿像黑色的花骨朵。二神仙说："老汉家小脚，下世能用得着。"我不情愿了，"为何奶奶下世还得裹脚？"夜色中的二神仙站在此世和下世之间，眼光渺茫得很，他答不上来，"当当当当"，铃铛摇得欢。

奶奶体力尚济时，小院远没有这般枯燥。院门一推，一院子红火。墙上爬满豆角秧，满秧子红艳艳的花儿，葵花的大脸盘一个个争着伸出院墙，冬果树、苹果树、巴梨树枝繁叶茂。裹着小脚的奶奶在屋里屋外终日不闲。一大堆儿女之外，她还留着精力顾惜着这一院子的花草树木。后来，花木渐渐稀疏，奶奶操持不动了，叫小爸从河边移来一棵枣树，幼小的枣树孤零零站在院里，她常望着它，一动不动。

父亲很怨愤他小时候的生活，作为家中老大，他说吃遍了各种苦。开木头拉大锯、挑担卖瓜果压弯了腰，早晨睡不醒就被奶奶用木棍敲醒。常年在阴湿的长柜下睡觉，留下眼疾，流了一辈子迎风泪。每次回到奶奶家，他总沉郁着脸，和奶奶说不上两三句话，便去河边了。

　　父亲喜种葡萄。栽在两个大花盆里的葡萄，醒目地排列在屋檐上。盆里插一根木杆，葡萄藤缠扭着往上攀援。一株红葡萄一株白葡萄。葡萄挤挤挨挨，像小米粒大的时候，邻家孩子会偷偷爬到屋顶，父亲厉声呵斥。他们说，他们不是要掐葡萄，葡萄那么小，谁会心疼着掐它们，他们说太馋了，嘴里乏味，想摘几片葡萄叶子吃。我不信，摘一片叶子尝，味道果真靠近小葡萄的酸爽。

　　父亲爬上木梯浇水，浇完水，站在梯上，把葡萄藤左右右端详好些时候。父亲那时好像有的是闲心，偶尔还会在小院里摆出架势，雄赳赳地唱上一句："临行喝妈一碗酒！"葡萄之所以搬上屋檐，是因为院里有棵椿树，椿树枝叶繁茂树冠阔大，遮住了小院地上的阳光。那时，弟弟还小，坐在父亲做的木头小推车里，咿咿呀呀。阳光透过椿树，洒下一院子光斑。那年，葡萄熟时，弟弟刚好开始蹒跚学步。红葡萄甜中带酸，白葡萄甘甜如蜜。父亲在盘子里红白葡萄各摆上一串，左邻右舍一家一盘。月亮圆圆，小院白亮。他一手端着葡萄，一手牵着他的儿子，嘴里哼着曲儿，生之欢乐，洋溢在他身上。

　　后来搬上楼房，家里容不下葡萄树。父亲便养了半阳台花儿，绣球、吊金钟、海娜、金盏花、金钱树、玻璃海棠，都是素常的平民花儿。父亲在熬皮胶的生铁罐里沤肥，阳台上常常臭气熏天。但他总也养不好这些花儿，他不甘心，竟然买来一盆南方的花儿，说是米兰。米兰，像是斯文女孩的名字。米兰夜里开花，花儿香得熏人，但不久，它就病塌塌的了，很快又枯死了。父亲从盆里拔出米兰来，细弱的根须浅浅地扎在土里，他一挥手，将它扔下楼去，忿忿的样子，不像是对待一小蓬花儿的样子。

那时的父亲，性情变了。我便想，米兰不似阳台上那些北方的素常花儿命硬。

彼时，我们都已成长起来，于父亲言，养育的扰攘似乎远远大于欢乐。我常常恍惚觉得，那个葡萄成熟的月圆之夜，蹒跚学步的弟弟牵着父亲的手走出我家小院，那样的温情仿佛不曾有过。

愁苦暴躁的父亲，好像更擅长养那种倔强的植物，虎刺、仙人球、仙人掌，它们皮肉厚韧、长着利刺，花盆里的土都干裂了，它们还会忍耐着缓缓地活着。

常做这样一个梦，踅进一个路口，怀着一种仿佛已知的期待。果然，前面出现了汤汤的黄河，河滩枣树林立，树下奇花异草。而无论这相同的景致处在何处，身后永是一条小街，小街上永有一个小院，院门口，小脚的奶奶靠着半截水泥电杆，左左右右地张望，等她的儿女回家，锅台上，饭已做好。

我还常想起，暑假时，和弟弟去奶奶家。晚上关灯后，我俩躺在炕上听收音机里的相声。半夜，我们同时被矮墙外的声音吵醒，隔壁一个孤寡的男人总领回一个声音细小的女人，但声音再细小我们都能听得清。第二日我们便给奶奶说，给四爸、小爸说，得到的都是讪笑和叱骂，"呔，尕娃娃家，懂个啥？嘴夹紧！"

我和弟弟睡在一张被子里，清晨的混昧中，一听到骡子或驴的叫声，便知道奶奶背着拾粪的筐和木杈出门去找它们了。白天，我们会跟着奶奶，赶到叫唤的骡子或驴跟前，目不转睛地看它们从黢黑的肛门里拉出一疙瘩一疙瘩草屎。

我们姐弟，仿佛过早断秧的瓜蛋子，到这世上，更多的是靠着自己的造化生息。

弟弟到了中年，还不知与这世界如何相处，也不懂这世上命与命的联系。他不惜爱的东西很多：很多的人、花草树木、院里的鸡狗。他住在奶奶生前小院里拔地而起的楼上，高高在上仿佛隔世。从他的窗外望出去，我常想起奶奶离世时那棵幼小的枣树，还有墙角那个存放烧炕的驴骡草粪的小偏洞。但在最后，弟弟的小屋忽然间葳蕤起来了。说是邻居搬走了，一屋子的花都给了他。他特别惜爱，恰是冬季，但那些花儿的长势很努力，这予我心里极大的慰藉，似乎总有些生机勃勃的生命陪着他。我每每去看他时，就觉得他愈加孤单，血肉一点点地耗尽，对我挣扎着笑时，脸上只剩了肉皮，但他的花儿争奇斗艳精神勃勃。跟着晒进屋里的阳光，他把花儿移来移去。他不愿弃世，看着这些花儿也能够知道。

寒冬深夜，弟弟孤单地走了。之前，我去送他一双棉鞋，出门后，他揭开门帘一直看着我走远。我和他心里都知道，我们的每次分离都可能将是永别。寒夜不可阻挡地横亘在我们面前。我们孤绝的父亲，他早已拒绝得知他儿子的任何消息。

我每走过弟弟住过的楼房，总要看他的窗口，我便想起他的样子、他叫我时的声音，"尕姐"、"尕姐"，我心疼得就要碎。

雁荡

1

与一望无际的平畴旷野相比，山带给人怎样的审美？跌宕、曲折、奇险、幽秘……在西北，大山绵延叠嶂，很容易叫人熟视无睹。穿行在河西走廊，也许一整天，你看到的永是横在天边的一座雪山。突然对山动情，是在几年前，我跟着人流，登攀被藏族人称为阿尼嘎卓的马牙雪山，人声喧攘不绝，我忽然不想前行了，踅过身，下到山对面的一条河边坐下，面前就是插入天际的阿尼嘎卓。山风呼啸，苍鹰冷静地盘桓，山巅乱云飞渡。马牙一样峻嶒锋利的雪山，就那样静立在苍穹之下，我心里忽地涌出难以名状的感动。每一座山，都是造化摆在人世间的神物。高山仰止，须是在你动心之后才能体会到的。

我第一次到闻名遐迩的武夷山时，惊叹于山的小巧和精致，盆景似的青山细水间，花木扶疏、温润如春，这些似乎很吻合南方的情味。当然，南方也有奇伟的大山，那一次，初登黄山，夜宿山巅，四围唯茫茫白雾，那一整夜，我都觉得床铺孤零零地悬在天上。

那么雁荡呢？也是南方的山。

之前，一次相约好的雁荡之行，因为一场台风而被搁置。我便想，雁荡是站在大海边的，或许还伸着一只脚在海里。后来读作家马叙写的《雁山记》，我又知，雁荡山亦叫雁山。"雁山"好似雁荡山的小名，只有亲昵的人才可以这样唤它。

然后，我就空空如也莽莽撞撞地进了雁荡山。

2

和我一样，初来乍到的还有胡兰成。不过他来是避难。一样被他躲远的还有深爱着他的张爱玲。是七十多年前的事了，他就在入山口的一所学校里教课，学校旁边流着小溪，他带着另一个女人，学生们都叫她师母。我从雁荡山回来后，特意又翻看了他的《今生今世》，跟着他的讲述从温州到雁荡。我依旧不爱他的文字，尽管很多人说他有才。我倦烦于他的絮叨、黏腻，特别是对女人的暧昧。张爱玲竟寻着他来了，只是止步于温州，得知他已情变，该怀着怎样萧瑟的心情离开的呢？后来，张爱玲大约在地图上用手指摩挲过这个山名的——雁荡山。

天底下的山名各有各的意味。雁荡山呢，因"岗顶有湖，芦苇丛生，结草为荡，秋雁宿之"而得名。我小时候是真的见过天上列队飞过的雁群的，它们小仙子一样不谙人间世事地从天上悄然滑过。大雁南飞去过秋冬，它们南飞呀南飞，会不会就飞到雁荡山了？

学校门前的一条山路，一直可通到雁荡深处，胡兰成闲暇时也进山的。他这样说雁荡："我不喜雁荡山的山势太逼，处处峰回路转，望远望不到一里。"他还说和学生们到过雁荡的绝岭百岗尖，说人在百岗尖上望得见温州城，不知是真是假。后来，还有与胡兰成做过同事的乐清人回忆起当老师的胡兰成来，说他确乎斯文还会说一口流利的外语，只是无人知晓他是揣着一肚子心事躲在雁荡的。

这也算雁荡山的一段老故事了。且不说它了。

3

山里的静是可以洗耳的。寺里的静是另一种静。上午的阳光斜照着普明禅寺，寺里的建筑看上去还很新，院里的树木也不大。但寺被院墙外高大的杉树拥着，便显出些古旧来。普明禅寺始建于宋朝。宋朝的时候，雁荡似乎很是热闹过一阵。新修的寺院精巧别致，不一会儿就蹓完了。跟着面容清癯灰色长袍的正法法师禅茶。茶在壶里汩汩滚着，茶香缓缓溢出，回头看，木门外，一院子明明暗暗屋宇花木的影子。禅茶像一种哲学，宁静古朴的仪式，让人感到侘寂的氛围，一口苦香，沁人肺腑，人的意识也仿佛上升到了形而上的层面。百年三万六千日，不及僧人半日闲。就算短短的一刹，静澈到了心里，也算大得益。

天下名山僧占多，大山总是远离尘世，自为一体。行云流水，花开花落皆是修行。就觉得雁荡山的寺院更为质朴和宁静。除了普明禅寺，还有锦溪旁的能仁寺。作为雁荡十八刹之首的能仁寺，建筑亦是新的。周遭花瓣样的山峰围裹着这一块儿山间罕有的开阔地，寺院的气势犹在，况且还有那个镇寺的重三万七千斤的铸造于北宋的大铁镬。不由想起先前在北京潭柘寺亦见过这样一个大镬，说是僧人煮粥用的，一镬粥要煮好几个时辰。寺里有那么多僧人吗？说潭柘寺"有名和尚三千，无名和尚无数"。我想，能仁寺极盛时期，怕也是人流熙攘的。只是这个大铁镬主要用于佛事，之外呢，寺正对着火红的火焰山，盛一大镬清水压着寺院，也算是水火相服了。

已经是冬天，寺里山茶花犹艳，寺外的火焰山，看过去，也给植物遮得绿茵茵的。鸟儿乱啼，但敌不过一声雄赳赳的鸡鸣。那只一墙之外的俗世里的鸡像大王，咯咯咯——叫得鹤立鸡群的。这些都叫我觉得是雁荡山寺院独有的气质。雁荡的寺院平易，它与世人不隔阂，不超脱肃穆得叫人畏戒，它怀着一肚子的悠闲和慈祥。记得竟是在普明禅寺，第一次看到一个称酒的量具，老僧人说这器物叫"酒量"，我不禁笑，想起就在十几天前，刚刚在甘肃陇南的青泥岭下，见到了十几个明清时期木质的几米见方的大酒器，说叫"酒海"。"酒量"、"酒海"，一南一北，一小一大，我在心里让它们结识。

4

每观高山流瀑，总觉神奇，总猜测高高的山顶定有神奇的不竭之水。远看大龙湫，瀑布从直立的山巅折下，便想山上大约有一面大湖。回来翻看资料，看到沈括原也有此记录："山顶有大池，相传以为雁荡；下有二潭水，以为龙湫。"饶有意趣的是，因为沈括文字的指引，五百多年后，徐霞客游雁荡，一直想寻到沈括笔下山顶的那个"大池"，甚而攀上绝路，步步惊险，直到第三次到雁荡，才终于探明，大龙湫水的源头来自龙湫背，而非雁湖。读徐霞客文，甚觉奇妙，因他笔下处处都是几百年前的雁荡，灵峰、响岩、屏霞嶂、天柱峰、玉女峰，皆历历在目，且俨然今天所见，真乃天地逆旅、光阴百代。古代文人为雁荡这座奇山留下的大卷诗文，已与今日之雁荡合为一体，一起构成了雁荡的迷人之处。我读这卷诗文大书，便觉怀素短短一文仿佛卷首，而徐霞客的浓墨重彩仿佛压卷之宝。

我深为眼前大龙湫吸引。世间万物，随物赋形游刃有余变幻多情者，最为水，而悬瀑尤然。跌宕形成激烈，再加上风，热烈的瀑布又多了轻盈之态。再看水落潭上，玉珠纷呈，在水面敲击出神秘变幻的纹路。传说雁荡山开山始祖诺讵罗尊者观瀑坐化于大龙湫之前，可见古人对大龙湫爱之深切。很多人写过大龙湫，我最喜元代李孝光笔下的大龙湫。李孝光是乐清人，早年隐居雁荡山，大大的雁荡仿佛他的家园，他笔下的大龙湫端的是活灵活现可亲可爱，他是从内往外看的，而外人写大龙湫，大都由外而所望。李孝光陪老友观大龙湫，是日大风乍起，"山风横射，水飞著人"，"水下捣大潭，轰然万人鼓也。人相持语，但见口张，不闻作声，则相顾大笑"。读此，我也笑。历代文人把大龙湫都写尽了，我辈又能有何新语？此刻想大龙湫，更多的是想起那日大龙湫如何白缎般被风轻轻掀起，细碎的水珠如何猝不及防地撒满一身，又想那日水边的人们痴痴望大龙湫的情态，还有那一时刻的心绪。

　　雁荡之奇，确乎与水之奇大有关联。看过大龙湫，再看被岩石剪出的精巧的燕尾瀑，加上一路清澈的溪水不绝，锦溪、白溪又都是好听的名字。水让雁荡灵动。三折瀑更是神奇得很，就仿佛是被整齐折叠的一段白练。科学家分析，"三折"地貌反映了三次火山喷溢、三次岩流垒置。三段浩渺的时光，为一条清流连缀。三折瀑中，尤以中折瀑最为奇特，水与深圆的洞窟似乎并无确切的因果，但因了这别有洞天的组合，眼前一切便如神迹一般。水落潭上，飒飒敲击着的还有一潭幽静的天光。不知何因，就想围着这圆潭走上一圈，走完圆满的一圈，就像得到了神的加持。

5

镇的名字很好听，叫仙溪镇。镇里会不会有条叫仙溪的溪流呢？地名总带着气氛：西北少水，地名里也鲜有有水的字；我想起每次进出兰州附近姜维镇守过的古狄道临洮时，总看到一个地名——皇后沟，便对那条路边深长的山洼充满遐想。雁荡深水流长，水走得好远。好名字的仙溪镇里有个叫南阁村的古村，村子依旧被溪水缠绕，溪叫九曲溪。但南阁村吸引人的断不单是溪水，一座奇山里有一个古村，本来就够奇妙了，况且这村子又是那样别致。村子不很大，但气势非凡。一进村，夺目的先是主街上整齐列着的五个雄伟的牌楼。五个牌楼的村子怎会没有长长的故事呢？南阁村是乐清的章氏聚集地，读徐霞客写雁荡的文字时，就看到了他文字里的章氏人家："……宿于章家楼，是为雁山之东外谷。章氏盛时，建楼以憩山游之屐。"可见章氏源远流长。那天，向晚时进到南阁村，彰显着章氏几代功名的"世进士"、"恩光"、"方伯"、"尚书"、"会魁"五个牌楼被夕阳映着，牌楼下，村里的人来来往往，悠然自得。

章氏赫赫有名的先祖是章伦，村里而今还存留着他的故居——一个古旧的四合院落。章伦性格刚正，自号"憨夫"，一生命运跌宕。因为直言上谏，为皇帝在内的权贵忌恨，被羁入牢中打成残废。读许宗斌先生《章伦与商辂》一文时，深为南阁村人的情深意长感动。传说，旧时温州有个名叫《拜天顺》的高腔戏，戏中主人公就是章伦。旧时戏班在南阁村的章氏祠堂里演《拜天顺》，演到章伦受刑的情节时，南阁村人赶忙把章伦的牌位倒过来，他们不忍让先祖看到这让人疼痛的一幕。

一方水土养一方人，雁荡这样铮铮铁骨的奇山，就该有章伦这样的不阿之人。

天下名山，名在卓著的个性。沈括言雁荡"天下奇秀"，我想，雁荡之"奇"，奇在山，而雁荡之"秀"，秀于水。沈括虽为中国古代的科学家之一，但他到底没搞明白雁荡奇自何因。而当我行走于雁荡，听当地人讲雁荡山是形成于一亿多年前的最具完整性和典型性的破火山，并被称为全球"流纹质火山岩的天然博物馆"时，讶异于自然的神奇。那层层叠叠的流纹岩、恐龙蛋式的火山球泡，那一个个奇伟的峰、岭、嶂、屏、壁、洞，它们原是一次大动荡和大裂变的完整定格。想到此，再看那万千气象的雁荡，更觉其静美得神异。想这万物久长，而光阴过客，雁荡的一峰一石，都是明证。

而若要感受更加诗意梦幻的雁荡，须在夜晚。夜空仿佛一个巨大的布景，黑色滤去了喧哗和芜杂，那些白天看上去形态各异的冷静的山峰，到夜晚，忽地仿佛全都有了故事，有了情节。移步换景，更是妙绝，合掌峰变成了地母高耸的双乳，再走远几步，又成了栩栩如生相依相偎的一对儿情人、蟾蜍拜月、僧人祷经、仙姑夜游。彼时的雁荡，天人合一，更叫人浮想联翩。观音洞里晚钟响起，悠悠钟声，飘浮于这般的夜境中，令人莫名心动。

　　就住在雁荡，深夜，隔窗望去，近在咫尺的山峰酷似一个守夜的仙女，又想山里正上演着一山的故事、盛放着一山的盛大，于是，梦里也恍兮惚兮不停地穿梭于雁荡诸峰间。

南方记忆

白皮纸

这个世上，有些事物好像是静止的，它固守自己，拒绝变化，漫长的时光过了，它依旧呈现原本的样子，这叫人着迷、念想。

就说手工造纸。1900多年前，那个喜欢动脑筋琢磨事儿的湖南人蔡伦在某一刻突然灵光一现，想出了改进纸的办法。他自己也没想到，这一改进，促成了世界文明的一次巨大飞跃。文字早早诞生了，但迟迟找不到适合安放它的地方。岩石、龟背、兽骨、简牍让文字负重、遏制表达，而丝帛又太富贵。直到东汉、到蔡伦，终于出现了平滑、柔韧、温润的纸张，人们便深情地称它"蔡侯纸"。文字使纸有了非同寻常的意义。字迹没有重量，但盛满字迹的纸张承载起了厚重的历史。当蔡侯纸在中国皇帝的面前展开，他欣悦地看到了纸的意义，便敕令各地效仿推广蔡伦造纸技术，造纸术就这样水一样在中国的东南西北洇开。造纸术的迅速普及，还得益于对造纸技艺的简朴要求。纸张气质高贵，但成就它的劳动朴素到近于简陋，只要靠近河、靠近植物，只要有一双双不厌其烦不辞劳苦的手，雪片一样的纸就源源不断地被制造出来了。

"制造"很奇妙。它包含思想、劳作、理想、期盼、难以确定的过程、处于未知与可知之间的收获。它改变事物的性质和样貌，柔嫩的树皮成为洁白的纸，像蛹成了蝶，你甚至看不清它的祖系。又好比松散的泥土成为精美有形的陶器，粒粒可辨的五谷变为剔透澄澈的水酒。种种神奇的嬗变里，有着神奇的过程。

那日，在贵州印江的合水镇，看到了颇具规模的古法造纸作坊群，至今令人怀想。

造纸，自然离不开水。地名里就有两条河——发源于梵净山的木黄、永义两条河在这里交汇成了"合水"。一座石桥衔接起两岸，河对岸，大山翠绿如玉。几个小姑娘背着满背篓新鲜欲滴的金银花，嬉笑着从山脚走来。河依偎着山，山谷里回响着一声声重重的舂臼声，是水车翻动木杵在捣砸炮制过的白净柔韧的构树皮。刚刚给作坊里舀纸的男人送过中饭的女人，耐心地翻着木杵下一大坨树皮。低矮的作坊，苫一层厚厚的茅草，满眼古意。男人用一张紧绷的竹帘，熟练地从纸浆池里舀着纸，这是最需要技术的一个环节，技艺娴熟的造纸匠，舀起的纸薄厚均匀，且一张张分毫不差。纸匀匀地被舀起，淋漓着水珠，但它已有了纸的雏形。简单机械的劳作，很容易分心，一刀纸一百张，如何准确记数所舀的纸张呢？忘了问茅草棚里的匠人。我记得在甘肃的古法造纸中，抄纸时仍然沿袭着古老的记数法——麻钱记数。

造纸作坊紧邻着河，一间间铺开，有着不小的规模。除了有河水可以依傍，还因为河边生长茂密的构树。这种速生的树，韧皮洁白柔韧，是造纸的上好原料。之外，手工造纸，不挑男女老幼，老人女人和孩子负责采集、剥皮、舂筋、晒纸，重活糙活和技术活留给男人。所谓"七十二道工，外加口吹风"，造纸的每一个环节必不可少。第七十三道工序口吹风，是将晾在墙上的将好的纸，用嘴巴吹开一角，然后轻轻将纸掀下，可惜这一道充满情味、采摘果实般的工序不能亲见，再见时，已是一张张洁净素雅的白皮纸。

印江的手工白皮纸，丝缎般柔韧，色调优雅，纸中细小的植物纤维，留住了些许植物的影子。纸上还有隐隐可见的细密的网纹，这让我想起兰州博物馆的一样镇馆之宝：三片有字迹的东汉纸——迄今国内发现的最早的有字迹的蔡侯纸之一。也是这样的色泽，也有着这样细细的网纹，与印江的手工白皮纸酷似，但它们已隔着近两千年的距离。

时间静止在白皮纸上。一个地方，因着这样的事物，便有了长长的根脉。在印江，随处都有这样古老的物什，千年紫薇神树，苍老的旧宅，古朴的土寨、老桥，甚至矗立于校园里的古塔，它们让印江深邃迷人。

在我的家乡甘肃的西河县，我也曾看到蔡伦的古法造纸。村子的名字里也有河，叫刘河村，河边也有茂盛的构树。那几日，目睹造纸匠人将剥好的构树皮浸泡，用石灰水沸煮，用木杵反复敲砸，再泡浆，然后抄纸、晾晒。几乎与印江白皮纸的造法无异。构树皮泡在水中，造纸世家的匠人说，必须是活水，这样水才能把树枝里的脏东西扯走。现在想，这真是个奇妙的张望，在大中国的一南一北，在相似的地理地形、自然环境下，匠人们操着不同方言，做着同样悠长而安静的活计。相似的还有造纸匠人们共同的怀想——每年农历的三月十八，天下造纸的人，共同祭奠着他们的祖师爷蔡伦。

传说刘和村附近有一小山，名叫晾纸山，一山的纸，一山大雪，听上去，甚是心动。

在印江，我颇喜欢这样的传说：相传明代洪武年间，大约600年前，精通造纸术的蔡伦后代因躲避战乱，为谋求生计从湖南莱阳经江西入贵州，行至印江合水的蔡家坳时，但见这里构树繁茂、河水汤汤，便安家于此，开始造纸，印江的造纸业就这样兴盛起来了。

一张白皮纸就像一块儿空地，空地上该种什么，在印江，显然适宜种茶，梵净山的翠峰，细嫩、饱满、香味高古悠长，茶与白皮纸，气息相投。而一个书写者，与墨、与白皮纸，也气息贯通。在印江，若在白皮纸上泼洒水墨，便该是梵净山绝顶的那一大派空蒙云雾，若要在上面留字，便该有着清末印江人严寅亮的"颐和园"三个字的雍容劲健。

总想起临走时，印江朋友说的话，回去后，可以用白皮纸包茶，茶是他送的梵净山的绿茶。想来白皮纸包裹茶，茶香不会散逸。但总觉得还有着别样子的滋味，就仿佛两样美好古朴的事物，要把它们安静地聚在一起。

罐罐茶

还要说到茶。

小时候，家里常年喝的是茉莉花茶。在西北，很多人家都喝茉莉花茶。只要杯中的水显出茶色，人们把喝这样的水就叫喝茶。先前的很多年，我很想见见正开的茉莉花，见见茶园。在我 30 多岁的时候，我在江南喝到了真正的茉莉花茶。那天，我胸前挂着甜香的小茉莉，杯子里，洁白的茉莉花与碧绿的茶叶起起伏伏。只一口，我便尝到了真正茉莉花茶的滋味，茶香花香缠绕，滋味难以言说。我方知道，鼻息间的香原来和唇齿间的香能达到统一。我也知道了，西北人家茶叶罐里的茉莉花茶，是被百般气味干扰了的陈年老茶。

但陈年老茶也有陈年老茶的好，比如那种老厚粗硬、被压成砖头块儿的茯茶。西北乡下，老汉们偏偏嗜好它，原因之一是它最耐得住煎熬和浸泡，最耗得住时间。乌黑的粗陶罐里，盛满水，放进茯茶，罐罐终日在火炉上突突突开着牡丹花，里面滚烫的茶水被称为罐罐茶。大都在冬天，农闲时节，老汉们坐在热炕上，围着火炉，一边谝着闲话。熬出的茶苦到能呛出小孩子的眼泪，但老汉们一口一口，抿得有滋有味。喜鹊呷呷呷呷在大树上叫着，天蓝得像缎子。过一天日子，喝一天罐罐茶，这几乎是乡下老汉们最悠闲的享受。

印江人也喝罐罐茶，心生好奇。

在印江，唇齿间的滋味总是够浓、够足。刚吃了糍粑，糍粑的香糯是那种久久搅缠在唇齿间的香糯，有着南方慵懒缠绵的富足。清凉的风刚好吹在寨子里的廊桥上，坐在廊桥上望过去，水光山色、木楼青石，到处都是画。采茶歌重又响起，火塘上陶罐里的茶煮沸了，捧过来一杯，呷一口，苦香浓烈，沁人心脾。印江人也叫它罐罐茶，也是老人们爱喝的茶。

想必茶叶也是那种老厚的大叶茶，被这茶水苦得一激灵时，才知对当地人而言，味道还不够足。寨子里的老人们如此三番地把熬的茶从罐罐里倒出倒进，直到汤色深黄，茶味苍老苦厚。还说有些老茶瘾喜欢熬茶时端端不盖壶盖，为的是让柴烟火灰落入沸煮的茶汤中，在茶罐口蒙上一层似有若无的盖子，个中滋味更是奇妙。茶熬着，时间过着，到了老年，就这样悠闲着；抬眼看过去，一寨子熟悉的人影，山色云影兀自变着，近前的日子就这样自在安闲着。仿佛是另一种禅意，罐罐里的茶是不需要显山露水的。陆羽在《茶经》里说："啜苦咽甘，茶也。"这样的品味，这样的先苦后甜，大约到了一定的年岁才能深谙。

与一条河有关

在温州瓯江江畔，诗人庞培问我，和哪里的景致有些像？庞培是心存江河的人，他经常往来西北，我知道他这样问，是因为眼前景象和兰州有点儿像。河滨那条宽直的大道有点儿像，河堤下，穿城而过的大河有点儿像。不过，在兰州，没有那样阔绰的江心屿，洲上没有那样葳蕤的老树繁花，何况已是初冬，西北已然枯黄。

是第一次到温州，傍晚，先见到作家马叙、柯平、郑骁锋。满耳朵忽然换成了迤逦的吴侬软语，一下子觉得恍惚。在江南，觉得男人更合柏田、黑陶那样含蓄温静声气韵雅；女人当如吉敏，千娇百媚风情流转。而马叙、庞培这样有着异族相的江南人，我觉得该是操着犟直的北方话的。

生活在西北，我常想，繁华富庶、温软锦绣、暄暖的俗世气息，似乎都打江南而来。家乡兰州今日的模样就曾与江南有关，先时，吴地来的肃王一代代尽可能地把江南带到兰州，堆叠的假山、曲径通幽的园林、婉转的流水、林立的寺塔，还有喧闹的社火，荒芜苍凉的关隘兰州渐渐才有了尘世气息。

西北的俗世繁华，我也曾目睹。嘉峪关畔魏晋墓里那些色彩艳丽的壁画，宴饮、伎乐、庖厨、家畜，都是人间气象。炊烟缭绕、桑树葱郁、车马飞驰，魏晋人宽衣博带自由雍容，这些，是我眼中西北的反面，那繁花埋在地下。

冰河关山，合着金戈铁马，那是与江南相隔千里的西北。

在温州，船行塘河，阳光明丽，一河碎银婆婆娑娑。

瓯江庄严，像是温州江河的门面。那塘河便是温州江河的后花园。后花园，和人比邻，慈爱温暖。温州人果真叫塘河母亲河的，塘河一路流淌，也果真儿孙绕膝。

不知为何，总想起《清明上河图》来。唐朝华贵，在我心里，宋朝最繁荣最具俗世气。唐的华贵靠北，宋的绮丽南移。想古时繁华的南塘长街，也该如《清明上河图》一般，勾栏瓦市，喧嚷蔽日，人流不绝吧。

世间的河流，总兼有时空的意味。塘河从久远走来，沿途全是水流出的温润。不似西北，水便是水，山便是山，即便紧邻长河，大山依旧干枯；山不动水动，彼此也没有那份缱绻。船行塘河，想起古时温州人叶适的那两句诗——"有林皆橘树，无水不荷花"，平白似口语，但说尽了塘河的妩媚和与人的熟稔。

天色如洗。雕花的木船，窗舷外，水声汩汩。长长的电影胶片一般，温暖场景缓缓移过——民居的后墙、后窗、碎花的窗帘、晾晒的被褥、慰藉人心的寺院、高出凡间的寺塔、腰身优美的桥。再移步河岸，在塘河博物馆，仔细看那塘河的布局，原是千年的布局，河道纵横交织，在繁茂的葱绿中有着另一番辉煌。

一地有一地独有的物产，这物产便是这一地最孤傲的东西，小也孤傲。这让我想到兰州的百合，干涸的黄土高原上长出莹白如玉的甘美果实，未绽的白荷花一般，奇异珍稀，正如温州的瓯柑。

摘满瓯柑的舟楫迎我们而来，一船船明净的橙黄。瓯柑的好到底在哪里？我吃了，放在枕头旁闻了，摆在书桌上看了，瓯柑做的蜜饯尝了，酿的酒也喝了，各种的好都体味了，但我觉得它最好的好就是它独认温州这块儿地儿，它的执着和深情、它骨子里一种素朴的贵气。

又想到南戏《琵琶记》来，出自温州的《琵琶记》，被誉为南戏的鼻祖，那是江南的声音，被塘河水浸染过的声音，韵调高、细软、华丽。

为什么会有戏？我想，戏最早是娱神的，渐渐的，娱神的时候也娱人。贫贱的赵五娘抱着琵琶卖艺北上，寻她的中了举当了大官的夫君。故事如一条见头见尾的直线，又处处藏着曲折。关于琵琶，唐人段安节《乐府杂录》记："琵琶，始自乌孙公主造。"线条优美的琵琶似乎很配女人。汉朝武帝时，扬州15岁的细君公主和亲西域，几千里北上，唯有一把琵琶替她诉说悲冤。琵琶弹拨出的是南音，急可凄风苦雨战鼓不迭，慢可幽咽断弦苦愁心碎。赵五娘也是这样弹着苦苦的琵琶，唱着苦苦的怨曲吧？台上悲喜、台下嗟叹，南塘好生热闹。

北曲和南曲到底不同，我想起温州一日，席间，大家唱各自的小调，吉敏唱的江南小调小女儿状灵动甜软，从太行山来的指尖，一曲"桃花花依旧红啊，杏花花依旧白，翻山越岭俺寻你来呀……"高音大嗓，一听就叫人心伤。

《琵琶记》总让我想到北方的秦腔《铡美案》，我最爱秦香莲告状那一折。秦腔高亢辽远，香莲跪地而行，向那黑包公哭诉，泣不成声，又声遏行云，膝盖都要把地捣破了。一样是中了举做了高官的书生，一样的糟糠夫妻，就算是在戏台上，那假的铡刀铡下去，也叫人疼。在江南，赵五娘有琵琶帮她倾诉，而且夫妻又最终圆满，真是美好。

船上有精巧的小点，柏田叫它色子糕，指尖儿大的黏糯的甜糕，嘴里含着，小时候那样，一嘴长长的叫人怜惜的甜香。

还想到浙南独有的蓝夹缬，手工的粗布，上面全是温情。植物的靛蓝染蓝了棉花的白，幽幽的大篇幅的蓝做了背景，而主题藏在刻工精致的雕版里，刻满故事的雕版紧紧相夹，布在雕版中，留住了棉花的本色。蓝布上，一幅幅连环画似的白色图案最惯常组成的是一出出大戏。浙南人用蓝夹缬做被面，《琵琶记》的蓝夹缬，听不见赵五娘的琵琶声，但悲欢离合就在一床盖被上，梦里也都是故事。

船行塘河，一船的人，都是爱时光的人。长长的时光让一个地方长出茁壮的长远的根，让这个地方拥有道不尽的魅力。船行塘河，想起那滋味深厚的黑豆酒，呷一口，那感觉，就像这一船人，正逆时光而行。

孟溪

1

叫它城吧，孟溪城，镶嵌在山野中，一清早，开门见山、见水、见绿色，很美好。

算不得大城，更算不得都市，但好就好在它安放在自然里。大多数地方，有了城的模样就渐渐吞吃了山水，而这样的小城，留了大片地方给山水。人永远大不过自然，这才是天地人的和谐和人该有的虔敬。城这边，河在长长地流，那边，偶尔有火车不断驶向远处，它们让小城灵动和深远起来。沿河的路，长而空阔，和别处的城一样，天一亮就有人晨练，广场也颇有规模，黄昏时女人们聚在一起跳舞。周遭不远处的山乡该留着山乡的生活吧。山乡与城离得如此近，让城有了田园的意味。于是乎，某一天，当一场文艺晚会要开始时，四邻八乡的人，男女老幼，一大家子亲戚一样聚在城里，亲热地吵嚷和喧哗。没有疏离感，也没有焦虑和仓皇。城和人这般亲切，最是难得。圆月高空时，热闹的晚会散了，一家家老少又满足地晃悠悠踩着月光回到村落。城又变得安静，河在汤汤地流，那边，火车哐哧哐哧驶向远处。

河滨路是新的，道旁树还小，广场是新的，医院、体育场、车站都是新的。这叫孟溪城像个青少年时候的城，清新和率真中又有那么多的活泼和生机。

除了地理形胜等种种的缘由，它厚重的历史和文化，是它成为城的另一个深远的来由。黔东五大古镇之一，早在唐代即已"百货辐辏，商贾云集"，这叫它更迷人，也有了更多足以叫人期待的可能。

2

是贞节牌坊。牌坊，大抵站在路口、村头、桥边这样的显眼处，为着彰显和提示吧。北方的牌坊大都默然厚重，南方的牌坊，我所见过的，牌坊顶头个个飞檐高挑，像鸟儿展开了翅膀，要一飞冲天的样子。先前，牌坊为哪儿的人立，哪儿一定很是荣光。而现在，这个贞节牌坊兀自高高立在一大片葱绿的稻田旁，更像个显著的路标。看到这个牌坊，便知京头村到了。

牌坊立在清朝宣统元年，也就是 1909 年，距今已有 100 余年。说是为旌表京头村谭氏雷婆"坚守贞节，养二子成才"。牌坊正中"旌表节孝"四字很是醒目。现今，说起"贞节"二字，况且要为"贞节"立牌坊，总会被许多人讪笑，但抛开旧制度庞大的意图，对一个孤单的女人来说，我总觉出其中很多非凡的坚忍和高贵来。不过而今，牌坊远远站在村外，还是显得孤单了些。

村史上有著名的清朝谭氏父子——谭礼裕、谭明之。说谭礼裕"七岁能诗，九岁应童子试，名播乡里"，后因功被保荐为蓝翎四品衔，这对山野里的村子来说当然再显赫不过，也是而今谭家人的荣耀。今天，村里还是古风盎然。见一家木门上张贴一张红纸，细看了，题头写着"之子于归"，红纸上分门别类毛笔字罗列着嫁女喜宴上总管、厨师、洗菜、添饭、端盘、摆桌子、管烟酒、煮饭、抬灶、推豆腐的人的名字，也大都谭姓。宽大的木宅门上贴着对联"春华秋实闺出阁"、"之子于归玉凤飞"，高处的横批给风吹了，心想，那横批大抵是"鸾凤和鸣"、"琴瑟永偕"、"瑞木交柯"这类的好字样。

村子确乎很老。仔细走着，但见一家后院齐齐立着三个皇清侍赠的墓碑，都立于道光二十五年，也就是公元 1845 年，比村头的贞节牌坊还要老得多。墓碑刻有"永古佳城"四字。"城"就是人们常说的京头城吧。

便要说到"城"了。此"城"并非而今意义上的"城"，黑黢黢的石头城，整个儿就是一个坚不可摧的城堡，这是这个"城"的意思。城堡孤立于一个高耸的山包，四水相环，形势险峻。相传道光二十八年（1848 年），孟溪农民起义领袖包茅仙为抗清而筑此城。周长约有 1.2 公里的正方形的城，城墙、封头墙、街道、排水沟渠一应俱全。城以青石砌筑，内外两道高墙相互呼应，外墙高逾 3 米、宽过半米，两道城墙间，隔着纵横的深巷。

城内现在还有完整的六处两进式四合天井，这种极具汉族风格的明清建筑，在苗族人聚集的孟溪非常鲜有。天井上厅和下厅有房三至六间，上下天井两侧均有厢房。深宅高院，恢宏中有着细腻。走进一家厢房，精美的雕花木窗外，阳光明明地照着屋檐上的瓦当，瓦当上的纹饰精美异常。深高的天井里，地上躺着安静的屋影。在这石头城堡里，这民居，显得十分安宁。

城中小巷迷宫般牵连，但最后终可出城，踏上伸向远处的古道。

当然，叫"城"是更早的事情，比村头的贞节牌坊要早61年。61年，一个人也都花甲了。

战事平息，"城"的意义也消退了。人们过上了平常的日子，后来，就改叫它京头村了吧。

河在村外盘桓，河上跨着简朴的石桥。农人地里成片的油菜籽很饱满了。古树苍郁，为村子平添了更多古意。村头，一棵老香樟树，碧绿的枝叶蓬勃如盖，遮出一地阴凉来，站在树荫下，就可望见稻田旁远远站着的贞节牌坊。

一个保存如此完好的老地方，就像孟溪镇一疙瘩压在箱底的老银。

3

京头古城、松茂书院，在孟溪，文韬武略，刚柔相济。有了书院，一个地方立刻有了书香和灵慧。松茂书院最早可追溯至顺治二十五年（1668年），眼光辽远的人在书院后身的南屏山下设了学堂，光绪元年（1875年），孟溪人戴明扬扩建学堂，并栽一棵罗汉松于学堂正后方。松树繁茂，亭亭如盖，这大约是将学堂命名为"松茂学堂"的缘由吧。

线条肃洁庄重的四合院落，红墙黛瓦，还是清朝的颜色。学院前因井水鼓涌小溪淙淙而命景为"太极起水"；学院后因南屏山上一支孤峰如笔，命景为"文笔凌云"。合着这古意盎然的书院，"太极起水"、"文笔凌云"，都是好意味。

当然，最好的意味还在今天，前人栽树后人乘凉，松茂书院现在是孟溪镇完小的所在地。孟溪镇的人真有福，小小的便开始领受这源远流长的文化的荫泽。孟溪人常说，孟溪自古爱读书。这个悠久的书院，便是明证。而今，学校依旧阔绰，除了后院那棵参天古松，还有老老的四个古碑与人相亲相近，四个百年古碑上镌刻的文字，述说着松茂书院的历史。

今天，在这宽厚慈爱的老书院里，少年们书声琅琅。百年的文脉流传至今，让松茂书院看上去更加可亲可敬。

4

之所以叫水月庵，说是因为一个传说。

相传玉帝的女儿水月，聪颖可爱、美丽非凡。一日，姐妹们相邀到人间嬉戏，水月与一个叫摩崖的凡间男子一见钟情深深相爱，并私订了终身。玉帝得知后大怒，立刻派天将捉拿摩崖。但任凭百般鞭笞，摩崖誓死不肯放弃对水月的爱情。玉帝无奈，遂施展法力，将摩崖变为一座石崖。忧伤的水月整日以泪洗面，最后化为一条河流，日夜围绕着摩崖。

后来，世人为这神圣的传说所感动，修庵一所，以祈祝这对情深意长的爱人。

一边听当地人讲着这个至死不渝的爱情故事，一边上到一座树木葱郁的小山上。往下望去，清澈的木耳河就在山脚，刚好形成一个委婉的回环，恰似一弯月亮。心想，那河水便是落在地上的弯月，而那亮汪汪的明月便是这河水。这样看去，"水月"二字煞是好听好看。

但在我看来，世间的水与月，变幻无定阴晴圆缺，终究都是虚妄。如果在这柔软忧伤的传说上加上一位明末重臣，水月庵一下子就有了实实在在的分量。

吕大器，生性耿介、嫉恶如仇。他走南闯北，甚至北上我的家乡甘肃，为甘肃巡抚任远赴新疆。

南明永历元年（1647 年），兵部尚书大学士吕大器从福建进入贵州，意欲组织抗清力量，反清复明。是年五月，途经孟溪，遍览孟溪后，停驻于水月庵。他深爱此处山水，遂挥笔写就"水月庵"三个大字，悬挂于水月庵门额上。又在庵旁修建一亭阁，作序文一篇，令工匠镌刻于亭边的摩崖崖壁上。

整幅石刻长 1.1 米，宽 0.9 米。虽历经几百年风雨剥蚀，但苍劲有力的字迹今日还清晰可辨。

永历元年丁亥暮春，予自闽、粤奉二亲至此。

时同行为国史检讨方于宣，相与临流陟竣，选胜挹

幽，终日不倦，遂开斯亭之胜，岂日曲修禊，亦
犹白下新亭之会也。夏五月朔日亭成，与诸名士落
之，用志于壁，以待来者。遂宁吕大器题。

而今庵已不在，亭也不在了，唯留这个摩崖石刻在山下
的路口。

题刻摩崖石碑后的第三年，吕大器病逝于贵州都匀。

吕大器诗文遒劲，著有不少悲怆开阔的边塞诗，人们赞
誉其诗文"笔老情深"。

这"笔老情深"自然也镌刻在这摩崖巨石的字里行间，
熏染着孟溪的一代代文人墨客。清道光二年（1822 年）科大
挑二等候补儒学士刘光宗（号若山），在游历了水月庵后，
作诗《水月庵为雨所阻》：

风雨漫天带笋舆，从林小住意萧疏。重寻旧日
留题处，正值高僧出定初。
野鹤窥人崖竹动，洞杜摇影水窗虚。凭栏我已
尘机静，笑结清缘悟六如。

同刘光宗一样，文人们为这水月佳境和摩崖石刻感染，
常常去拜谒赏景沉思，并提笔著诗。于是，水月庵便成了孟
溪古代文人墨客题咏诗文的一处山水胜地了。

5

一到孟溪，便得知孟溪被誉为茶灯之乡。起初以为茶灯和北方的花灯一样，是一种灯。后来看到茶灯表演，方知是一种历史悠久的娱乐表演。初看茶灯表演时，也不知这表演与茶与灯的关系，后翻阅资料才了解了一二。

孟溪盛产好茶。茶农们白日里在地里劳作，日落饭后，集合在一处一边选茶，一边游戏说唱。天黑下来了，便又点亮了灯盏。孟溪历来有"女不唱茶灯"的说法，而茶灯的说唱，又如同北方田间的"花儿"一样，花儿与少年在一起，才有了种种的意趣。于是，男扮女装，各种女儿家的情态，表演得惟妙惟肖，令人捧腹，在这热热闹闹的吹打说唱和欢歌笑语里，一日的疲顿不知不觉就消除了。渐渐的，茶灯演唱有了自己越来越丰富的仪式，演出者着明艳的服饰，男人手执扇子，关关雎鸠般始终围绕"女子"嬉笑对唱，一旁的人高高打着明亮的灯盏，灯盏上彩带翻飞，烘托着茶灯表演的绚丽和热闹。

据考证，孟溪茶灯大约产生于唐代，兴盛于宋代，已有逾1000年的历史。

1000年来，传承下来的茶灯表演的繁复盛大由此可见：

——孟溪茶灯的灯笼通常由排灯、宫灯、耍灯三部分组成。按民俗功能，灯笼分为太平灯、寿元灯、架桥灯、送子灯、玩耍灯等多个种类。

——伴奏乐器以打击乐为主，有鼓、锣（分铜锣、勾锣）、钹（分头钹、二钹）。打法有鸡啄米、急急风、懒龙过江、鸡拍翅、龙摆尾、凤点头等。

——唱跳表演种类分为"迎灯拜主"、"开财门"、"跳灯唱戏"、"化财送灯"四个部分。

——主要角色分"唐二"（丑角，有的班子称刘二，店小二等）和"幺妹子"（旦角），二人担任茶灯全部的歌舞说唱表演。除丑角和旦角外，还有帮腔人员，人数从十多人到数十人不等。

——一部分人执举戏灯站在表演区周围，照明的同时，为主演帮腔或搭白。

上述种种，一路看过去，真是欢闹得紧。单那打击乐的打法，鸡啄米、急急风、懒龙过江、鸡拍翅、龙摆尾、凤点头，都叫人联想不迭。

一段史料曾这样记载古代孟溪春节元宵中茶灯的盛况：

> 有所谓茶灯者，以村童十二人饰女妆，为采茶十二姊妹，装一"茶婆"为其母。率领上山采茶，别妆四五十人作赶场式贸易。谈笑之间，多戏谑十二姊妹语，茶婆往往怒骂之。各执一灯或数灯，极其繁盛。采茶歌声，风流婉转，观听者不可胜计。

孟溪百姓热爱茶灯，古已有之。

记得那天晚上，看后硐村村民在盛大的晚会上表演茶灯。台上红粉蓝绿地表演着，台下几个男人原汁原味地帮腔唱着，虽听不大真切唱词，但终于听明白是从正月开始唱起，然后到二月、三月，一直唱到了七月，帮腔的人嗓子都唱哑了，一位老艺人情急之下，一边唱着，一边一步跨上台子让演员们下台歇息。想起这一幕就想笑，真的都是朴质的农人。第二日又见那位茶灯老艺人专注地忙前忙后。问他嗓子好了吗，他笑。茶灯表演目前不很乐观，作为一门口口相传的艺术，它已丢失了很多。孟溪虽是茶灯之乡，但要复兴这古老的茶灯艺术着实不易。这位老艺人，他想让茶灯流传下去，他打心底里热爱着茶灯，这我看得很分明。

踪迹

1

李奥帕德在《沙郡岁月》里写到一种植物：葶苈。它开非常渺小的花，李奥帕德说，"只有膝盖跪在泥地里寻找春天的人才能看见它，而且发现到处都有它的踪迹"。我喜欢《沙郡岁月》里的温情，李奥帕德还说，"总而言之，它是无关紧要的——它只是一个迅速而妥善地做好一件小差事的小东西"。"小东西"，他像在说自己的孩子。卢梭和梭罗都没有李奥帕德那种和自然亲如一家的温情。对自然，苇岸的文字里也充满疼惜之情。热爱自然的人，对周遭总有疼惜，因为疼惜，他可能会拥有比常人多的感觉和体验，比如鸟儿的视觉、小草仰望天空的姿态、花朵的秘密，他会琢磨一枚树叶何以有如此的颜色、一颗种子何以有如此的模样和脾性。我后来知道，葶苈是一种随处可见的野生植物，遍布田地、路旁、石缝、河岸，它碎小朴素到被土地和其他事物轻易淹没。葶苈种子可以做药,《本草纲目》载:葶苈种子的味道分甘苦两种,正如牵牛花种子分黑白两色一样(牵牛花也是极家常和普通的花,它的种子叫黑丑和白丑)。李时珍说:"大抵甜者,下泄之性缓,虽泄肺而不伤胃;苦者,下泄之性急,既泄肺而亦伤胃,故以大枣辅之。然肺中气水喷满急者,非此不能除。但水去则止,不可过剂尔……"李时珍的《本草纲目》对人关怀备至,说到每一味药,都苦口婆心,万般叮嘱。中国自古以来和植物相关的文字多是这样实用的功利的,大致以药典为主,很少能看出人和植物的情感。

2

一场大雪,让世界变得简洁明了,仿佛被过滤了杂事的一场明净酣畅暖洋洋的梦。但也会在清廓简单中,让某些事物变得突兀。比如窗外的这棵树。一夜飞雪,清晨,拉开窗帘,我惊奇地看到楼下这棵异常美丽的大树,枝枝杈杈被白雪覆盖,这棵树,像一把矗立在地上的巨大的结满白绸朵的花束。之前,我很少注意它,它是一棵西北常见的柳树槐树还是椿树呢?我不知道,它就那样年复一年不为人注意地站着。这棵美丽的大树让我想起很多事来,一年的很多时间,清晨醒来,窗外总是一片啁啾,这棵树是鸟儿们落脚的地方。燠热难眠的夏夜,万籁俱寂时,我时常会听见一只鸟的叫声,拐着弯的叫声,像是一只惯于在深夜抒发曲折情怀的鸟儿，这树上一定有它的巢。更早年的时候，我的孩子刚入小学，学校和我们院一墙之隔，放学了，不见他回家，我拿了他玩的望远镜看过去，我在镜头里看见他拿着笤帚在认真笨拙地扫教室门前的小操场，我左左右右地，总要避开那些伸进镜头里的树杈，就是这棵树的树杈。如今，儿子已是青年，我才想到，这棵树是一棵年成很久的树了。

3

"唼喋"，这两个字怎么读呢？——shàzhá，形容成群的鱼、水鸟等吃东西的声音。汉语的字音真是微妙，人若读这两个字，也是发不出大声气的。再比如"呢喃"，词典上说，形容燕子的叫声，我觉得应是燕子的说话声，"叫"是人的感觉。燕子说话，是"呢喃"——nínán，发音时，舌头黏糯，味道甜蜜，想着也亲切温暖。汉字的发音，定然最大程度地用口腔里唇齿舌头和气流的关系来微妙地模拟或表达一种情态。"娘"、"奶奶"在世界各地的读音中并不像"妈"那么近似，但这两个词被汉语音节读出来，里面有的是亲昵和娇嗔。

汉语里，人们把猫的叫声读成"喵"，尽可能接近猫的发音，和猫亲近的人会发现，猫其实很少发"喵"这个音，它在不同时刻不同情态下发出有着细微区别的音节——猫是一种爱说话的小家伙。另一个稍大的家伙——羊，人们用

"咩"学它的叫声，"喵"、"咩"和"妈"有点儿接近，都有点儿撒娇。牛用"哞——"表情达意，厚厚的音含在口腔里，声音里就有它的性格。

还有一种乖巧的小动物——兔子，和猫、狗比起来，兔子很沉默。有一年，在一个农村朋友的家里小住，她家有只兔子，一到夜晚，她的女儿就朝院门口喊它，"兔兔"、"兔兔"，兔子呢，就在院门口的台阶边，面向外面呆呆蹲着，给院里留个背影，两只耳朵高高竖起，看见它的样子，总觉得它沉郁得很寂寞得很。我后来总想起那只兔子的样子，但怎么也想不起它的叫声。

有很多声音很难找出确切的形容词，人们只好使用比喻。一个深冬，我曾经在河西走廊一面冰冻的大湖前，听冰湖发出的此起彼伏的奇特的声音，我不知那是不是冰面紧绷出裂纹的声音。仔细看过去，冰湖的表面像一片巨大的青色的冰纹瓷片。是那种闷闷的又很有力地拨动粗大的琴弦的声音，一声一声，连带着悠长持久的颤音，远远近近在冰面上跳跃。那声音令人难忘。我时常想象，如果在深夜，万籁俱寂中，冰湖会不会发出某种神奇的旋律呢？

4

时常会想起小时候看到的天，天很大，若不是被远处的山挡着，天一直大到看不到边，那才是天的样子。我记起小时候看到过大雁南飞的情景。在大院里，孩子们仰头看天，欢呼雀跃望着雁队大叫，想引起大雁的注意，但大雁的队列纹丝不乱，整齐的"人"字形，前行得安静无声。夜晚，我们真的数过星星，对着书本上的图，找天上那个大勺子的北斗七星，有时，还会看到隔开了牛郎和织女的银河。天上的星星，果真像眼睛一样，会眨巴眨巴。我还时常想起我们玩过的一个游戏——老鹰捉小鸡。"老鹰"有多厉害呢？把长长的一队"小鸡"惊吓得扭来扭去、哇哇乱叫，大个儿的"鸡妈妈"最是勇敢，伸开的双臂像个开阔的大膀子，遮住了身后的"小鸡"……确乎也见过天上的鹰，黑色的，一大滴墨一样，有时定定悬在院子上空，气氛很肃杀紧张，可不知天高地厚的鸡们在院子里咯咯咯地玩得欢，徒是急坏了我们。母亲讲过，看见人，鹰就不敢冲下来。母亲说"冲"时，我很怕这个词，感觉鹰会像一道黑色的闪电或者剑，倏忽之间，鸡群里就少了只鸡，那是好视力的老鹰在天上就盯好的。老鹰真那么厉害吗？母亲说，有些厉害的大鹰会叼起一只小羊来，是不是母亲的亲见，我不知道。

我常想起这些事来，总觉得小时候的世界空阔得很大得很，让一些小故事看上去也显得很大很大。

5

在一个树木茂密的山林里，在一条细细的石头路上走着。走着走着，看见前面左左右右站着十来棵被锯断的大树，露出一面面雪白平整的剖面来。几缕从树缝间透下来的阳光正斜斜地打在它们身上，不知怎么，突然有点儿不敢往前走了，觉得那里有很疼痛的事发生过，不敢再去惊扰它们，仿佛它们还活着一般。现在，我已不能像小时候那样心安理得地用手指去数剖面上它们的年岁了，那是它们残存的尸骨，但它们还用活着的样子，夹道站着。匆忙地走过去，回头看它们，觉得它们也在看我。

还有一些树木，因为过于老朽，某一时刻它们轰然倒地了，它们享尽了天命，躺在地上，等着化入泥土。小草可以在它们身上攀爬，花儿可以在它们身上娇嫩地开放，棕色的木耳张开小耳朵顽皮地四处谛听……这些老树，它们只是老得站不住了，躺下来，还是一样的慈祥温暖。

向西域

雄关

1

秋天短得出奇，前一天还很温和，大风吼着，一夜间就把冬天刮来了。荒滩上，红柳窸窸窣窣，骆驼刺挤成了疙瘩，盐一样的白霜一直撒到了远方。早起的朝格图顾不上这些，他一眼发现圈里少了一只羊，飞奔过去告诉了父亲。父亲不慌不忙喝完最后一口奶茶，往远处走去。四野空阔，他一直走到很远，他走得小心翼翼，像怕踩坏沙砾里任何一只虫子。他走到公路边。路上不时有车来往，他都没看见，端端等到一辆小车远远开近，他高高扬起了手。小车载了他，车上几个城里人玩笑得要翻天。车走了很远，有人问：大叔，你怎么一声不言语，你到底要去哪？朝格图父亲看着窗外，安静地说：我的羊儿到哪，我就到哪。一车人惊惶，赶紧停车，抱下了后备厢里的羊。

是一位漠北的朋友讲给我的。沙漠戈壁，丢失一头羊或者一匹远处放养的骆驼是常事，很多民间高手都能循着隐约的蹄迹、味道、周遭的声息，甚至难言的气氛，找回丢失的牲畜，这件多少有些神异的事情被称为"打踪"。

要说的是"天田"，亦和打踪有关。汉朝武帝大举追踪匈奴，并凿空丝路后，王朝的战略重点转移到了河西走廊，甘肃河西地区分段筑起长城。在了无人迹的大漠边关，戍边将士发明了一种夜间防御工事，将士们因地取材，在要塞周遭、虎落之畔，遍布细沙。清晨，戍卒巡视时，每每通过视察沙地，便可知晓是否有敌闯入，如若有陌生足印，就能打踪出来者的下落。

这种沙地，被呼为"天田"。天一样大的空地，但无胡人丁点儿插脚之处。飞鸿印雪，叫人绝望。这种爽朗简明、一目了然的戍敌之法，从另一个角度描画了河西漠北的基本景象：苍茫无际、单纯净廓。"纷纷暮雪下辕门，风掣红旗冻不翻"、"欲将轻骑逐，大雪满弓刀"、"北风卷地白草折，胡天八月即飞雪"，无常奇谲的长风、激荡苍茫的飞沙大雪，成了很多边塞诗人笔下的意象。我数次出入河西，并选择不同季节，除了一再为它独特厚重的历史文化吸引，在内心深处亦不断为它的雄奇所召唤。记得有一日，在冬日的黑戈壁上，当我目睹一轮殷红的太阳一寸寸跌下地平线，世界倏忽间沉寂喑哑并更加浩渺无涯时，心中陡生悲怆，忽地想，"大漠孤烟直，长河落日圆"实在太写意太留白，河西的壮阔，该用滞重的铁笔一扫而过。

　　河西风大，即便在千里之外的兰州，从河西走廊长驱直入的大风也使藩王府檐下的铃铛乱响不绝。来自南方的藩王没想到吹刮在兰州的风如此狂烈，曾上书大都，苦诉边城的荒寒。兰州的险要可用"固若金汤"四个字概括。而在甘肃，长城逶迤、关隘遍野，纵横旷野的条条大路甚或小道都曾经关卡重重，而今的许多村镇县市大都由古代军事驻防关城堡寨发展而来。固若金汤的金城兰州是一例，嘉峪关还是一例。

　　长城巨龙般匍匐于北中国，长城以西，沿丝绸之路进入河西走廊，在飞沙走石中经历漫漫无际的大漠、戈壁，忽然间，一座雄伟的关城进入视野，谁能不为之所动？

　　道光二十二年（1842 年）七月，林则徐流放西域。是年九月初八，秋风浩荡中，"濒于九死之形"的林则徐穿过了荒漠中巍峨的嘉峪关，他频频回望，感慨万端，挥毫蘸墨，一气呵成了《出嘉峪关感赋四首》。

　　　　严关百尺界天西，万里征人驻马蹄。

　　　　飞阁遥连秦树直，缭垣斜压陇云低。

　　　　天山巉削摩肩立，瀚海苍茫入望迷。

　　　　谁道崤函千古险？回看只见一丸泥。

　　　　疏朗慷慨的诗句，一扫凝结在他心中的沉郁。

巧的是，三十一年后，公元 1873 年，林则徐曾言"一见倾倒，诧为绝世奇才"的故友左宗棠，以陕西直隶总督的身份赴西域收复伊犁时，也途经此关。仰望恢宏的嘉峪关，年近古稀的左宗棠，挥洒如椽大笔，写下了"天下第一雄关"六个大字。

2

高度集权的明朝，做了许多波澜壮阔令世人震惊的事。在南方，郑和七下西洋，前后历时二十七年；在北方，统治者用了整整一个王朝，筑成了世界七大奇迹之一的万里长城。郑和下西洋的漫漫长路和匍匐于北方的万里长城，刚好围裹着大明朝辽阔的统治疆域。明朝的错综性格表现在一边向内，一边出走世界——向南竭力延伸，向北则用长城倾力停顿。

再说嘉峪关。

嘉峪关的初建得缘于明朝大将冯胜，据说此公出生时便气象非凡：黑气满室，经日不散。

明太祖洪武五年（1372 年），讨虏大将军冯胜一举扫平河西。在凯旋肃州途中，大将军一路勒马眺望，但见肃州以西有一处险峻之地，南是嘉峪山，北是黑山，两山对峙，最宽处仅只三十余里左右，最窄处仅十几里许，可谓河西第一隘口。冯胜当即决定在此筑城。1372 年七月开工，次年完工。一座周长二百二十丈、高二丈余、墙厚丈余的土城赫然矗立在了嘉峪隘口，嘉峪关地区有关无城的历史就此结束。冯胜夯筑的这个简朴的土城，是今日嘉峪关的雏形。与逶迤到东端入海口的长城"天下第一关"山海关相比，嘉峪关比它早建九年。

事实上，嘉峪关从建关到成为坚固的防御工程，经历了一百六十多年时间。冯胜所筑土城只是今日所见嘉峪关的内城夯筑部分。一百二十二年后，明弘治八年（1495年），肃州兵备道李端澄主持在西罗城嘉峪关正门顶修建了嘉峪关关楼，再过十一年，明正德元年（1506年）八月至次年二月，李端澄又修建了东西城楼及官厅、仓库等设施。明世宗嘉靖十九年（1540年），关城增修敌楼、角楼等，并于关南关北修筑两翼长城和烽火台。至此，嘉峪关筑造完毕。

嘉峪关由内城、外城、城壕三道防线结成重叠并守之势，壁垒森严，并连接两翼长城，与万里长城结为辉煌一体。五里一燧，十里一墩，三十里一堡，一百里一城，牢固的军事防御体系让来犯者望而却步。明隆庆二年（1568年），明王朝在嘉峪关增兵添将，设游击一员、步骑兵千余人，配备大量火炮弓矢。嘉峪关成了名副其实的"百尺严关"、"边陲锁钥"。嘉峪关关城也成为长城沿线最壮观的关城。

河西令人怀想。在兰州，每每想起遥远的嘉峪关，我还会联想到与它连为一体的一个个边关要塞：玉门关、阳关、河仓城……它们与被时间切割得断断续续的汉代"苇墙"、明代长城、无数个大大小小的烽燧关隘，组成了我个人心目中的古代边关，其间战马奔腾，鸣镝穿梭、狼烟四起，还有在夜风中飘散的羌笛之音。我坐拥丝路重镇，又能怀想丝绸之路那端的河西，心内沉实。我时常默念这些地名，我愿意这些名字里迎面而来的分量不断给予我辽远和苍凉：武威、山丹、张掖、嘉峪关、酒泉、瓜州、玉门、敦煌……

历史上的嘉峪关似乎从未有过富庶繁华，这个孤单的边城，尽管到清朝时另添了雕梁画栋的戏台、关公庙，但还是掩不住荒寒和寂寥。丝绸之路繁盛时，它只是丝路途中一个苍凉的关隘。当它矗立为一个雄伟的关城，三百多公里外的莫高窟，依旧辉煌绚烂；二十公里外的魏晋墓，在地下演绎着活色生香市井繁华。但嘉峪关在大漠长风中，孑然独立，这是边关的宿命。"出了嘉峪关，两眼泪不干，前看戈壁滩，后看鬼门关"，几百年来，笼罩着嘉峪雄关的，还有一种烈士般的悲壮。

3

一个有关嘉峪关的传说。

明正德元年八月，暑热刚过，肃州兵备道李端澄开始着手嘉峪关的第二次修缮扩建，此次扩建，意在嘉峪关门楼东西两侧新建城楼，并增建官厅、仓库。与十一年前的那次扩建相比，这次工程规模更大。眼看秋冬将至，但李端澄苦于没有一个得力的工匠做助手。这一日，晨曦照红了关城，李端澄在城内踱步良久。突然，一匹快马飞驰而至，传唤兵报来消息，说城外来了一个神仙工匠，声名可比鲁班，据说他精通九九算法，所有建筑，经他算计，用工用料准得惊人。李端澄大喜，火速招来此人，只见来人举止从容，面皮粗粝黧黑，目光灼亮逼人。李端澄询问他的姓名，他答："易开占。"李端澄哈哈大笑，原来此人是河西人士，河西方言"易开占"就是"一块砖"。李端澄说："为何叫一块砖？"来人答："因为在下计划砖石材料，从未发生过一块砖的讹误。"李端澄叫人报上建筑规划，要他速速算出需要多少块砖料。不出一个时辰，易开占算出了结果，他说："需要九万九千九百九十九块砖。"李端澄说："既然你如此肯定，那么，竣工之后，如果多一块砖或少一块砖，不但要向你兴师问罪，还要罚众工匠劳役三年。"在易开占的有序规划下，工程提前完工了。预备的砖料，一块不多一块不少，工匠们欢呼起来。出乎意料的是，第二天清晨，在西瓮城门楼后面的檐台正中，独独多出了一块砖。李端澄招来易开占问罪，易开占说："此砖是神仙在夜间所放，是一块定城砖，一旦动了它，城楼便会坍塌。"从此，这块砖在原处一直放到了今天。

　　这是流传至今的嘉峪关"定城砖"的传说。我尽量把这个故事讲得有声有色，在空白处加上想象，让它合乎情理并富有意味。从春秋战国到秦汉，一直到明朝，漫长的筑城固边的历史从未有过中断，奇怪的是，一条巨龙赫然横卧于中原北部，但流传下来的与它相关的事件少之又少，即使在文人的闲散笔记中也鲜见踪迹。或许长城太远，故事的流布之路太漫长，故事传到途中，便已被风吹散。所以，仅有的几个与长城相关的传说，叫人格外珍惜。官修的正史历来都做出歌功颂德、正本清源的庄严相貌。作为对正史的补充，民间传说显出了它的亲切质朴和活泼可爱。

"定城砖"的传说，让坚硬的城墙和城池有了柔软的情味，让嘉峪关在"九万九千九百九十九块砖"的雄伟中，有了"一块砖"的细节。

明朝万里长城的四个著名传说都出自嘉峪关。除了"定城砖"，另三个是"冰道运石"、"山羊驮砖"、"击石燕鸣"。

——传说，修建嘉峪关关城，需要成千上万块长2米、宽0.5米、厚0.3米的石条。工匠在黑山将石条凿好，但山高路远，每一根石条重达千钧，如何将它们搬至关内？眼看工期即到，大家无计可施，愁苦中，只见云中飘下一幅锦缎，上书几行隐约文字，昭示出搬运石条的方法。隆冬到了，寒风吹雪，工匠们在修好的一条抵达关城的路上泼满呼蚕河水，路很快变成了一条光滑的冰道，石条顺利地滑运到了嘉峪关城。

——相传，修建嘉峪关需要数以万计的砖块，砖要在四十里以外的地方烧制。牛车将烧制成的砖块拉到关城下，工匠们一趟趟要将数不清的砖块往关楼上背运，即便累断了腰背，运上去的砖块还是远不够需求。见此情形，一个放羊娃灵机一动，解下腰带，腰带两头捆上砖块，将腰带搭在山羊身上，然后，在羊屁股上轻轻一拍，山羊驮着砖一溜烟儿爬上了城楼。大家纷纷效仿，就这样，砖块很快运上了城楼。

这两个故事特别富有中国民间传说的意味，抑扬顿挫、愁肠百结时喜出望外，绝望中，神仙出面相助。那些精灵一般的山羊、河西特有的灵巧矫健的黄羊、白羊、黑羊，你能说它们不是一个个可爱的小神仙吗？

"击石燕鸣"是一个悲情故事。相传，有一对燕子筑巢于嘉峪关柔远门内。一日清早，这对燕子出关觅食，日暮时，雌燕回关，但雄燕飞回时，关门已闭，盘桓良久后雄燕触墙而死。雌燕悲痛欲绝，不时发出"啾啾"悲鸣，遂心碎而亡。之后，每有人以石击关墙，便发出"啾啾"燕鸣声。从此，一旦将军出关征战，家人便击墙祈祝，期盼将军胜利回归。

情境交融的故事，让古老的雄关，隐显故人的身影，隐显怀想、忆念和深情。而今，几百年已逝，嘉峪关城外，逶迤天边的祁连雪峰，银光未老。

上苍之眼

1923年，英国女传教士盖群英、冯贵石，走进河西走廊，传教之余，她们考察游走，撰写了《戈壁滩》一书。书中这样一段记述给我印象深刻：

山脚下延伸着古老的商路，它们既宽阔又有很深的压痕，这显然是经由无数商队的车辆那钉着钉子的锋利车轮碾压而成的，车辙分分合合，就像江面上形成的涡流一样。在这条路上，无数行人走了几千年，形成了一条永不止息的生命之流，因为它是亚洲伟大的高速公路，它连接起了远东和遥远的欧洲大陆。

我感慨于两位最早踏上这条古道的西方女性，能够站在世界的维度，给它如此宏阔的评价——"一条永不止息的生命之流"、连接起远东和欧洲大陆的"亚洲伟大的高速公路"。但不知她们是否知晓，还有一位西方人——德国探险家和地理学家巴龙·费迪南·冯·李希霍芬，早在 1877 年，给这条伟大的商道赋予过一个浪漫的名称：丝绸之路。

尽管这条古道更早就有中国的玉石流通到中亚地区，但可以确定的是，中世纪，从东方出口到西方，最重要、影响最大的商品便是丝绸，而中国是世界上最早的唯一一个生产丝绸的国家。薄如蝉翼价比黄金的丝绸令西方人痴狂，也勾起他们对遥远丝国的无限遐想（古代希腊、罗马人称中国为"赛里斯"，即"丝国"，而中国人是"丝民"），随后，也因着丝绸，熙攘不绝的人流在这条商道上你来我往，留下的层层叠叠的古老车辙，直到 20 世纪 20 年代，在两位女传教士的眼中依旧清晰可辨。

而这都是后话。

要说的是张骞，一切也要从这个距今已有两千多年的中国人说起。

张骞，汉中成固人（今陕西城固）。今天，人们对西汉时期这位伟大的行者的了解，基本源自中国的这些史书：《史记·大宛列传》《汉书·西域传》《汉书·张骞李广利传》《后汉书·西域传》。而此中，最原初的素材出自太史公司马迁笔下。

西汉时，中原以北的广袤地区依旧为匈奴占有，这个披发左衽的游牧民族对汉朝构成的威胁连绵不绝。尽管历史上有著名的汉高祖时期的"平城之战"和汉武帝初期的"马邑之围"，但两场大战，均以汉朝一方不体面的收场告终。"马邑之围"后，汉武帝痛下决心，拉开了征战匈奴几十年的大幕。

《史记·大宛列传》载：

> 天子问匈奴降者，皆言匈奴破月氏王，以其头为饮器，月氏遁逃而常怨仇匈奴，无与共击之。汉方欲事灭胡，闻此言，因欲通使，道必更匈奴中，乃募能使者。

汉武帝想和与匈奴有宿怨的月氏联合起来共击匈奴，而月氏遥距大汉几千里，中间又隔着为匈奴占领的大漠戈壁，谁能远赴西域，担此结盟游说的重任呢？

天降大任于斯人，本是皇帝近前一名普通侍郎的张骞，横空出世。

在英雄辈出的大汉帝国，张骞并非一员征战沙场的大将，但其卓著功勋，彪炳史册。

一幅敦煌壁画描绘了张骞临行前的情景，汉武帝亲自相送，通向天边的漫漫古道飞沙弥漫。这一年是公元前138年，史家称这一年也是中国人睁开眼睛眺望世界的初始。张骞此次出行，史诗一般壮丽而又悲怆。出使西域十二年，十年被俘于匈奴。十年后他伺机逃离，一路向西找到大宛，在大宛的帮助下终于抵达月氏。但世事变迁，大月氏已然不想与匈奴对抗。壮志未酬的张骞返汉途中，再次被匈奴抓获，又在大漠滞留一年有余，后趁匈奴内乱，逃回大汉。

出行一百多人，十二载后，回来的只有张骞和他的匈奴翻译堂邑父两人。这般的悲壮，如同读到史书中皓首苍颜的苏武回归中原时，一样感人泣下。十二年出使西域，张骞虽没有完成汉皇交付的重任，但历史注定，这样悲辛的远游定然不会无功而返。张骞深入虎穴并游历大宛、大月氏、大夏、康居、安息、条枝，以及附近的诸多国家，他目睹到的一切，对汉朝而言，前所未闻。

司马迁在《史记·大宛列传》中，以张骞向汉武帝陈述的口吻记载了张骞在西域的所见所闻。这几乎是一份内容极为详尽的考察报告。张骞对西域诸国的描述事无巨细：地理形胜、生产发展、风物民俗、政治军事无所不有。他还向汉武帝讲到了他未能前往的身毒国及西南的滇越。有了这些描述，我们因此在今天才能得知，远在两千多年前，千里迢迢之外的大宛国，产宝马，种葡萄，酿美酒，以及大宛周遭康居乌孙安息大月氏等国种种如此这般的细节。这些详尽的记载，是上述中亚地区最早最朴素最可靠的历史，这段历史被视为世界史中的珍宝，张骞功不可没。

张骞西行，曾到喀什噶尔、费尔干纳（今天的哈萨克斯坦）、帕米尔西缘、达巴克特里亚（阿姆河和兴都库什山之间）等地。正是他长长的足迹，引导了大汉势力迅速向西拓展。可以想见，这近乎一千零一夜一般的奇妙讲述，让热衷于拓疆扩域，欲御天下的汉武帝如何怦然心动。

张骞深知汉皇心思，他说：

> 可以赂遗设利朝也。且诚得而以义属之，则广地万里，重九译，致殊俗，威德遍于四海。（《史记·大宛列传》）

于是，元狩四年（公元前 119 年），有了张骞的第二次西行。这次西行的目的地是西域最西端的乌孙。汉王想与乌孙结盟，砍断匈奴右臂，进而瓦解匈奴在西域的势力。

此时，汉朝和匈奴的对抗形势已发生显著变化，张骞提供的有关匈奴和西域的军事地理情报，很大程度上帮助了武帝对匈奴的讨伐，匈奴节节败退，汉朝一路压向河西走廊，在河西布下四郡。但匈奴一日不灭，汉武帝一日不安。

不过，与第一次结盟月氏一样，张骞依旧没能完成预期的任务，原因是远离大汉的乌孙，既不了解汉之大小强弱，也没想到西域形势已发生大变，苟安于匈奴终会不测。不过，对汉朝而言，此行依然收获颇丰。张骞分派副使出使大宛、康居、大月氏、大夏、安息、身毒、于田、扜罙及旁边的几个国家，这种全面开花似的考察，为汉朝今后打开更加开阔的西向、西南向的通道做了准备。这次，与张骞一起回到大汉的有乌孙国的几十名使者，还有汉武帝挚爱的汗血宝马。

可以确定的是，第二次出使西域，张骞及随从携带了大量被西域人视为珍惜宝物的丝绸、漆器、铁器等，而他们回来时，除了汗血宝马，还带回了喂养马匹的苜蓿，还有可以酿出美酒的葡萄等。

一条向西的大道，更加开阔通畅。

随张骞一同抵达都城长安的乌孙使者，深为汉朝的阔绰繁华惊诧。也因此，当匈奴得知乌孙欲依附于大汉，想灭了乌孙时，乌孙急忙以千匹宝马向西汉驰援。汉与乌孙达成了联盟，匈奴在西域的势力彻底瓦解。于是，之前为匈奴占领的戈壁大漠上，渐渐热闹起一条商道。《史记》载：汉朝加派使者抵达安息、奄蔡、黎轩、条枝、身毒国，古道上来往的使者和商人络绎不绝，出使外国的使者每批多者数百人，少者百余人，每人所携带的东西大体和博望侯带的东西相同。

"博望侯"即张骞。当西域古道上的驼铃声日夜不绝时，踩踏出这条商道的英雄已去。公元前114年，第二次出使西域返回汉朝的第二年，张骞离世，无有任何史书记载张骞的生卒年岁。"博望侯"是汉武帝在他生前赐予他的官爵，"博望"，取"广博瞻望"之意。张骞广博瞻望，仿佛被赋予上苍之眼，通览常人无法企及的时空，他与这世界的惠泽，源远流长。他的西行之路，步步维艰，一寸一步，仿佛穿凿。太史公司马迁对其出使西域所给予的"凿空"二字的评价，更是力重千钧，传诵至今。

作为"开拓西域的第一人"，张骞凿空西域，直接促成了匈奴政权的衰落。张骞出使西域，虽然以军事目的为初衷，但凿空西域，"列四郡，据两关"，其意义，已远远超过了军事范畴。从长安到兰州，一路向西，至河西四郡，西出阳关，穿过新疆，一条贯通中亚、西亚，之后再到欧洲的大道畅通无阻。由此，给世界文明带来的巨大贡献，无可估量。1877 年，德国探险家、地理学家巴龙·费迪南·冯·李希霍芬，有感于东方这条古道的恢宏和伟大，浪漫地将它称为"丝绸之路"，从此，这个名称为世界通用。

张骞出使西域之前，这世上，东方西方彼此还懵然不知。张骞出使西域后，丝绸古道一直贯通到西方，人们心目中的世界因之博大。有人赞誉张骞是第一个睁开眼睛看世界的人。直到一千一百多年后，西方的意大利旅行家马可·波罗才进入中国，一千三百多年后，西班牙探险家哥伦布开往东方的船队才开始启航。

而今，由张骞开拓出的"丝绸之路"——这条"永无止息的生命之流"和连接起远东和欧洲大陆的"亚洲伟大的高速公路",在世界的政治经济发展中,所起的作用依旧无可替代。

至今犹忆李将军

一部叱咤风云的汉史,英雄辈出。特别是武帝时期,汉匈鏖战几十载,李广、卫青、霍去病等名将悉数登场。几位大将戎马倥偬一生,各个堪称传奇。这里,单说飞将军李广。

李广,陇西成纪(今甘肃天水秦安)人,出身将门世家,其先祖李信,曾逐燕太子丹于绝路,为大秦立下过汗马功劳。李氏家族世代擅长骑射,李广更是天赋异禀,射箭技艺独绝,"虽其子孙他人学者,莫能及广"(《史记·李将军列传》)。李广身材魁伟,臂长如猿,少言讷语,一生酷爱之事便是射箭,但凡得闲,便在地上画出军阵,研究射箭之术。

司马迁在《史记·李将军列传》中,用一件小事讲述了李广的射箭功夫之了得。

> 广出猎,见草中石,以为虎而射之,中石没镞,视之石也。因复更射之,终不能复入石矣。

李广射石虎,箭没石中,此传奇为历代传诵,唐人卢纶在《塞下曲》一诗中，再次记述了李将军的这件神异事："林暗草惊风，将军夜引弓。平明寻白羽，没在石棱中。"四句平白诗，今日读之，依旧令人称奇。

在一个以武功论英雄的时代，李广屡建奇功、骁勇异常，本应高官厚禄、飞黄腾达，偏偏他时运不济，一生跌宕，直至以悲剧收尾。

汉文帝十四年（公元前166年），匈奴侵入萧关，这一年，李广正式进入征战行列。他以良家子弟的身份参军，因为骑射技艺高超、杀敌众多，被任命为朝廷中郎。李广曾随文帝出行，每每与敌作战、格杀猛兽，都骁勇异常。一天，文帝对李广说："可惜你没遇到好时机，如果赶上高祖，理当给你封个万户侯。"

到景帝时，吴楚七国叛乱，李广任骁骑都尉参加平叛，大胜，但没得到朝廷封赏。之后，他调任上谷太守。期间，匈奴日日骚扰，大小战事不断。典属国公孙昆邪哭告景帝，李广之才，天下无双，但他仗恃本领，喜欢和敌人正面交战，若遇不测，朝廷将失去这员猛将。于是，李广又被调任上郡太守，之后转任陇西、北地、雁门、代郡、云中等地。皆是与匈奴对峙的边塞要地，李广所到之处，都以骁勇善战闻名。

一次，匈奴大举进攻上郡，皇帝派来的一名宦官和他带领的几十名骑兵，与三个匈奴人发生了遭遇战，匈奴射伤宦官，并且几乎杀光了宦官的随从。李广得知后，猜度此三人是匈奴的射雕能手，便带百名骑兵追赶。匈奴人徒步奔行，追赶几十里后，李广命骑兵左右散开，两路包抄。他亲自奔马向前，拉弓放箭，射死两人，活捉一人。经问询，那三人果然是射雕手。说话间，但见远处一片黑云，几千名匈奴骑兵正缓缓压来。匈奴见阵前仅一百多个汉家骑兵，心生疑虑，如此少的兵士，深入到这么远的地方，莫非是诱敌之策？匈奴人不敢妄动，布兵到山上静观。此时，李广的骑兵惊恐不已，都想回马逃命。李广说："我们离大军几十里，一旦反身逃跑，势必被追杀，那大家必死无疑。但如果原地不动，匈奴以为我们是来诱敌，想必不敢前来。"于是，李广下令："前进！"骑兵向前进发，到了离匈奴阵地大约二里的地方，李广下令："全体下马解鞍！"士兵们惊惶不安，李广安抚他们："匈奴本以为我们会逃跑，现在我们解下马鞍，他们更确信我们这是诱敌之计。"士兵们于是纷纷下马解鞍，并做出随意躺卧之状。正值日暮黄昏，天色将黑，匈奴始终不敢进攻。到了深夜，匈奴愈加觉得蹊跷，怕近处埋伏的汉兵欲趁夜偷袭他们，于是撤离。

　　这是一场极惊险的战事，纵然卫青霍去病战绩卓著，但在史书中很难寻到这样出彩的情节。

　　到武帝时，李广由上郡太守调任未央宫禁卫军长官，同时，大将程不识也被调任为长乐宫的禁卫军长官。两位禁卫军长官性情迥异，治军风格也大不相同。李广随性，程不识严谨。一位未被僵硬教条驯化的将军，在严酷的战斗中，似乎更见其人性的光彩。李广带兵打仗，但遇缺粮断水，若有水，士兵未尽喝水，李广不喝，士兵未尽吃饭，李广不吃。李广宽厚淳朴，很受爱戴，士兵们都乐于为他所用。

马邑之围后，李广被任为将军，出雁门关进攻匈奴。李广作战，素来喜欢远途奔袭，然后冒死与匈奴近距离作战。但这次战役，汉军终因寡不敌众而败，李广被擒。之前，单于早就听说了李广的神勇，下令将李广活着送回王庭。李广被俘时，正病重，匈奴便让李广躺在两匹马横拉着的一个大网兜里。就这样，走了十多里，李广假装奄奄一息间，斜眼见旁边一个匈奴少年骑着一匹好马。忽然，李广纵身一跃，跳上少年的战马，夺下弓箭，并将少年推下马去。李广一边回身放箭，一边向南飞驰，奔驰数十里，终于回到他的残部。此一战，汉军伤亡很大，将军又被活捉，李广理应被斩，他用钱物赎了死罪，削职为民。

李广虽败，但他犹如天助般地死里逃生，令匈奴人更加惊诧和骇怕。后来，匈奴进攻辽西，杀死太守，打败驻军。天子再度召回李广，任他为右北平太守。李广驻守右北平时，匈奴都知道驻守的是"汉朝的飞将军"，好几年，都不敢靠近右北平。此后，飞将军李广之名，愈加为汉匈熟知。

时光飞逝，汉匈大战连年。无从得知李广生于何年，但从《史记》可以看出，到元朔六年（公元前123年），大将军卫青正战绩辉煌如日中天时，李广已老矣。这一年，李广任副将，跟随卫青征伐匈奴。卫青的许多将领因斩杀敌人首级符合规定数额，被封侯，而李广的军队没有任何战功。公元前121年，李广又以郎中令的官职率领四千骑兵从右北平出塞，与带领了一万骑兵的博望侯张骞，分两路行进，攻打匈奴。李广部队行军约几百里时，匈奴左贤王率领的四万骑兵包围了李广。依旧是寡不敌众，情势危在旦夕，士兵们各个面无人色。李广派儿子李敢骑马向匈奴军中奔驰，李敢率几十名骑兵，直穿匈奴兵阵，又从左右两翼突围回来。李敢说，匈奴很容易对付，士兵们方才安心。李广将士兵布阵为圆形，士兵们背靠背面向匈奴。匈奴发起猛攻，箭如雨下，汉兵死了多一半，箭也用尽。李广便命令士兵拉满弓，做出勇毅之态，独他用大黄弩弓，专挑匈奴的副将射杀，好几个副将被李广一一射死，匈奴军开始渐渐散开。军士们于是对李广更是佩服得五体投地。这一战，因张骞部队没有及时接应，李广军几乎全军覆没，功过相抵，李广依旧没有封赏。

李广一生苦战，但始终未能封侯，唐朝文人王勃在《秋日登洪府滕王阁饯别序》中写道："嗟乎！时运不齐，命途多舛，冯唐易老，李广难封。"李广数不能封侯，他的怨忿之情在《史记》中也可窥见。一次，李广问占卜师王朔：

> 自汉击匈奴而广未尝不在其中，而诸部校尉以下，才能不及中人，然以击胡军功取侯者数十人，而广不为后人，然无尺寸之功以得封邑者，何也？岂吾相不当侯邪？且固命也。

天降大任，飞将军李广，仿佛为着沙场而生，亦为着沙场而死。

元狩四年（公元前 119 年），大将军卫青、骠骑将军霍去病率军大举出征匈奴，李广请求随行，天子认为李广年老，不准，李广再三请求，武帝才勉强应允，但暗中告诫卫青，李广命运不好，不要让他冲锋在前，以免贻误抓捕单于的良机。李广被任为前将军。出塞之后，卫青带精兵追逐单于，命李广从东路出击。东路迂回，且水草稀缺。李广再次殷切请求卫青："我从少年起就与匈奴作战，而今终于得到一次与单于对敌的机会，我期望做前锋，和单于决一死战。"卫青不准。李广于忧愤中，不辞而起程。由于没有向导，不断迷失方向，结果在决战时，李广没能与大将军及时会合。单于逃跑了，卫青收兵后，派长史责令李广幕府的人前去受审。李广说，校尉们没有罪，是将军迷失了道路。

数次大战，与卫青霍去病相比，李广的确鲜有卓著战绩，更多的是寡不敌众死里逃生。而这次大战，年老的李广甚至未能与敌碰面，便落荒而归。时也？命也？

司马迁替李广长叹：

广结发与匈奴大小七十余战，今幸从大将军出接单于兵，而大将军又徙广部行回远，而又迷失道，岂非天哉！

这一年李广已六十有余，他不愿受辱于刀笔吏，引刀自刎。

这一年是公元前119年，即汉武帝元狩四年，这一年，汉武帝策划的对匈奴的最大规模的一次战役，取得了决定性的胜利。匈奴远遁，大漠以南，再无"王庭"。

汉军凯旋，更显出一代大将飞将军李广的孤苦。

得知李将军自刎，军士大夫皆哭。百姓闻之，知与不知，皆为垂涕。

在这篇文采飞扬的《李将军列传》中，司马迁并未"述而不作"，他在文字中倾注了深沉的情感。在传记末尾，他给予李将军至高的评价：

> "其身正，不令而行；其身不正，虽令不从"。其李将军之谓也？余睹李将军悛悛如鄙人，口不能道辞。及死之日，天下知与不知，皆为尽哀。彼其忠实心诚信于士大夫也！谚曰"桃李不言，下自成蹊"。此言虽小，可以谕大也。

这段话亦可以作为司马迁所以单独为李广列传的注解。司马迁为李将军单独列传，并置于声名卓著的卫青霍去病合传《卫将军骠骑列传》之前，这里面寄寓了他复杂的情感。

李广虽死，但李氏家族的悲情命运并未终结。之后，他儿子，那个奋不顾身勇闯匈奴兵阵的猛将李敢被霍去病射杀，之后，他的孙子，同样是一员猛将的李陵在征伐匈奴时，寡不敌众，被迫受降于匈奴，他内心深藏半生的忧苦，在《汉书》记述苏武牧羊的片段中可见。自此，陇西李氏一族渐渐为人淡忘。直到九百年后，唐朝建中三年（782 年），唐德宗追封古代名将六十四人，为他们设庙祭奠，其中就有"前将军北平太守李广"。到宋代宣和五年（1123 年），宋室依照唐代惯例，为古代名将设庙，七十二位名将中亦包括李广。北宋年间成书的《十七史百将传》中，李广亦位列其中。

历史上，颂咏李广的诗文，唐时最多，很多名句至今为人一唱三叹。

王昌龄《出塞》："秦时明月汉时关，万里长征人未还。但使龙城飞将在，不教胡马度阴山。"

高适《燕歌行并序》："相看白刃血纷纷，死节从来岂顾勋。君不见沙场征战苦，至今犹忆李将军。"

李广墓位于今天的甘肃天水市城南。

写作谈

散文，作为文学

1

现在，散文好像面临这样一种尴尬：一说起散文，人们总觉得它是文学肌体上一个发育不良的部位。当其他体裁持重前行时，它挂靠或附着于它们尴尴尬尬甩摆不定。一些人总想把散文从古到今缕出个头绪，让它顺理成章茁壮起来。结果，每次梳理到近前，依旧如故，散文的症结，还是面目不清。

在我看来，很多时候，对散文的争议和评论，依旧在参照历史。但可惜的是，当真切地关注散文时，很多人忽视了被历史性地切断了的一段历史。对我这个生于 20 世纪 60 年代中后期的人而言，散文最初最根深蒂固予以我影响和教育的，是小学中学语文课文。写人写事、写景抒情、说明议论，那些课文——标准化的散文范文，有一套放之诸多课文而皆准的评判词语：主题鲜明、感情真实、条理清晰、短小精悍、形象鲜明、词汇丰富，等等。

单薄老旧的课文、简单空泛低层次的评判、为报纸副刊生产的批量豆腐块儿，把散文的基点落到很低，大面积的文章如秋风扫落叶，统统被扫入了散文的大笸筐。这些良莠不齐的文章，磕磕碰碰，各自摆出有说服力的架势，低的欲与高的扯平，曲高者又和寡，于是，彼此相互消解、相互拖扯。这是很长一段时间，我看到的散文的大致面貌。

于是，我个人一直在想，并且一直暗暗要求自己，坚持写一种文学的散文。

2

散文，应该作为文学，这似乎是一个被很多人漠视的常识。

把散文放进文学，我觉得散文就有了它的气度：文化的、思想的、人性的、历史的。作为文学的散文，它讲究文学该有的质地和难度。散文可以成为丰厚的大剧，可以同样庞大、复杂、深刻，有探究、思索、深度的疼痛和欢喜。当文学走向无限深厚和广阔时，散文如果依旧为种种表面化的所谓散文的特质所束缚，这似乎是不明智的。

在文学中，如果非要辨别一下散文的模样，或者说它最富有的品质，我觉得那该是"自由"。自由，也正是我喜欢的散文的境界。就概念而言，我觉得"散文"中的"散"，与"自由"呼应（如果人们因"散文"这个称呼要求散文创作必须遵循似是而非的"形散而神不散"，真希望散文能有个别的名称）。当创作进入了自由自在的状态，散文有了难度——因为没有法度，而更考量创作者的内功。张爱玲的体察精微、沈从文的深邃淡远、废名的古意奇诵、萧红的萧疏大气、苇岸的开阔深情、史铁生的深厚凝重。仔细琢磨他们的文字，都能感到运笔的流散自如、形式上的无拘无束，以及最根本的——思想和艺术方面的深厚修养。这种自由，是从内容到形式的彻底自由，是思想和文字的轻盈飞翔。那么，当靠近这种文学化的表达，是不是就会淡远那些方整规矩之下干瘪、弱小、人人得而写之的"散文"？自由，我想，应该是散文最基本的精神，它与人们追求自由的精神相契合。散文与人，当是最亲切深情的文体。它更需要功力，需要更纯粹的"文"与"质"。

3

作为一个写作散文多年的作者，尽管我不喜欢把散文具体界定为"新""旧"、"大""小"等。但我珍惜这种界定下的深意，它们像插在嘈杂废墟上的一杆杆旗，要极力伸张些什么、宣扬些什么。当这些界定不画地为牢干扰散文的自由的时候，20 世纪八九十年代至今，散文界呈现的崭新面貌和发出的新鲜声音鼓舞人心。这种新鲜的张扬，在我看来其实是走了一大段弯路后的回归，也是散文作为文学的回归，给散文界带来的不啻是活力和欣喜。"新"与"大"，包含反思和对抗，这种姿态，让我一再敬佩那些认真书写散文、把散文作为文学的文学家们。他们有时有些形单影只，有时候甚而有点儿悲壮，但在我眼里，他们是智者，散文写作的觉悟者、自由者。

4

《徐霞客游记》，一部写于宣纸上的大部头地理著作，阅读时，能体会到徐霞客行文的自由无形，可以想见这位地理学家每日辛苦跋涉后，落笔纸上的轻快和愉悦，"西望碧痕一缕，余疑山影。僧谓'山影夜望甚近，此当是云气。'余默然，知为雨兆也"。真是好味道。

《文心雕龙》《鹤林玉露》《蕙风词话》《人间词话》等诸多古典文艺理论著作，无不文采斐然，更无须说绚烂恣肆的先秦历史散文及诸子百家、《史记》等一批雄厚的中国文学的奠基之作。一直以来，西方的哲学科学论著始终有着鲜明的文学品相，这与我们当下的专业理论作品形成了鲜明比照。曼德尔施塔姆在评述达尔文的《物种起源》时说：

"《物种起源》令达尔文的同代人目瞪口呆，人们受到这本书吸引。它的成功堪与歌德的《少年维特的烦恼》匹敌，它显然被当成一件文学盛事。"

"达尔文的自然科学著作作为一种文学的整体，作为思想和风格的体积，一点也不亚于一份永远搏动的大自然的报纸，翻腾着生命和事实。"

——也许西方将文学分野为韵文和散文，能够更好地界定散文，并使见诸笔端的文字都有着自觉的文学追求，并呈现出生动优美的文学气息。所以，我想，我们的散文视野是不是还过于窄小，是不是在阻挡着散文的进一步壮大？散文的自由触角应该伸向更广阔的领域，自然、科学、理论、哲学等，这是我对散文的"大"的一种理解。

某日，偶读一篇几百字的短文，法国当代作家菲利普·德莱姆的《帮别人剥青豌豆》，文章十分幽微轻柔沉静。德莱姆倡导"细微主义"写作，他所以倡导细微，因为他感觉在法国，人们正忍受着没有时间的痛苦，他要让人们重新看到他们没有时间再去经历的时刻。这种"细微"看起来似乎与散文之"大"矛盾，但认真感知，便能发现德莱姆的另一种"大"，一种钻探到幽微处被安静呈现的"大"，一种靠近心灵的有分量的"大"，这是我对散文"大"的又一个理解。

5

赫塔·弥勒的小说，充满优雅琐细冰凉的散文气息，鲁尔福的小说，处处是省俭跳跃寒战入心的散文式段落，洛伊小说迷漫着貌似散淡欲说还休的哀伤，他们的小说中，无不闪现着散文的影子，让作品有着别样的气味。各种文体气息相通，小说里可以有散文，诗歌里可以有散文。但很多时候，我们对散文的要求显得苛刻了些，要它纯洁到必须是很多人认为的那种散文的样子，萎缩它的滋养，让它赢弱、单薄、一眼望穿，让它年复一年延续我们熟悉的口味。那么，散文家除了创作，是不是无形中还要承担对读者惯性和惰性阅读的改造、培养和训练？

读沈念散文的几点感受

1

沈念的散文是低姿态的，他把自己放到低处，视野是开放的。他看到的更多是日常、底层、落到地上的事物。小旅馆、酒吧、芸芸众生的街市，这些俗常人聚集的地方在他的文字里多次出现。他向它们（他们）望去，目光细密而多情。

2

作为一个沉迷于观察的作者，他和他所关注的事物没有拉开距离。他融入，同时又观看、思考。他和他的文字很像多触角的昆虫，飞翔、盘桓、高低俯仰，将柔软的触角插入、试探、敏感地收缩。时而，他作为文字里的"我"，跳出来，用心地旁白、呓语。这时候他的文字里渗透了悲悯、忧伤。他的视野开放，但文字向内——他努力叫他的文字穿透表皮，抵达内处。

3

他的文字是稠密的。这种稠密，使他的文章显现近乎幽暗的气质。这与他绵密的目光、思绪，他的忧伤，他在幽暗处的观察和呓语有关。也许，更与他个人有关。

4

他的散文弥漫着小说的味道。叙述、叙述的方式、曲折的安排……自由地呈现在文字里，使他的散文看上去独特新异。

渐渐地愈加繁盛

当你发现，写作已然成为心灵史的重要部分时，回首瞻望，万端感受一语难尽。

前些日子，去乡下工作的空闲中，忽然想给村小的孩子们上两节作文课。这是一个仅有三十多个学生的小学，附带一个四五个学龄前儿童的幼儿园。之前，我找到了藏在学校门前山坡下那个长长的土厕，三条被踩踏的不长草的细白土路通向三个低矮的厕所门，正是上课时间，我随便进了一个门，这时，我听到几个小脚步急惶惶地跟过来了，我知道是坐在校门口小板凳上晒太阳的几个幼儿园同学，他们排着小队进到厕所，一个小男孩严厉地说：这是男娃娃的茅厕！我说我错了，马上按他们小指头的指向进到了正确的地方，其间，我的心里一直盛满笑意。后来，我找到校长，请他给我两节课，我想跟孩子们在课堂上交流一下。校长很高兴，作为答谢，说晚自习后煮洋芋给我。乡里的夜漆黑，校长打着电筒来请我，我们一前一后，走过高高低低的山路。校长的办公室兼宿舍里，已经坐了好几位住宿老师，他们围着烤箱上的一个大铁锅。煮食洋芋，在西北太过普通，但这是我有生以来目睹到的最庄严的一次煮洋芋。厚厚的木头锅盖上压着一块砖头，校长和老师们不时起坐，贴着耳朵听锅里的声音，他们一会儿从烤箱侧口里添进几块儿炭，长长的火舌乱扑扑舔着锅底。已经闻到了一股焦香，校长依然不揭锅盖，他一动不动侧耳辨听着锅里的声音，旁边的老师说，正在收水，不慌、不慌。终于，锅盖揭开了，轰，一大铁锅笑开花的雪白的洋芋热气腾腾地盛开在了我面前，我感动得有些想流泪。

我想说的是，我要将生活中种种丰盈的感动，归于写作，写作给予我咀嚼和深味、给予我多感和细致。我就是想把这想法传达给乡里的孩子们。那天，全校学生都来了，教室里高高矮矮，目光深深浅浅。我与孩子们讨论什么是作文，为什么有些作文会让我们喜欢，我和他们讨论写作会给一个人带来什么，我讲到了快乐、爱、幸福，这都是一些深邃的词语，但我相信他们对这些词语会有最清澈的理解，我说，如果你爱上了写作，你的一辈子会有着和别人不一样的幸福，特别是当你们成了妈妈爸爸、爷爷奶奶……孩子们都在笑，笑得很认真。

的确，渐渐地愈加繁盛。

一个作家，深爱着写作，并能终生行进在这条路上，我一直认为这是上天的赐予。

我做过十几年教师，那一段时光是我最年轻气盛的时光。一个需要恪守陈规的事业，被人为地加上更多严苛愚昧的规矩，像只鸟儿，我时常站在教学楼最高处，向山野间远去的公路眺望。不断被忧伤和倦怠挟裹，但慰藉的是，在语文课堂上，我可以抽丝剥茧尽可能多地向学生传达我的理解和感受，汉语的美丽和柔软，那种无限的弹性，给语文教学带来浓郁生机。我喜欢语文，但我备课时，为达到要求的字数，我要插上耳机，让耳朵里的摇滚震耳欲聋，方能平复我的悲观和无奈。渐渐地，一条由内心通向外部世界的幽微之路被我勘探到了，那便是写作。除过课堂，我有了另一种表达。以对抗和分裂靠近完善，于我而言，写作成了一种必须。学校生活依旧素朴，但少有人知道，我内心鸟语花香。

　　作家的可贵是，能在大部分时间里自知自觉地经历着生活。无论外在的世界如何喧嚷，但当动人之事一旦落入心间，喧哗在刹那间就更换了场所，它开始于一个人的内部沸腾和反应。宇宙无涯、尘世苍茫，写作探照那些打动我们的事物，文字将它们放大、映射。

　　我写的最多的是散文，与散文名称相悖的是，这种貌似随散的文体，与其他文体相比，有着更多局限，它要求更大的真诚、更充沛的情感、更天然的才情。散文自身宿命般的表达限制，时常叫散文作者陷入困境。但是，左突右冲也磨砺着散文家的耐心和智慧。尽管对散文的评判长期乱作一团，但我坚持要求自己安安静静地写，写自己认为有文学品质的散文。散文是盛大的、深邃的、磅礴的，是亲切的、咯血的、温暖的，是有鲜明体味和容貌的。小说用想象做翅膀、诗歌用空白飞行，散文的底气应该是它冲破局限后的多种可能，还有作者的思想、智识、胸怀的宽度以及仅他自己独有的气息。唯其如此，我努力让自己的散文成长，我相信，渐渐地会愈加繁茂。于是，在不短的这些年里，我仅写出了几本散文集，令人欣慰的是，它们中的每一篇，都表达着我对散文的尊重和敬意。

一直记得小时候这个写作经历，初中的一次语文考试，我先把试卷翻到最后一页，因为被作文题吸引，我直接开始写作文，那是篇要求以母鸡、森林、小河为故事元素的想象作文，在一个花木葳蕤的森林中，我的故事发展得汪洋恣肆，我完全忘了身在何处。直到交卷铃响，我方回过神来，前面的试卷一片空白，但我的故事还在行进中，左顾右盼的母鸡还需要一些时间才能走到小河边，最有意思的故事还在后面。——我喜欢考场中那个年少的我，俗常的考量与写作无关，也许命该注定我要爱上写作。

我迷恋写作，它只遵从内心的指使，它赋予我精神上的自由，让我时常如入无人之境，让我可以在一个人的疆场上万马驰骋。在繁杂噪乱的生活中，它可以不被打扰，而且，它与世间万物物理性的进程不同，它永远都在成长，它只会愈加繁盛。

路的尽头是方向

对于一个不甘于惯性写作的人来说，为每一次写作设置难度，是给自己预设的命题，其中包含勘探的新鲜和刺激、无意间的收获带来的兴奋和愉悦。即便失败，也成为一种珍贵的参照。

某段时间，我曾写下一些较为顺意的文字，之后，我很快发现了过于滑爽所表现出的表面的精致、不经意的油滑和没有多少价值的机敏。一个陷入工匠范畴的作者，其作品可能越来越臻于精美，但所付出的代价可能是无限重复。过于精美的东西不分彼此时，最大的缺陷就是个性的流逝。我想，对作品和作者都如是。

一直以来，我非常不甘心于把自己定位于某一体裁的作者，当我痴迷于各种优秀的文本时，我有一种膨胀的野心，我觊觎任何我喜欢的体裁，尽管我的能力十分有限，但我珍惜自己的这份觊觎，它给予我一种写作的宽阔度。

最近，我邂逅了几部作品，或悲凉或绝望的文字令我长久沉浸其中，幸福里掺杂着无限辛酸，原野般了无边际让人走不出来。我喜欢的是这种真实和气度。人性深处，善恶争斗，无边无境。这需要勘探，需要一个幽微尖利不舍不弃的钻头，它之中包含一个作者持久的定力。

所以，有人说我是某种文体的作者时，我有点儿不满足。我想，我摆在人们面前的文字并不是我的所有，很多时候，内心的风起云涌在深处和暗处，它在等待一个时机的表达。如果我终于无法表达时，那是我的无力和虚弱——承认不足，我不觉得害羞。因此，体裁不该是一个问题，真正的问题是一个人内里的能量。体裁是河流表面的浮游坐标，流水的深处是不透明的结为一体的庞大柔软的固体。

所以，偶尔我会想，在我写作的内心，我愿意处于一种左奔右突的挣扎的状态，既为各种形式和主题所困，又不为它们所挟制。我希望对创作常常处于警醒状态，不怠惰、不惯性，尽量发出自己的声音，也许，从某个角度看，我一直在迷途，或许，在路的尽头，才能看见方向。但我始终在路上，不停地行走。

之外，还有风格，这也是我近来想的较多的一个问题。关注作品主体的命运，我想要远比营造风格重要，阅读中，有一天，我突然感觉，风格抑或是一种作者的虚荣或虚弱。作者和他的文字有着一种宿命的关联，不可悖逆的天性和命运或许带来文字的不同气味，这是我喜欢的，它没有强化、没有压迫、没有不自然。我想，一个作者一旦为某种风格、某种被人们曾经赞誉的风格所压制，他力图放大和制造这种风格时，自己大概就成了自己的风格的俘虏。

人到中年，凡事渐渐下沉，司空见惯的东西时不时会露出令人惊异的一面，我想，这是时光给写作者的馈赠。这时候，我总是格外感激写作，感激自己在创作文字并安静地可以无偿地接受这世上好文字的赠予。写作令人加倍地感知生活，阅读令人加倍地延伸生活。昨天深夜，在灯光下，我看到博尔赫斯的一段话："我们每读一次书，书也在变化，词语的含义在变化。此外，每本书都满载着已逝去的时光的含义。"博尔赫斯在说反复阅读一本好书的意义，写作何尝不是如此呢？日复一日、年复一年，词语随着时光，也在变厚变重。

散文观一

真诚沉静地书写每一篇散文，让它具有文学的质地。在表达中审思，与文字一同欢欣悲苦。与其他文体一样，散文也不只是用来讲故事抒情的，它应该完成更多深藏其下的事情。将文字比作茧，作茧自缚和破茧而出一样叫人体味到书写散文的自由和畅快。时间和历程在散文中担当酵母，思想是高悬的灯盏，敏感赋予我们灵性和与众不同。将灯盏擦亮，同我们热爱的文字深沉交欢，然后，一样事物翩然而至——它就是我所认为的真正的散文。

散文观二

有关散文的话题非常深广，找一个比较小的入口——散文之我。

实际上，这些年来，散文创作在我看来一直呈现蓬勃之势，相对小说和诗歌，散文在发表出口非常小的状况下，创作者们依旧执着地热爱并勘探着，令人尊敬。我非常喜欢散文家身上那种幽静的气息。

作为一种最无蔽的文体，即使我们再竭力创新和拓展，但"我"永远端坐文中。"散文之我"之美由此产生。其个人情味、独一无二的身体气息、唯"我"独有的思量，耐人寻味。即便主题是非"我"的文字，其心胸之宽窄、脉动之强弱、情绪之真伪，也均在文字中。

从另一面说，这亦是散文之宿命，独"我"的美存在的同时，背靠背是"我"之羁绊。但羁绊会被内心生猛的自由之气冲荡，这便更需才情，更需内力。所以，散文更呈现作者，更鉴别作者。我读《武林旧事》《扬州画舫录》，随时随地都可进入，我想，吸引我的除了表述之美外，还有文字间洋溢的俗世的轻快和自由，那也是作者的轻快和自由。人们诟病时下的游记，但我喜看《徐霞客游记》，因其平白、自然，因其文字中贯通着中国古文学的美，还因能看到那个瞩目山河之后晨昏时吐纳山河的写作者。说到散文的传统之美，那种与中国画和古诗一脉相承的意境和灵动之美，一直在散文中流淌至今。

一个散文家要与散文发生深刻的关联，必先要和自己发生更深刻的关联。那种皮肉分离，骨肉涣散的文字，要我看来，便是先不知晓自己的缘故，或者再根本里说，先是自己轻薄到没有深思熟虑地吐纳事物的力量的缘故。散文与胸内境像相映照，胸内要走虎豹、流江河、开繁花，那先得有这样的胸襟，之外，那虎豹、江河、繁花必是"我"之独有。这便是"散文之我"的魅力。

《公主和亲》后记

深秋的一天，马永强先生约见我，想要我写一本和亲公主的书，是丝路历史文化丛书中的一本。甘肃历史文化悠久深厚，在我的阅读视野中，这方面做得精而深的出版物不是很多，往往是史料信息大，而文化和思想含量缺失。和永强先生谈及此看法，很快与他达成共识。永强先生凭他的职业敏锐，发现了甘肃历史文化书籍中的一个空白点：丝绸之路上的和亲史以及远嫁西域的和亲公主——这是一块很容易被人忽视的历史。

之后，在材料搜集和写作中，我发现，不啻在甘肃的文史资料中、在更大范围内，和亲是一个空白。

这本书促成了我与中国和亲史以及书中这些和亲公主的深远接触。

我与书中第一位女性的生活时代相距两千二百多年，她虽被给予历史上第一位和亲公主的称誉，但其实身份不明。当我几乎完全要凭借想象去理解她表达她的时候，我已隐隐触摸到了我将写的这个文本的基调：

从此之后，中国历史上有了上千年的和亲史。这段历史并行于厚重的中国大历史中，但氛围迥异的是，它如一根委婉隐忍的绸线，隐现着幽暗的胭脂红，其中浸透着凝重和无限悲怨。

我不停想到一个词：胭脂。它的柔媚殷红如和亲公主们的如花娇艳，将它置于深邃沉重的历史，令人想到泣血、无助无辜的牺牲、云霞般的湮灭。胭脂一样的女子，就是书中的这些女性。

放眼世界和亲史，和亲公主们几乎有着极为相似的命运。她们是极特殊为数又极少的女性，她们犹如统治者手中的骰子，因着她们成就的和亲，我看到了国家危在旦夕时，一种复杂人性的掺入。庞大的国家机器，个体柔弱的女子，她何以承载起重若千钧的国家使命？

其中有着太多隐秘。叙写书中的她们，我要做出完全倾倒的姿态，竭力向她们靠近。她们寂然地沉入史海，搜集相关资料的过程很困难。很少有人将她们系统地勾连、解说、关切，即便是碎散的材料，也是少之又少。除过猎奇、虚构，甚而香艳的传说，这些背负过重任的女性，史料中对她们的记载太少，有的也是语焉不详、闪烁其词。我亦由此看出另一种历史事实：政治家和史学家们难言的尴尬、女性在历史中的卑微和弱小。

因"其失中国国体，故秘而不传"，这是司马光在《资治通鉴》中的直言。

上千年和亲史，二百多位和亲公主。游弋于她们，我钩沉出了这样一些女性：细君公主、解忧公主、昭君、乙弗、千金公主、安义公主、义成公主、文成公主、金城公主、国安公主、静乐公主、宜芳公主、宁国公主、小宁国公主、咸安公主、太和公主……

按着先后，我从头至尾把她们张望了一番，她们的命运实在太迥乎常人，柔弱的她们宿命地承担着强大的历史使命，她和她和她，以及她们所完成的历史意义，各个不同。

表达的过程，也是思考、发现、探索的过程。很多和亲公主，曾走过这片我熟悉的丝路大地，这令我感到与她们更多一层的亲近。书写中，我多次动容，我心头始终萦绕着这样一些情感：和她们一样的忧苦、孤独、绝望；深深的悲悯；对她们孤身去国声明大义的无限感佩。

> 和亲，这个柔软和煦的词语，从一开始，就技术性地搅拌在暗沉沉的国家机器里，和心照不宣的密谋、联合、征服、弱肉强食发生关联。而胭脂失色，必将是和亲公主们既定的命运。

悲怨地慨叹着"吾家嫁我兮天一方"的刘细君孤零零离世乌孙；静乐公主、宜芳公主，金枝玉叶、豆蔻懵懂中，殒命塞外；宁国公主受尽屈辱、劓面而归；人们津津乐道着昭君出塞，可知她在悲苦绝望中给汉家皇帝的求归书信，字字滴血……

但并非都是悲戚，还有解忧公主的慷慨雄沉大义凛然，千金公主和义成公主的巾帼悲壮……

搜寻、整理、连点成线、连线成面。这本书的立足点是史料，是每个和亲公主的历史事实，还有每一次和亲，它如何镶嵌于中国大历史，都是我要叙述清楚的，但在其中表达出我的理解和思考，是我写作过程中最着迷和用心之处。

这些文字，不是论文、不是史料的堆积，它中间有我个人的想法和情感。现在，我期待更多的人在这本书中，与这些和亲公主们相遇，一如与自己的姐妹们相遇。

暗沉旧银的无尽光泽

弋舟的《战事》，是篇阴柔、忧伤、缠绵、叫人疼痛的小说。我一气儿读完，读完的那一刻恰好子夜。夜色里，艰难地想找个比较准确的物什来对应《战事》于我的气息，之后，想到了旧银，那种冰凉的金属，被时光变得暗沉、闪烁幽昧光泽。那夜，这样的气息浸染我的梦境。

"战事"——在这样一个庞大雄性化的小说标题下，确乎有两条明晃晃的"战事"线索向前并行，小说家弋舟没有把玩象征隐喻之类的手段，两条本不相干的线索真真实实牵连在小说里，一条是远在天边世界瞩目跌宕十几年的萨达姆与美国的伊拉克战争,一条是一个名叫丛好的女人十几年的爱情战事,两条线索在十七岁少女刻骨铭心的初恋中偶然又宿命地关联起来。

十七岁的丛好,精神上孤苦伶仃,在荒僻的兰城,遭遇一个蛮荒少年的强烈爱情,在一次次颠顶热烈又五味杂陈的肌肤相爱中,海湾战事突然在电视屏幕中呈现在丛好面前,一个少女内心的漫长战事由此而生——不谙世事的少女毫无缘由地认定那个看起来闲散傲慢不可一世的萨达姆会赢得战争,在她个人战争般的情感剧变中,她已将萨达姆的胜利视为赌注。于是,对一场国际战事紧张不安忐忑揪心的期许贯穿了丛好十几年的人生。的确,在丛好的爱情序幕刚刚拉开时,除了作者弋舟,不会有人知道,这样一场国际战事如何漫长地煎熬着一个身处边地小城的女人。阅读这样一部过去时间的小说,作为读者,早知战争的结局,却不知另一场"战事"中的万端委屈和折磨。海湾战事的线索与其说在牵引着女主人公丛好,不如说在诱引读者,一步步深入故事。这是弋舟在小说构思时,显现出的一贯的不显山露水的机智。

丛好是个生活在梦幻气息中的女人,梦幻到几乎脱离世相。她十几年的人生几乎一直处在被动中,对父母无望的无条件的接收,在孤独混沌中被少年张树所爱,在只有一个女人的修理厂对小丁的无助依靠,在没有行进方向时被修理厂老板潘向宇捕获。弋舟把叙述镜头压到很低,把丛好设计得很极端，我想，他是想把小说中暗含的一切要竭力表现透彻。丛好的疼痛也疼痛着读者，这是弋舟的成功。从丛好鲜活饱满真挚激烈的初恋被强硬挖除，到她身处异地无可依傍时遭遇到的小丁的文弱不堪，再到一颗蜘蛛似的落入老板潘向宇的自私贪婪，她仅有的主动就是期许命运的安排，仿佛无缘由地期许那场战争一样，期许再次得到少年张树那样生机勃勃但满含怜惜的爱情，丛好一点点的疼，都让读者疼着。从对她起初的悲悯到之后的同情再到最后的仰视，弋舟把这个历程结构得如此漫长，把一个女人的疼痛情爱一直讲到了沧桑憔悴，令人心碎。但弋舟没有故意拉抻，因此，"战事"毫不稀薄，相反，弋舟用他的好文笔好架构，把一场一个人的"战事"讲得枝繁叶茂，跌宕起伏，又从容不迫。

　　与丛好的后两次爱情相比，最打动人心的是她的初恋。单薄纤弱的少女丛好个性鲜明、明亮动人，有着叛逆和复仇意味的爱情来得那样迅猛激烈，以至生机勃勃到要将彼此吞噬。那个时段的蛮荒少年、丛好的青涩爱人张树，也常常感人肺腑，那可真是场不知好歹不明今夕何夕的蛮荒爱情呵，那些硬与软的细节，挚爱与悲悯，粗糙与细腻，深入骨髓、激荡人心。由这样的爱情做基础，被生生割裂出这段爱情的丛好自此便进入了昏昧状态，初恋成了她生命中一个梦幻感的背景，她开始游离于梦幻般的期待中。与懵懂无惧铁骨柔情的张树迥然不同，小丁悲切懦弱，潘向宇世俗自恋，没有一个男人真正疼爱和理解丛好，每个男人，每一截感情都加重着丛好的疼痛。而当丛好在绝望中渐渐清醒并开始把握命运时，男人们的猥琐卑劣一一呈现，危急关头小丁狗一样自顾自落荒而逃，猎取了丛好之后，潘向宇自得其乐视丛好于不见。而那个让丛好十几年魂牵梦萦的张树呢？那个起初在粗野的热恋中透出柔软温存的张树，对丛好曾无比疼惜地说过"我怕你羞！""我怕你疼呢"的张树，最终以一个出卖者的形象，结束了丛好十几年的爱情幻想。作家弋舟把愤懑不义自私猥琐给了男人，把柔软多情和情深意长给了女人，但同时，他也把由爱而生的疼痛风一样注满女人生命里所有的空隙。

小说最后，"沙漠风暴"依旧迎丛好而来，生活多么荒诞。

作家弋舟讲述故事的好本事在这个文本中又一次得到了酣畅淋漓的宣泄，繁多人物如期而来适时而去，情节轻重缓急自如通畅。纵看通篇，条块明晰线索流畅，弋舟没有设置任何阅读障碍，他仿佛只醉心于全身心把故事讲好，要读者一路不歇地读下去心动下去。

弋舟对女主人公细致入微的把握令人吃惊，特别是那些精细的心理和感官描述。我还感动于他将自己柔软的内心所具有的微妙情感，毫无保留地奉献于这样一个被撂入尘世之海一个可有可无的女子，给予她疼惜、怜爱和自尊。弋舟说"和光同尘，这样的人，必定终获全胜"，是的，我看到了光，那种昏昧生活中隐现的光，时光中的光，一路走来的暗沉旧银上的光，它闪烁出这种金属特有的质地：纯粹、明净、柔韧、不屈。

渐渐向内的嬗变

读张鸿的两本散文集，一本是《指尖上的复调》（后文简称《复调》），一本是《香巴拉的背影》（后文简称《背影》）。《复调》收集了她自 20 世纪 80 年代到 2005 年写就的十几万文字；《背影》是她后来的一本旅行文字。

阅读朋友的书，于我而言，常有两种愉悦，一种是游弋在文字中的愉悦，一种是俯瞰在文字之上探究写作者的愉悦。有时，后一种愉悦甚而超乎前者，当然，前提是对作者的线性关注。这种关注有时会带来窥探昆虫羽化时的那般快感。

在张鸿的文字里，无论《复调》还是《背影》，都散发着率性、真诚、良善、宽容和多情。作为一种最能体现心性的文体，读文如读人。读张鸿的两本书，她的上述性情伴着她的种种样子一直在我的眼前晃动着。从她最初的文字到现今，看得出，她的这些优质品性始终未变，而且更丰厚起来了。

但还是有很大区别的。她的这两本不同时期的书，鲜明地体现着她文字的嬗变。《复调》是明亮的、纯真的，叫人想到一个女人的少女时代、青年时代，有青嫩春草的气息。

"（我）把虎螺放在同学的耳边。'真的，哗、哗，像海浪的声音。'"（《大海的回忆》）那是她女孩子时候的样子。她这样写"黑与紫"："黑色的风行将经久不衰，紫色呢？贵在把握。"（《黑与紫》）这样斩钉截铁的句式，也有着一种年轻的可爱。在《复调》后记中，她写道："求求你，表扬我吧。"这句话几乎是她二十多年里精神励志的坐标，不断地努力，仿佛就为着亲人的一句肯定。她写就了这样一本书，理应得到肯定。一个十六岁就离家当兵的女孩子，她在《复调》中呈现着她的人生和她对人生认真的感悟，应该得到奖赏。

我深记一位外国女诗人的这句诗：当我回来时，我的歌声已经改变。经历了一些沧桑，女诗人这句话有时会叫人落泪。

当我读张鸿的《背影》时，我会不断想起这句话来。我想，很多时候，时间的长度说明不了什么，有时候，对于一个女人，内心的成长或许只在很短的时间。

与《复调》比，《背影》里的文字，蕴含的时间并不长，但在《背影》里，我开始看到了气象，于女作家而言的可贵的气象：一种大气和开阔。在这本书里，我发现了张鸿文字里暗暗发生着的"向内的嬗变"。

《背影》是一本游记。很多人都迷恋着旅行，如张鸿所说，它不但能让人回到儿时好奇纯真的状态，而且让日常轻易滑过的时间放慢速度，加大密度。行旅所完成的不单是对一个地方的认识，更是人精神上的跋涉和成长。少年从军，走过很多地方的张鸿，现在以"行者"自称，我断定"行走"
给予过和正给予着她丰厚的精神养料和重大的生活意义。在
这本书里，在厚重的云南行走中，我发现她像一个做了充分
准备的收割者，让筐子里只装空气，以便每次都能背来满满
一筐果实。对每一个地方，她怀着干净得近乎朝圣的心情，
然后，充满感动地去收获去承载。她在行走中发现着行走的
隐秘和快乐，找到自己的渴望所在，并与它们心领神会。天
地有大美而不言，是人面对大美的失语和无言，在《独龙
江，那一刻我无语》一文中，我看到了张鸿这样的表达：

> 面对大山、天空、美景，想些什么才能对得住
> 她们？我想了许多尘世间的东西，但我想到了灵魂，
> 因为在尘世中灵魂无处寄托。
>
> 此时的我，正越来越靠近一个轴，一个旋转着
> 的轴。
>
> 看着惊涛骇浪的独龙江，她像一个孩子一样泣
> 不成声。她看到了从未看到的什么？她有了怎样的
> 难以言说的言说？

《背影》中，精神里的声音蓬勃了起来。从观察外在世
界，到探究内心的隐秘，一种可贵的向内的嬗变在她的文字
里明晰地呈现着。先前，她谈论行走(那种宽大意义上的"行
走")，现在她和行走谈话。她的话语越来越重，越来越简约

了，而且渐渐向着刀刃靠近，有了锋利。这是我最喜欢的。

"一个有使命感的行者，他重视的是自己的成就和心灵感受，而这所得必以一种精神为代价的，那就是'殉道'"。她这样评价美籍奥地利探险家约瑟夫·洛克，那个在神奇的玉龙雪山脚下租住二十七年的外国居民。这里面有她对行旅的切身理解。

良善、诚实、深厚的情谊，依然一以贯之地在《背影》一书中流淌。她写了很多在云南见到的人：梦想成为一名土司的雷平阳、陌生的文面奶奶、那路山的最后一位女土司、克琳、克兰、扎西、木梭……文字里都有深厚的爱、忆念和感激——这是一个多情者独享的财富。

而且，《背影》的表达愈加纯熟：

> 然而，当我看到夕阳下的双龙桥时，它在田野和乡村的夹杂中，安然寂立，有亘古的巍然……（《建设的建，风水的水》）

——文字剔除了庞杂和多余，有了更多的言外之意。

《背影》描画的华美斑斓的云南风情：绮丽的风光，浓郁的民族风味，幽秘的藏传佛教气息，也深深叫人向往：

> 金子多的古镇里，老街拥挤而狭窄，坡坡坎坎的街道上铺着些狗头石。一条街转七八个拐弯上十

几个坎儿是常事，走到窄处，有的地方竟只能容一人独行，街道不分东西南北长短大小，只是顺着房屋拐，沿着建筑与建筑之间留下的空隙延伸，走在迷宫似的街道上找不着出口，想来，贪图金子的盗匪到了这里只怕也是要迷路的。（《迤萨：大山深处的欧式小镇》）

——读这样的文字，是叫人妒嫉的，这个在路上的女人，她享用着这样的神奇，她是多么幸福！

从《复调》到《背影》，对张鸿来说，时间拉近了，但她的目光变得辽远了。

现在，从张鸿的文字里，我窥探出，她已张开了翅膀，要向更高处飞行。她在《背影》一书的最后说道：那一刻，松赞林寺，我转动所有的转经筒，是想触摸神的指尖……

读阳飏《墨迹·颜色》

有些人，他的才情就像地底的岩浆，突突突，蠢蠢欲动，随时准备着喷涌而出。这种才情是上天赐予的，他是幸福的人。

对于诗人阳飏，我经常看见他幸福地写作、幸福地游走、幸福地思索。幸福洋溢在他的气质中，他随意抛洒他的才情，任之在稿纸上苍烟弥漫。他大气，还有份霸气，这都是因为他诗情横溢的缘故。而最难能可贵的是，在这些基色之中却不掺加一丝的躁气，苍烟漫过，你可以看到落在地上的沉重和纤细。

《墨迹·颜色》不是他的诗集，他集二十多年诗作，出了一本诗集叫《风起兮》。而《墨迹·颜色》是他品说中外绘画的一本书，包括中国绘画（墨迹）、西方绘画（颜色）两大块阅读文字。

这是一本叫人舍不得看完的书。随时翻开一页，就被吸引住了。你舍不得看得多一点，就合上书本，这时你还在因那些文字会心地笑、会心地想。那些文字饶有情趣，你看到了那么多中国画、西方油画，你还看到了画家。画家和他们的画被阳飓极富才情地结构到一起，就不使你不笑、不想、不去喜欢它。

在家乡，看不到梅，但我偏对它充满遐思。古人喜梅也都有深处的意思吧。宋朝画家扬无咎喜画瘦凌凌的梅花，被写瘦金体字的宋徽宗笑称为"乡村梅花"，扬无咎从此自题"奉敕村梅"，到徽宗偏安临安时，扬无咎的梅花图一下子变得洛阳纸贵。阳飓在《敕奉村梅》一篇中戏说：

> 真可谓一朝皇帝一朝梅呀。"宫梅"太肥，"村梅"就瘦得其所吗？

再看看书里印刷的扬无咎的《四梅图》，果然疏枝冷叶，寒瘦嶙峋，瘦得几乎要破纸而出了。

这时，阳飏又说：

> 想想扬无咎，在自家庭院的那株百年梅树下，
> 看——一朵梅花开了。
>
> 又一朵梅花开了。
>
> 老树自在如笔，书了一朵梅。又书一朵梅。一
> 口气——剩下半朵梅了，留给来年吧——来年哪一
> 年……剩下半朵梅，加上一场雪，一千多年过去了。

扬无咎和他的梅瘦得就有些叫人心疼了。

不必贪心，看完这篇就合书吧，合了书还会想，想王
冕的梅、龚自珍的梅、汪士慎的梅，想那个梅妻鹤子林逋的
梅。有关梅的念想，就这样被阳飏牵惹了。

"墨迹"部分，这样的文字俯仰皆是，阳飏用诗歌一样
的文字戏谑、讲述、描画。隔着古代昏黄的时光，那些文字
也有了古典的气质，信手拈来、蕴藉风流，洒脱而悠长。

而到了"颜色"，又会有新感受。

阳飏的解读一下子细密了起来，就像油画的特质，又大约
是颜色令人应接不暇所致。在这种细密的文字里，我们看见了
阳飏的生活、他对一个时代的记忆，他将这些渗透在那些已逝
久远的西方的油画中，文字更加酣畅，信笔所至，如同潺潺水
流，随体赋形、曲曲折折，语言早已伸出了画面以外。

说到马蒂斯，阳飏联想到了小时候吃的一种一层白面一层苞谷面的形似马蹄子的花卷，他说他总是一层层剥开，先把里面的几层粗粮吃了，然后再一小口一小口细嚼慢咽那薄薄的几层白面。

> 马蹄子，这名字好记，还和野兽派搭那么一点点边儿。我小时候挨过饿，别的事情记不住，就吃的记得清楚，马蒂斯没出名的时候也挨过饿，他饿着肚子画裸女。秀色可餐。裸女可以画出烤肉味吗？

这时你想，这是些有情味有故事的颜色。

多年前，我在阳飏书桌的玻璃下看到一张印刷出来的油画，是一个杂志的封底，原画已不知去向。我吃惊地得知，这是他的油画作品。作一个优秀的油画家，是他年轻时的梦想。后来，他彻底藏起了画笔，但颜色已深埋心底。

所以，在三十多年后的今天，在《墨迹颜色》中，能读出那么多的人生况味。命运关了一扇门，却打开了一扇窗。阳飏成了一位出色的作家，但绘画的情愫一直在他的文字中隐现，在诗歌里、散文里，在字里行间中，画面、颜色、结构成了他文字的优质因素。

阳飏用文字给那些画家画像，你看，他这样描画那个画出的油画总是湿漉漉的英国画家透纳。

　　1851 年的一个冬天，透纳梦见落日"咣"的一下掉进了海水中，像是锈迹斑斑沉重的铁锚，冰凉的海水溅了他一身，透纳一惊，随后便在内心的忙碌中——盘算着如何把海水中盐的成分用色彩表现出来——或许他是累极了，便永远地睡着了。（《带一柄湿雨伞的人》）

　　——这幅画该用怎样的颜色呢？

　　十几万这样美好的文字之外，这本书里还穿插了近两百幅中外绘画作品，还有几十位著名画家的肖像和精简的评介。书的内文设计亦出自一位年轻的画家朋友之手。

　　——《墨迹·颜色》竟实现了阳飏的绘画梦，尽管迟了些，他开心得跟孩子似的。

南子的气息

　　想起南子，必然想到她生活的新疆。地理赋予写作者文字的灵魂和脾性，它几乎宿命一般，难以抵挡地呈现在文字中。感觉中的南子，她像一朵强烈地游刃有余地吸附、渗入、盘绕着西域高原的水母，并与西域反差出一种迷人的矛盾：广袤与细腻、雄强与柔软、深邃与近切、直白与梦呓。她拥有着独特鲜明的时空，我想，这与她散发出的一种幽古安静的气息有着直接的关系，这是令人艳羡的富足。

桌上摆着南子的三本书——《西域的美人时代》、《惊玉记》、《楼兰》，封面都有浓郁的异域情调，我进而断定，南子更愿意将她的新疆称呼为有历史感的"西域"，她是一个迷恋遥远时光的作家。"历史"与"女性"在她的文字里有多重呈现：对那些沉积在遥远时光中的女性的理解和塑造；还有，历史给予她这个女性述说者的要义。正像她在一篇题为《历史之与女人》的后记中所言，"我期待在自己有限的历史观中，楔进'她们'和'我们'共有的历史，并与'她们'结成精神同盟，真实地去表达她们内心中普遍的善，普遍的心灵困难，普遍的犹豫，以及人性中普遍的脆弱。"这也使身处西部的南子，坐拥了两样世间最开阔的东西——独具南子特色的时间和空间。那些历史尘烟中的女性，被她放大、呈现，她自觉深刻地去体察她们，成就了她历史文化著作中丰厚的女性精神内容。作为一个颇富大刀阔斧能力的作家，她用灵动多变的方式承载着这些内容，她说"相对于过去的西域历史，从过去到现在，仍然有不止一种方式的叙述可能，但我相信，每一种叙述都是再认识"。历史文化随笔、小说、诗歌，不同的体裁，还有穿梭其间的不同的表述方式，南子在各种可能的路径上进行着试探和掘进。

留存下来的作为素材的历史是有限的，我特别注意的是充盈在南子文本中历史素材之外的东西，那些真正能发散她个人气息的东西：她的哲思，她丰满的诗意化的想象，她在表述中注入的情感。这些需要一种立体的能量——历史的、哲学的、文学的修养，还有她天然的禀赋。在这一点上，南子是鲜明的、个性的。"女性化的丝绸在特定的光线下有着刀锋的质感"，几乎在我看到的她的所有历史作品中，那些西域女人身上，都在丝绸般的柔婉中隐含刀锋，比如刘细君、王昭君、楼兰女，她们的命运铺开在历史中，而南子看到了削琢她们的锋刃——时光、孤独、倾轧、绝望、渴盼。阅读中，我看到南子用了一句举重若轻的话，她们"左肩花朵右肩山峰"。

思想不能完全抵达真相，词语也不能完全抵达，只有通过灵魂、内心的感动与爱，才能抵达真相。南子的文字，是用她的心灵和情感触摸过的文字，她笔下的历史是有炎凉温度的历史，动情之处皆是她的气息。

2012 年秋天，在乌鲁木齐见过南子一次。一行十来个写作的人，先在喧哗的酒桌上，酒后，去了更为喧哗的歌厅。在可以回想起的喧闹里，我始终想不起南子的声音，她一直静静的，即便我们偶尔交谈几句，坐在我近旁的她也如耳语一般，短小的句子，但我很快捕捉到了她细声慢语里藏着的骨头。我时常在想，苍茫厚重的西部会让西部的女人更柔软，但也赋予西部女人柔软背面的硬度，这使西部的女人更像玉，视觉温润而骨骼坚硬。我想不起南子的声音，但我一直记得她的眼神，她大而好看的眼睛，和她的声息一样沉静，闪烁其中的有细碎的敏感。还有她的黑裙和乌黑的头发，都让那个夜显得又幽深又明亮。我想，唯有写下那些文字的人，才能如此幽静和深沉。我看见她的最后一眼是，车窗外，身着黑裙的她很快融进了树影婆娑的无人的夜色中。后来，再回忆她时，忆起的便是她的气息，她与她的文字氤氲一体的气息，西域迷香般袅袅散开。

念想引领抵达

对东乡人最初的印象源自兰州一个叫柏树巷的地方，我小时候的家、小学、初中都在那里。柏树巷东乡人聚集，戴盖头的女人们少言寡语、男人们吃苦勤勉，每家院落，整洁干净、花木葳蕤。作为一个异族人，我对邦克的沉迷起始于那时，穆斯林悠长的邦克响起，我的心陷入冥想。清晨，悠扬的邦克飘浮在城市上空，我所在的城市被诵经声唤醒。

我要说的是，这样一个少数民族与一个以汉族居多的省会城市的关系。东乡族的历史、文化、世俗的温情喧嚷、活色生香，已年深日久、细雨般点染了兰州。在兰州，源自东乡族的三泡台、手抓羊肉、东乡土豆片、唐汪川大接杏，这些亲切素朴的事物，已被人们熟知。甚至我记忆中，那些贫民的花儿：牵牛花、喇叭花、大丽花、八瓣梅，也都出自我对东乡人家院落中一方小花园的记忆。东乡族的悠久和特有的风情沉实着兰州、丰富着兰州。

一位东乡族朋友讲的一个传说，让我刻骨铭心。他说，东乡很多男人以撑筏为生，颠簸于滔滔黄河，筏子客每次出行都是远行。水恶滩险、前途未卜，出行前，有个仪式，男人们要敲下自己的一颗牙齿作为骨殖，留给家里的女人。一颗年轻的牙齿落入亲人捧着的杯盘中，作为可能是有去无回的纪念，这颗牙齿是否能在亲人们望穿秋水的目光中占卜吉凶？——东乡人生活的苦难艰辛略见一斑，东乡人悲怆坚韧的性格略见一斑。

但于我而言，东乡一直是个遥远的张望和念想。苦难和诗意交织，这是我对东乡的总体印象。因为干涸，所以分外热爱鲜花；因为苦涩，所以分外疼惜甜蜜；因为沉重，歌声分外辽阔；因为别离，分外珍视人世间的感情。

几年前，我结交到一位老师和朋友——东乡族杰出的作家、画家汪玉良先生，我读过他的长诗《米拉尕黑》，品赏过他的书画，还与先生有过深谈。他的表达又加深了我对东乡的认识，在我看来，他画中热烈饱满的色彩、生动淳朴的笔触，富丽的牡丹、累累的大接杏，无不述说着东乡人对家乡的挚爱。而在他渗入浓厚情感的《米拉尕黑》中，在传统厚重的叙事里，一样表达出了东乡人的坚忍不拔、不畏强敌的精神和对爱情的无限忠贞。

仿佛一本大部头铁血气质的史书，与一串柔美诗意的索引的关系。李萍所著的《东乡纪事》引人曲径通幽。作者是一位优秀的青年作家，她细腻开阔情深意长，她所落笔的东乡，各种事件、事物富含温情。读完这本书，我觉得它让我与东乡再一次靠近，让我先前对东乡的种种理解和感触，有了着落。

地域不仅仅是地理空间，也包含一方人。其间渗透诸多要素的相互交错、相互影响，地域从居住的人中获得面貌，人又从此时此地获得养料。一个地方会因其悠远的历史，深邃迷人。东乡正是这样，扑朔迷离的种族渊源、丰富独特的历史文化，让它悠远叫人向往。这是我特别喜欢老地方的缘由，它的无限可能性的历史，延伸出无限可能性的现在，并朝向无限可能性的未来。《东乡纪事》中，《米拉尕黑》的民间传说、南宋的红塔寺石窟、14世纪阿拉伯穆斯林先贤哈穆则从撒马尔罕到东乡传教时带来的牛皮手抄本《古兰经》、清光绪年间的北庄拱北，都仿佛时间楔入东乡深处的苗壮根须，加深着人们对东乡源远流长的理解。

东乡是温暖喧嚷的，它的温暖在于它普世的点滴温情，它诗意的栖居。源自于茶马古道的悠远茶香、盛开在贫瘠泥土山的五色鲜花、香浓扑鼻的手抓羊肉，洋芋、玉米、瓜果；杏花云霞般铺在天边，东乡人用他们特有的"花儿"，唱出的蚀骨的爱与恨；还有擀毡匠、钉匠和刺绣……这些带着芬芳气味的事物，俗常且悠长，同样遍布于《东乡纪事》中。不同的是，在讲述中，它们呈现于情境和故事，呈现于作者脉脉含情的语言，唯其如此，更惹人念想。

仿佛一根长长的锦绣丝线，我看到书中用笔多而悉心的，是自古及今或者由今及古，作者对今天的东乡的描述和表达：东乡人对家乡坚定不移全力以赴的建设、东乡人对家乡的爱、东乡人坚韧不拔意气风发的精神和面貌、灾后重建焕然一新的新东乡——有着浓郁现代气象的锁南坝、布塄沟、河滩镇、达坂。书里不遗余力充满激情地讴歌了东乡的建设者们："他们，是东乡精神的缔造者，是构建精神丰碑的基石和栋梁。"

　　一本书的承载是有限的，但与不善言辞的东乡人来说，讲述已很丰富，或许这正是《东乡纪事》的艺术，它点到为止，然后，让你带着满心的念想真正抵达。所有人都能看出，这个被山河围裹的美好之地，已不再封闭，它用高瞻远瞩的目光看到了世界之大，现在，它用它固有的热诚和胸怀期待世人的关注。

一个访谈

　　写在前面：2015 年 12 月 23 日，飘雪、寒冷。兰州广播电视总台、兰州交通音乐广播电台主持人杨婷一早赶到文联，我们交谈了将近一上午。这是电台"温一壶月光下酒"节目组所进行的"兰州本土文学作品大赏"节目专访。紧接着的应是 25 日傍晚的读者见面会和访谈录音的播放。23 日中午，我和姐姐发现弟弟在前夜孤单离世。心碎。遂请电台取消有关我的一切活动，包括停止录音播放。想弟弟那般寂寞凄凉，而我却喧哗聒噪半日，难以自赎、心痛难禁。

　　一年多后，我才能静下心来回顾这次访谈。这次采访如此扎实和辛苦。现在，我想将这篇访谈文字放在这里，也望能弥补一些对杨婷的歉疚。

　　杨婷： 习习老师您好，首先感谢您接受"兰州本土文学作品大赏"系列节目的专访。很早以前我就读过您的散文，在我们"温一壶月光下酒"的广播节目中也播出过您书写兰州的文字，所以很多听众对您相对比较熟悉。之前我们在做诗人沙戈老师的主题推荐时，还读到了讲述你俩友谊的散文，我想听众们都非常的好奇，渴望透过这期访谈对您能够有更为深入的了解。您作为一个散文创作者，我们就先来谈谈散文创作。为什么您会选择散文，您的散文写作大概开始于什么时候？

习习：谢谢杨婷，谢谢你们这个节目，这个节目我一直在关注，今天能和你聊天对谈，非常开心，也很荣幸。现在言归正传，聊一下你刚才说的话题。在很多的文学样式中，我选择了散文，觉得也是非常宿命的一件事情，我觉得一个人和某一种文体的相遇好像是注定的，之前其实我写小说，相对散文和小说两种文体，实际上我更喜欢的应该是小说。但是为什么开始写散文，是突然某一天，感觉散文的创作非常顺畅，并且始终有一种创作的清晰感存在的缘故吧。我写散文确切地说是从2000年开始的，我的散文中其实还是有很多小说元素，也就是说，在创作中，并未彻底地跟小说割裂，其实也无法割裂。2000年的时候，我大略确定了自己可能要进行很长一段时间的散文创作。当时写了一组散文，大约有一万来字，题目叫《旧片段》，这个散文写完时心里没底，我把这组文章投给了我喜欢的《天涯》杂志。印象特别深，我当时在做老师，不到一个月，《天涯》杂志的一位编辑，也就是《天涯》现任主编王雁翎——我要称她为先生，她是一位非常有文学见地的好编辑——她给我打电话，说这文章留用了，我当时高兴极了，这么长的一组散文，居然被

《天涯》杂志留用，我得到了莫大鼓励，然后从那时候开始，一路写散文，到了今天。

杨婷：我们说小说是纯虚构的一种文学艺术，而诗歌往往是抒情的，那么散文的写作呢？我觉得它跟诗歌其实有点像，但是和直抒胸臆又不太相同，它有的时候需要很详实的叙述，有的时候它的节奏会更缓慢更铺陈一些，而不像诗歌会很简短，它留白会比较多。最近这两天我们"温一壶月光下酒"的微信公众平台也在陆续地推送您的文章，有很多的听众和文学爱好者，还有之前节目访谈过的一些作家，比如说马步升老师，还有尔雅老师，他们对您的散文创作都非常的推崇。马步升老师说，他曾经在一家报纸的副刊当编辑的时候，有一次读到了您的文字，他当时就觉得原来兰州还有这么优秀的散文创作者，说您是在高调做文，低调做人，对你的散文创作给予了很大的肯定和褒奖。那么我就想请教一下，您在散文写作方面有哪些心得？而在您散文创作逐步成熟的过程当中，受到哪些作家的影响会比较大？

习习：首先我要说，我今天之所以这样在坚持着、热爱着写作，真的和这些朋友的鼓励和支持分不开。你刚才提到的马步升，我叫他步升兄，还有尔雅，他们都是我的好朋友，同时也是我的文学鼓励者。我觉得能走到今天，真的和这一个文学群体，我们之间的那种互相关注和支持密不可分。当时我记得步升兄主持兰州某家报纸的副刊栏目，刚好连续刊发了我刚才说的《天涯》发表的那一组散文，说读者反响很好。而那时，我才刚刚开始写作，这样的鼓励对我弥足珍贵。实际上，很长一段时间，我依旧在比较盲目地写作，直到后来进入比较自觉和清醒的写作状态，与朋友们对我的鼓励密不可分，比如当时在《飞天》杂志做编辑的张存学兄，还有《金城》杂志前主编阳飏兄等，他们对我的肯定给予了我很多信心。

杨婷：我看过一篇张存学对话习习的访谈文章。

习习：是的，我从内心对他们有一种感激，我觉得写作有时候确实是一种内心的、个人的、精神层面的、特别孤独的一件事情。但是当你从写作跳出来的时候，你觉得你得到的更多的是一种友情和关爱，这也是写作带给你的一种额外的幸福和快乐。

杨婷：很多人可能在写作的最初，这也是一个普遍的套路，都是因为看到某些被奉为经典的文字之后受到震动和影响，继而投身于写作这条道路。然后从最初的模仿开始，逐步发现自己，树立自己的特色，您有没有这样一个过程？

习习：要说这样一个过程，我好像追踪不出一个特别明显的线索，我觉得我的散文写作确实是乱撞撞出来的，好像也没有去模仿过谁。

杨婷：也没有系统地去接受过散文创作方面的教育和培训？

习习：没有，写作好像是不能被培训的。我觉得文学除了后天不断地修养之外，还应该有禀赋存在，不是所有的人都能进行文学创作的。要真的去找一根很明晰的线的话，对我而言，还是从小说中吸取的养料比较多。拿国内的小说家来说，开始很喜欢这几位：一个是汪曾祺，一个是沈从文，一个是阿城，他们三个，我觉得有一种特别相似的东西，也是我特别喜欢的东西。他们举重若轻，能用一个很小的语言表现出巨大的浓度和能量，我觉得我从他们身上吸收了很多文学养料。之后渐渐开始喜欢的作家有废名、萧红、张爱玲等。一个人对一些作家喜好，可能会有一种内在的契合点，有一种气息，你可以和它打通。后来渐渐喜爱起更多的作家，在阅读习惯上也有了些改变，比如说起初喜欢那些特别容易和自己呼应的文字，到今天我反而特别喜欢读一些很艰涩的，就是别人和自己认为不很容易进入的一些东西，甚至跟文学没有关系的一些书，我的阅读比较庞杂。

杨婷：那最离谱的，您会读什么？

习习：比如会读一些数学理论、逻辑哲学、艺术设计、自然科学、人类学等方面的书籍。比如维特根斯坦的《数学基础研究》，其实我数学超级差，不很懂，但读着有趣。

杨婷：这确实还挺怪癖的。

习习：我觉得这些东西有时候会触类旁通，某一天某一点东西，它会给你带来非常大的兴奋，可能会给你提供一个很大的信息和能量，这个是很多文学书籍给不了你的。

杨婷：我在读您的散文的时候，发现您的散文描写当中，有一些个人生活的记录，也会有一些宏大的叙事，比如说对一些历史古迹的讲述。

习习：对的。

杨婷：一段历史时期大事件的记录等，但是我觉得您在写这些的时候好像都是一种不紧不慢，非常平和的书写。情绪上不会有太大的波澜起伏，而且您的文字从头至尾其实都不华丽。比如说，现在我们在刷朋友圈的时候，会看到很多转来转去的一些华丽文字，个别作家的作品也很畅销，写出来的散文，你会觉得就像柳永的宋词一般美好，但是看得多了，就会让人觉得起腻，甚至你把成段成段的文字放在一起，就会发现它们完全是一个套路。但是您的文字，没有堆砌，也不华丽，却很真，很精彩。这肯定跟您平时的阅读积累，包括您生活当中善于观察，甚至于您书写的这个节奏有关，应该是跟您的个人性格相通的。能不能跟我们分析一下，您是如何形成自己文字风格的。

习习：这个要深入到人的精神层面里去，写作风格跟你的性情，甚至你幼时的生活都紧密相关，也就是说，你的所有表达以及附着在表达上的东西都是有深远的来历的。如果说我的文字比较素朴，那应该和我的性情，我曾经的生活大有关系。另外，当我开始自觉地进行写作时，我确实在努力地摒弃一些华丽的东西。写作过程中，我从内心是警惕优美和抒情的。我喜欢把情感藏起来。如果别人能感觉到我藏起来的情感时，我们已经是从心底交流了。关于文章的节奏，那跟文章的题材有关。比如我写的一篇《古镇》，写作中，内心确实是舒缓的，一边想着，一边回忆着，然后一边写着，一边咀嚼着，体味着，感受着。但当我选择另外一种题材的时候，它可能就不是这种情绪和节奏了，比如我最近写的一篇《血牡丹：另一种镌刻》。

杨婷：对，我读过，也是在朋友圈看谁转的。

习习：我在写这篇文章的时候，情绪俨然不平缓，因为它写的是一个对我特别有触动的壮烈的事件，但是我的情感依旧藏在深处，不过我用的语言可能是硬的，强烈的。今天的很多文章，你刚才谈到的词藻华丽的，整体情感特别猛裂丰沛的那种文章，我从内心是拒斥的。要从散文好坏的标准去衡量的话，它大多不是我所认为的好的散文，我甚至都不把它归入散文。我曾经记得跟一位记者交流的时候谈到，散文应该是高贵的，我所说的散文的高贵性就是它必须含有文学性，它有了文学的质地和品质，它才能被称为散文。

杨婷：一味浮于表面的抒情，若仅仅是表达，就是清浅表达一些情绪是吗？

习习：对，肯定是这样的，这不光是散文，任何文学作品都如此。肯定不能流于清浅和表面。所以，为什么你刚才能谈出这个观点，是因为人们把散文看得太低，比如副刊体、《读者》体等的那种文章，我大都不称它们为散文。

杨婷：包括这个博客体。

习习：对，都是。

杨婷：自从博客开始流行，每个人都在写。

习习：我觉得作为一个散文创作者，应该有义务去捍卫散文的高贵性。

杨婷：您刚才讲到对于好散文的评判标准，那么在中国的众多作家当中，有很多都是以写散文见长的，谁的书您读得比较多，对他们有怎样的认同感。

习习：当代的散文家吗？

杨婷：建国以后吧，民国也行。

习习：你看，一说到这个"建国以后"，我的话就可能比较尖锐了，但的确如此，我们所读到的，从小接触的小学语文课本大部分就是我们所认为的散文，从初中读到高中，我们几乎就没有读到真正的文学作品。你现在回头看，我们的散文创作是断裂的，在古代，我们的散文多么优美，多么好。明清时候的那些小品文，那些笔记，张岱的文章，直白如话，但是味道多么浓厚，还有鲁迅时代的散文，后来呢？就一下子演变成那种完全意识形态化的干瘪，空洞，浮泛，苍白。我有时候觉得，小时候，从文学的养料来说，完全是"贫血"的。

杨婷：荒废了。

习习：嗯，荒废，跟我的家庭也有关，我们家就没有书可读，那时候语文课本刚一发下来我就读完了，到最后成了卷心菜，因为你没有可读的东西呀。我现在渐渐理出一个头绪来了，我们的文学什么时候断了，什么时候衔接上了。从散文而言，我觉得是从 80 年代开始大面积活过来了。80 年代，兴起了所谓的新散文运动，不知道你关注了没有，当然我不知它这个新和哪个旧是对应的。就我个人的理解，它可能和建国以后，那个我所说的断裂带的散文相对应。那时候出现了一大批我现在认为很好的散文家，因为他们的出现，掀起了一个散文革命，它的意义在于它呈现出了新的标准，让文学回归到文学了。这一批散文代表作家很多，比如祝勇、周晓枫、张锐锋、宁肯、马叙，包括和我年岁相仿的黑陶、江子、范晓波等，甚至一些很偏远农村的作家，就说这种革命，它的浪涛已经冲击到了很远，散文有了新的气象和面貌。我们甘肃，实际上也有很多特别棒的散文家，而且最可贵的是都很沉静地在创作，比如刚才说到的马步升。

杨婷：对。

习习：他是在庆阳生活过的，他的散文就像塬那么厚。还有人邻、杨永康等，都是国内很好的散文家。

杨婷：我参加过咱们市文联组织的一个活动，就是"兰州市中青年女文艺家三俊丛书"的研讨会，在这个会上，得到了您的一本散文集《流徙》。我也读了散文集当中部分的篇章，比如你说的《古镇》，还有你在北京居住的那些文字，那个笔调就很平缓，很家常，很亲切。但同时在这本书中也收录的有比如说《流徙》，还有像《木器厂》，我觉得这就是完全在讲您自己个人的一些岁月，比如您的父母，您的家庭，那个家的变迁。很多地方读来，都会让人为之动容，就是你会在想，这个作家能够把自己如此隐秘的生活，完全地展露在文字当中，让大家去读。那么与此同时，就会让我们跟小说的表现形式来进行一个对比，小说里头，其实作家也会倾注个人情感，有自己的人生观和态度，但他是假借于自己所编撰的故事，所虚构的人物。就像之前马步升老师曾经说过，他曾经想写一部以当代知识分子的生活和心态为主题的东西，他原本是要写散文的，后来写作过程中，他发现这个不能写，你写了以后都是真人真事，很多人就会对号入座，那么在这样的一个人际交往的社会当中，就会给他带来无穷尽的麻烦。后来他就以小说的艺术来表达，这个时候当别人再对号入座，再来问他的时候，他就会说这是小说，我虚构的，没有真人真事。所以当你在散文的创作当中，如此真切地去坦露自己的性情，自己的个人情感，我觉得这些作品它就不仅仅是散文，文本本身的意义，它对你的生活应该是有更重要的意义的，是自我疗伤还是自我治愈？那这个意义是什么？

习习：要说起来这又是一个很长很深的话题，散文相对来说是一个无蔽的文体，这也是散文先天的、宿命的东西。这对写作的确产生了不小的约束。有时候真的很喜欢写小说的那种感觉，可以放浪形骸，呵呵。

杨婷：天马行空的自由。

习习：写散文有时候真就把自己搞得血肉模糊了。我有一个鲁院的同学，也是一个国内很好的小说家，他读了我的一篇散文以后，他说他特别心疼，他说他一下子在这个散文里把我的什么都看着了。你刚才问的这个问题也特别好，就是说散文在与写作者水乳交融的时候，它是不是在疗伤？是不是在治愈？这个问题我在创作之前从来没想过，没想着要用一篇文章来把自己治疗一下，从来没有，但是写日记会有这样的感觉。有时候特别烦乱时，我会写日记，写的过程中我拨乱反正，调理自己。

杨婷：剖析，调整一下。

习习：对，然后对自己有要求，一二三，以后按着一二三，好了，日子一下子好像言归正传了。当我写作时，没有这样去想过，真的就是把它当作一个很庄严的事情去做。包括我写《流徙》这篇文章，年度跨越很大，从幼时写起，一直写到今天、眼下。它确实牵扯着我的每一根神经，动用了我的很多情感，更多的说是疼吧，因为《流徙》表达的是人生的一种无常，人在无常的命运中，有些人那么卑微和弱小，而要扛起那么沉重的东西，我就是想表达这些。

杨婷：其实读您的散文大概能够了解到您人生的每个阶段的经历，在这种无蔽的书写之下，往往一切都坦露得比较明显。讲讲您的个人经历吧，这些年在不同的时期都在忙些什么？

习习：从小说吧，父母没有文化，在一个工人家庭长大。小时候没书读，我记得我和弋舟还感慨过，小的时候太可怜了，太"贫血"了，家里几乎没有一本书。人家都在靠童子功认识世界、写作，而我，长老了还在吃奶。

杨婷：小的时候没积累啊。

习习：对，小时候没有书可读嘛，大了才开始拼命地去读，去吸收，去表达，所以说可能要比别人走得更艰辛一些。后来上了大学，读的师范，就自然当了老师，做了十二年老师，我在一篇叫《梨花堆雪》的散文中，基本上表达了我做十二年老师的感受。

杨婷：那个时候是在教语文吧？

习习：教的科目很多，我当时是在教师进修学校当老师，我教过《文选》《语文基础知识》《小学语文教材教法》《政治经济学》，甚至地理课，我觉得我就像是万金油一样。

杨婷：是教老师？

习习：对，教小学老师。后来有那么两三年教的是初中生，我们学校弄了一个初中部。我回忆这十二年，我用的是我生命中最好的时光，然后在做着我并不是特别热爱的事情，但是这十二年确实锻造了我，培养了我。培养了我什么，培养了我的忍耐。繁文缛节的各种制度对人精神上的压榨，我忍受了，忍受过来了。

杨婷：您在《梨花堆雪》的文章里讲到的就是关于对学生语文教育的看法，刚好跟之前张存学老师谈到的一样，你们都谈到对语文教学那种迂腐的形而上的做法的不认同，一篇课文拿来，从来不去品评它的美好，它的文学性，而是分析段落大意，概括中心思想，等等。

习习：对，对。

杨婷：他也特别谈到这一点，他也当过老师，语文老师。

习习：是，好些作家都当过老师，也许当老师的过程就是一个批判的过程，特别是语文老师，就是在语文教学中对语文进行批判，然后在批判中成长。教育现状到今天实际上还不乐观。我现在都不敢回忆我当时的生活，早上星星还在天上就爬起来开始赶车，赶的是6路车，我后来一看见6路车，心里就疼。

杨婷：学校好像还挺偏远的。

习习：很偏远，在郊区，在雷坛河，就那个往西果园走的路上。6路车的人永远那么多，我永远在挤呀挤，然后拼命地挤下车，拼命往学校跑，然后升国旗，然后早自习。中午不能回家，一直到晚上，回家的时候月亮都出来了。所以我就经常在想，我那么好的时光献给了教育事业。但是也挺好，实际上，唯一让我愉悦的是在课堂上，站在讲台上。那时候没有人去管束你，因为很多人可能不懂你，你可以用自己的思想跟学生们交流，这十二年让我特别欣慰的是，我的语文课很受学生的欢迎。今天能到文联来，并且做杂志，我觉得终于开始做我自己喜欢的事情了。所以我就发现人生真的很奇妙，你热爱一件事情，你靠近一件事情的时候，它真的就在，一直隐隐地在。

杨婷：念念不忘，必有回响。

习习：对，隐隐的，你就在靠近它。

杨婷：因为我做这一系列的节目，虽然说是基于文学的，探讨的却不仅仅是文学，因为大众传媒嘛，它毕竟收听的群体，层次是不一样的，我只是希望借由节目本身去让大家了解到在我们兰州还活跃着这么一波对文学执着，而且很有成绩的作家。所以我们聊的话题可能不是那么文学，比如说接下来我就想聊一个还蛮八卦的话题，说说您和沙戈老师的友谊吧。因为之前已经有过太多的铺垫了，包括读您的文章《狂风大作的那一天》，还有《我们边走边说吧》，包括沙戈老师在读者见面会的现场给大家说她和您的过去，两个高中生，怎么着在一起成为好朋友，然后彼此分开各有各的轨迹，再到某一年重新又到这个城市生活，已经变成了两个小妇人，各自有家有孩子，进入另外的一种生活体系，然后再到分隔两地，讲讲你们的故事。

习习：嗯，好，先说你前部分的话题，你说你这个节目比较生活化，我觉着特别好，你刚才也说了咱们通过这个节目，整合出兰州的这群实力作家，让兰州的百姓或者听众也知道还有这样一群人在做着这样一种事情，这很可贵。

杨婷：我觉得在此之前他们好像几乎不了解。

习习：是如此，文学已经很边缘化了，而你们在做这样的事情，真的有眼光有胸怀。

杨婷：要感谢市文联的支持。

习习：节目生活化很好，因为写作的人也是人嘛，他也有他的生活。谈到我和沙戈，我们两个是高中认识的，从不同的普通中学考入同一所重点中学。到高二的时候，我们两个还是同桌，然后这种珍贵的友情延续到了现在，几十年过去了。有时候想一想，人一生能有这样一个朋友相伴相知，是很美好，很幸福的一件事情。她过生日时，我偷偷摸摸叫了好几个朋友，给她买了生日蛋糕。当关了灯，拿出蛋糕时，她特别高兴，看到她的样子，我也感觉特别开心。跟她的纠葛真是剪不断，理还乱，除了在学业上纠缠，后来主要就是文学上纠缠。说实话能走上文学道路和她还真有关系，因为她出道很早，她在部队的时候已经是一个非常知名的作家了，而那时候我还在读大学，还没有开始写作。我记得她很早就在《人民文学》《昆仑》杂志发表诗歌了，还上过越南前线，我相当羡慕。她不停地寄来相片，我对她的军旅生活非常向往。后来我记得，有一年她回到兰州，我们就开始正式谈到文学，我开始慢慢地摸索着写了，实际上恰恰在我写的时候她停了，她不写了，后来呢，她又续上了。她续上了，变得更厉害了，我想，有时候停顿对一个作家来说并非坏事。

杨婷：沙戈老师停了十年，十年之后就是井喷式的，人们说她一年发表的，把别人十年的作品都发表了。

习习：对，她表面上停顿，实际上在积蓄，她积蓄了很多东西，这十年她没有介入文学，但她的人生，她的精神，她从另一方面在积蓄，后来又写出大量优秀的文字。我写的那篇《我们边走边说吧》，记述了很多我们的事情，写到了我们的孩子，那时候两个孩子经常在一块儿玩，我在结尾说，他们两个在画我们两个，画出来后，我们把画贴到墙上，我记得我儿子的画上，我们的嘴里冒出来好多泡泡，我儿子说，那是我们谈的文学。

杨婷：你们谈的都是这么高大上的东西，纯精神层面的？

习习：那没有，还说脏话，看不惯就骂人。然后就一直这样过着写着，交流着，确实很好。我跟她一起去过很多地方，有时候突发奇想，然后就出发了。我记得有一次去庆阳陇东，早上在床上睡着，我给她发了个短信，说：走吧。她说：去哪儿？我说：外地。她说：好，长途汽车站见。不到一个小时，我们两个就见面了，上长途车了，经常这样。面对陌生的地方，陌生的事情，陌生的人，两个人的交流和在熟悉的环境里不一样，也更能加深彼此的认识、交流的深度。

杨婷：您那篇文章里写一点，就是晚上在火车上，睡到卧铺里，你们俩还在不停地聊，聊诗歌，聊音乐。

习习：对呀。

杨婷：那一段写的我觉得让人特感触，就觉得生活特美好，因为当时的那个年龄段按说有家庭有孩子，其实是千头万绪，但是两个女人能够抛下这一切然后去一个陌生的地方，尤其是途中还在谈一些很精神层面的东西，你就会觉得真好。

习习：你现在一说真的是历历在目，我们当时去的是四川，也是突然决定要走，那时候我孩子还很小，我记得才刚刚会走路，她的孩子也很小，好像就是因为突然厌倦了这种生活，一天到晚看孩子，做家庭妇女，就想出去呼吸一下新鲜的气息。

杨婷：我现在就是这样。

习习：当时坐的卧铺车，我们两个好像是在中铺，夜里一直在说，说了好多好多，说伊蕾的诗歌，说马尔克斯的《百年孤独》，说海子。当时我们说的时候其实有很多听众，我们根本就不知道，我们隔壁铺位，有一个男人，他一直在听。他第二天早上特别兴奋，他说你们夜里说得太好了，他激动得一下子不知道该怎么表达，后来他下去的时候竟然把皮夹克

杨婷：我就觉得文学青年的生活就因为文学一下比别人丰富了那么多。

习习：那是，确实如此。生活，经历，而且你的经历不是被安排的经历，很多经历是自己创造的经历，搞文学的人有这个本事。

杨婷：太羡慕了，真好。比如您写古镇，应该是您去那个古镇游玩，去了以后目之所及，内心留下深刻印象，然后再写。因为我觉得您写的特别详实，要我就得拍照片拍下来，或者画下来了，或者拿个笔记本在那记，否则等我回头再去想的时候我就想不出来，您当时是怎样的一个创作过

程，您去的时候拿笔记本了没？

习习：没有。

杨婷：怎么记下来的？

习习：没那样的习惯，我从来不拿本子，很多人去某一个地方，会做很多案头工作，我很怕这些固有的东西。

杨婷：限制住？

习习：绑架。所以我往往不但不准备，还要把自己腾空，这样我就像一块儿干海绵一样，能吸收到很多。我不能被固有的历史、知识、文化点拨着该怎么样，该到哪儿。所以我到一个地方完全兴之所至，喜欢哪一个点我会待很久，去仔细地看，仔细地琢磨。我那篇文章写的是重庆的一个古镇，青龙古镇。这个古镇特别有意思，当时下着雨，雨还挺大，清亮的石板泛着雨光，很沧桑，时间感特别强，而且那个古镇它最引人入胜的是，当下的人们在里面过得那么悠闲自在，打着麻将、卖着豆花饭，各得其乐。回来以后我才查了一些相关的资料，当我发现我的理解和这些资料吻合时，就觉得对这个古镇的理解没错，它更激发了我写这个古镇的兴趣。

杨婷：我读的时候就发现里面有很多的知识点，涉及当地的历史，人的生活状态什么的，都是很平实的记录，让人觉得古镇的画面感特别生动。除了这个以外，还有一个小酒馆，那应该是一部小说的节选吧。很多人看了那个以后也觉得虽然只是一个片段，就觉得它特别的生活化。

习习：那个其实是基于我的日记写的，我姐姐开了个小酒馆，我确实是她的帮工，给她当小二。她开了将近有两年吧，我经常去，她一忙我就得去帮她，她一个人开，我每次回来记一点日记。酒馆真的像老舍的茶馆一样。

杨婷：什么人都有？

习习：各色人物你都能在那个酒馆里见识到，而且全是最生活化，最普罗百姓的一层人物，那些当大官的、有钱有势的，他们肯定不去那样朴素的地方。这就是一个市井，所以特别有意思，我每天都把有意思的事情记下来，然后就繁衍出了两万多字的一篇文章。中间当然也有虚构，因为我是刻意要让一些情节连贯起来，前后呼应起来。现在回想起来，小酒馆里的日子很辛苦，也很有滋味。

杨婷：一眨眼一上午过去了，今天聊得很愉快。

习习：好的，有机会我们再聊。